樹上の葉 樹上の花

曹文軒 作　水野衛子 訳

樹立社

もくじ

第一章　樹上の葉、樹上の花……5
第二章　樹上の葉はおれの家……52
第三章　風が吹《ふ》き、雷《かみなり》が鳴る……113
第四章　太陽が大河に沈《しず》み、おれは家に帰る……154

第五章　針を買い、糸を買う……………………193
第六章　赤いひもを買って、姉さんがおさげを結《ゆ》う……………………233
第七章　おさげは長く、おさげは短く……………………287
第八章　姉さんは花のよう……………………326
訳者あとがき……………………370

主な登場人物

細米《シーミー》（主人公の少年）

梅紋《メイ・ウェン》（紋紋《ウェンウェン》とも呼ぶ）（蘇州《そしゅう》からきた下放《かほう》青年）

紅藕《ホンオウ》（細米の従妹《いとこ》）

杜子漸《ドゥー・ズージエン》（細米の父・稲香渡《タオシアンドゥ》中学校の校長）

師母《シームー》（細米の母）

郁容晩《ユイ・ロンワン》（蘇州からきた下放青年）

翹翹《チアオチアオ》（細米の愛犬）

小七子《シャオチーズ》（細米の天敵）

朱金根《ジュウ・ジンゲン》（洟《はな》たれ）（細米の同級生）

ひげ面《づら》の村長

（稲香渡中学校の先生たち）

林秀穂《リン・シュウスエ》（女教師）　馮醒城《フォン・シンチョン》　寧義夫《ニン・イーフー》

第一章　樹上の葉、樹上の花

1

稲香渡《タオシアンドゥ》は大河のあぜにある村だ。

今日の稲香渡は大騒《おおさわ》ぎだった。蘇州《＊そしゅう》から若者たちが下放《＊かほう》してくるからだ。それも娘《むすめ》ばかりだという。このあたりに下放されてくる青年たちはどういうわけか、男女に分かれてそれぞれの村に送りこまれてくる。稲香渡の人たちは娘たちが来ることを期待していた。理由はわからないが、ともかく下放されてくるのが娘たちであることを祈《いの》ったのだ。

ひげ面《づら》の村長が朝早く屈強《くっきょう》な村の若い衆を数名連れて、船で十キロ離《はな》れた油麻地《ヨウマーディ》に娘たちを迎《むか》えにいった。油麻地は大きな町で汽船の船着き場がある。都会から来る下放青年たちは県城《＊けんじょう》から汽船に乗って油麻地に着き、そこから男女に分かれて周辺の村々に派遣《はけん》される。

午後の太陽は明るかった。稲香渡《タオシアンドゥ》の河辺には人があふれ、みんな大河のむこうをながめていた。子どもたちは大人たちの背にかくれて大河が見えないので、たえず「見えた？」ときいている。「まだだ」と言う者もいれば、「見えたぞ。あれは稲香渡の船じゃないか？」と言う者もいる。大河の見えない子どもたちはだれの話が本当かわからず、上をむいてきく。「本当に船が見えた？」大人たちはわざと答えずに子どもたちをじらすか、子どもたちなど相手にせずに大河の果てを見つめているばかりだった。

子どもたちは大人たちが自分たちのことなど真剣《しんけん》に取り合ってくれるはずがないとあきらめ、自力で小さなすばしこい体で大人たちの間をくぐり、なんとか前の方に進み出ようとした。何人かのやせて小さな子どもが大人の股《また》の下をくぐると、それを見た女の子たちが言った。

「恥《はじ》知らず！」

細米《シーミー》は落ち着いたものだった。なぜなら、とっくに村はずれの大きなエンジュの木に登っていたからだ。ゆったりと枝に腰《こし》を下ろし、両足をブラブラさせて、気分よさそうだった。大河が目の前に広がり、さえぎるものは何もない。

木の下には紅藕《ホンオウ》が立っていた。紅藕にも大河は見えなかったが、あせらなかった。細米がいるからだ。細米が木の上からたえず大河の様子を知らせてきた。

「大河が光っている」

「小舟がいる。ミサゴみたいに見える」

「大河のむこうから鳥の群れがとんできて、北にとび去った」

「カモの群れがむこうの葦《あし》の原にとび降りた」

……

紅藕は木の上の細米を見上げていた。日の光が木の葉をすかしてさしてくるので紅藕は目を細める。

細米は下にいる紅藕を見ることはなく、じっと大河を見つめていた。細米にはすぐに顔を赤らめる癖《くせ》があった。とくに紅藕の前では。

紅藕は細米よりも大胆《だいたん》で、湊《はな》たれたちが時々ふりかえって紅藕と細米を意味ありげに見つめても気にしなかった。紅藕は細米といっしょにいるのが好きだった。それにはちゃんとした理由があった。紅藕は細米の伯父《おじ》の子で、細米は紅藕の叔母《おば》の子だからだ。細米は紅藕より二か月大きいので従兄《いとこ》ということになる。

湊たれが木の下にやってきて、木の上の細米にきいた。

「船は見えたか」

細米《シーミー》には洟《はな》たれを相手にする気はなく、依然《いぜん》として大河を見つめていた。洟たれが木の上からの知らせを待っていると、ふた筋の水っぱながツーと流れてきた。洟たれがこの永遠に流れ出る鼻水に注意していないと、ズルズルと流れ出てくるのだった。何かに気をとられたり、物思いにふけったりすると、鼻水はくちびるをこえて、だれかが「洟たれ、河を渡《わた》ってるぞ」と叫《さけ》んで初めて気づき、おなかを平らにして力を入れてズズッとすると、あとかたもなくなるのだった。時々、先生も洟たれに言った。

「その鼻水をなんとかできないのか」

洟たれには答えようがなかった。ふた筋の鼻水は生命のあるいたずらな生き物のように、いつも自分の主人を観察していて、主人がいなくなると外にかけ出して外の世界をのぞき、主人が帰ってくるとすぐさまもどってくるのだから、洟たれにもどうしようもないのだった。

洟たれはまるで細米が大河で下放《かほう》女青年たちを乗せた大きな船であるかのように、木の上の細米をあおぎ見ていた。首が痛くなってもまだ返事がきこえないと、またきいた。

「船は見えたか」

細米は顔をまげて洟たれを見て言った。

「見えても、おまえには教えない」

洟たれは腹をたてて、地面の小さな瓦《かわら》のかけらを拾い上げると木の上めがけて投げようとした。しかし、細米がにらみつけ、「やってみろ」という顔をすると、手をゆるめ瓦を地面に落とすとしかたなくからかう口ぶりで言った。

「だれになら教えるんだよ？」

近くに紅藕《ホンオウ》とは別の女の子が立っていて、チラリと紅藕を見て言った。

「紅藕でしょ」

そう言いすてると女の子は紅藕の顔色も見ず、紅藕が洟たれを追いかけるかどうかも見ずに人ごみの中にかけこんでしまった。十数人の男の子と女の子が申し合わせていたかのように、男の子たちがいっせいに「細米！」と叫ぶと、女の子たちはすかさず「紅藕！」と呼応した。

「細米！」

「紅藕！」

叫び声があちこちでおこった。

木の上の細米《シーミー》は顔を赤らめ、ベルトを引っこぬいて木の下で一番大きな声で叫《さけ》んでいる男の子の口めがけて小便をしてやりたいと思った。細米の小便はだれよりも正確で勢いがあり、その点に関しては自信があった。ただ、こんなに大勢の人の前で、とくにこんなにたくさんの女の子たちがいるのに、それはとてもできない話だった。細米にできるのはきこえないふりをしてだまって枝にすわっていることだった。とうとう大人の一人が子どもたちの騒《さわ》ぎにがまんできなくなり、「うるさいぞ」と大声を上げてようやく叫び声はおさまった。

待ちくたびれて興味がなくなったのか、それとも道のりの遠さから船が着くまでにはまだ時間がかかると思ったのか、河べりの人たちの数がへり、家に帰る者も出はじめ、河べりに残った人も大声で話さなくなった。子どもたちだけは一人も帰らず、それぞれが選んだ場所に立ったりすわったりして、知り合いがだれもいない大きな劇場で開幕を待っているようだった。

「教えてくれなきゃ、それでもいいさ」

洟《はな》たれはそう言うと、人が少なくなったすきに前の方へと出ていった。そのころの細米は大河のつきあたりに現れるだろう船のことは忘れて、静かに枝にすわると春の日の光の下の稲香渡《タオシアンドゥ》をながめていた。

春は雨が多いので畑もさほど水を必要とせず、太陽も水蒸気をたくさん蒸発させる力がないので、大河は広々と豊かに水をたたえていた。ちょっと風が吹《ふ》いただけでも川面《かわも》には細かな水紋《すいもん》ができて、何千匹《びき》何万匹もの銀色の小さな魚が水面を泳いでいるようだった。太陽の下には草ぶきの小屋と屋根瓦《がわら》の家が、規則的あるいは不規則に並んでいて、密集した、それでいて散らばった静かな村落を形成していた。大きくも小さくもない一本の川が大河から分かれ出て村の裏に流れ、そこに稲香渡中学はあった。

細米は稲香渡中学の校長の息子で、家は学校の敷地《しきち》の中にあった。細米は稲香渡の旗のポールと紅旗をながめ、中庭にいる母親と自分の犬の翹翹《チアオチアオ》をながめた。細米には何でも見えた。両岸の麦畑、池のそばで草を食《は》む牛、小川に停泊《ていはく》した小舟、ゆったりとまわる風車、地面でエサをついばむ様々な模様のハト、東と西にそれぞれかたまってある葦《あし》と菖蒲《しょうぶ》の原、川の堤防《ていぼう》の上にある墓場、人家が煮《に》炊《た》きをする煙《けむり》。稲香渡の景色はまるで絵のようだった。それらの景色が静けさの中で、じっとしんぼう強く何かを待っていた。

とつぜん、だれかが大声で叫んだ。

「見ろ、船が帰ってきたぞ！」

その叫《さけ》び声につづいて、大河を見ている者も見ていない者も次々と叫びはじめた。

「船が帰ってきたぞ！」

潮の流れのように、家に帰らなかった人々が叫びだすと、バタバタという足音と犬の鳴き声にまじり、人々が河べりへと走っていった。前の方に立っていた人たちは初めは大河のつきあたりがよく見えず、人々が「船が帰ってきたぞ」と叫ぶのを怪訝《けげん》に思い、本当に船がいるのかどうか確信がないまま引きずられるように叫んでから、ようやく船の影《かげ》も何も見えないことに気がつくと言った。

「一体どこに船がいるんだ？」

「どこにいるんだ？」

大人も子どもも大河のつきあたりは見ずに、たがいを見つめ合ってたずね、あたかも相手の顔が大河のようだった。

「船はいないよ」

細米《シーミー》が枝の上に立ち上がると、初めはためらいがちに、そのあとで下にいる人たちにむかって叫んだ。

「船なんかいないよ！」

「船が帰ってきたと言ったのはだれだ？」

だまされた人たちはおこってきいた。空中に粗野《そや》で悪意に満ちた笑い声がひびいた。笑い声はのどをふりしぼって発せられたものだった。ハハハハハ。

河沿いの瓦《かわら》屋根の家の屋上に小七子《シャオチーズ》が立っていた。地上の人たちが小七子を見たとき、春の雲がひとひら、またひとひらとその後ろを白馬のようにかけていくのが見えた。小七子はツルツル頭にダボダボの長ズボンをはき、上半身は裸《はだか》で布きれ一枚身につけていない。幅広《はばひろ》のベルトを腰にきつくしめて、おなかを丸出しにしている。ベルトは長すぎて、余りがたれ下がっているのがいかにもだらしのない感じだった。

人々は小七子を見つめたまま、だれも何も言わなかった。瓦屋根の家の主人は家の中にいたが、屋根の上で音がするので外にかけ出してきてあおむいて小七子を見ると大声できいた。

「小七子、何をする気だ？」

小七子は主人の問いを奇妙《きみょう》に思った。

「何をするって？　ほかに何ができるのさ？　船を見るのさ！」

「降りてこい！」

「どうして降りるんだよ？」

小七子《シャオチーズ》は屋根にすわりこむと両足を思いきり広げて、気持ちよさそうな姿勢をとった。瓦《かわら》屋根の家の主人はレンガを一つ取り上げると、屋根にむかって威嚇《いかく》して言った。

「降りるのか、降りないのか？」

彼はブタの屠殺夫《とさつふ》で、稲香渡《タオシアンドゥ》でただ一人、小七子に怖《こわ》いと感じさせることができる人だった。小七子は立ち上がったが、屋根から降りる様子は見せなかった。瓦屋根の主人は体をのけぞらせるとそのまま前にかたむけ、レンガを小七子にむけて放り投げた。人ごみが「ワッ」と驚《おどろ》きと痛快の声を上げた。小七子はさっと腰《こし》をひねってレンガをさけた。

レンガが瓦屋根に落ち、瓦を割るとくだける音がきこえ、それからレンガが屋根の上から転げ落ちていく音がきこえてきた。主人はレンガがまるで自分の胸の中を転げ落ちていったような気がして、小七子を指さしたが、すぐには何も言えなかった。小七子はじっくりとその様子を観察してから、ふりかえると言った。

「全部で瓦が五枚割れたぜ」

そして人々に言った。

「おれのせいじゃないからな」

主人は言った。

「待ってろよ。魚のモリでつきさしてやる！」

小七子は背中をむけるとズボンをほどいた。地上にいる人たちが目にまぶしいほど白い尻《しり》を見たと思うと、ひと筋の細い流れが小七子のズボンの中を流れ出してきた。女の子たちが次々とうつむいて顔をそむけた。

主人が長い魚のモリをつかんでかけ出てきたときには、小七子はもう建物のとなりに積み上げられた干し草の山にとび移り、姿をくらましていた。主人は小七子がいようといまいと、魚がとつぜん空中からとび出してきたようにモリを空中でふりまわした。

人々の注意はまた大河にもどった。空の太陽を見つめ、もう間もなく船が現れるころだと信じた。いつの間にか、人々に忘れられた小七子が人の群れの後ろにこっそりとまた姿を現した。彼に気づいた人たちはみんなさけた。そのことが小七子をおこらせ、地上につばをはくと胸の内でののしった。

カササギが何羽か、河の方にとんでくると大河の上空をチチチととびまわった。細米《シーミー》はある予感がして、目を大きく見開いて大河のつきあたりを見つめた。そしてとつぜん叫《さけ》んだ。

「船だ！」

自分が木の上にいることも忘れ、枝をつかんだ手をゆるめて大河のつきあたりを指さしたので、もう少しで木の上から転がり落ちそうになった。子どもは大人より目ざといので、つづけて四、五人の子どもたちもほぼ同時に船を見た。船はとても小さくぼんやりとしていたが、白い帆《ほ》がだんだん大きくはっきりしてきた。

「船がもどってきたぞ！」

河岸には人がたくさんいるのに、きこえてくる言葉はそれだけだった。子どもたちは大人よりも興奮していた。女の下放《かほう》青年たちは一人一人が村の一軒《けん》一軒にあずけられ、村人たちは蘇州《そしゅう》から来た女の子を一人ずつ迎《むか》え入れるからで、みんな不安でドキドキしていた。すべての家に配置されるはずはないからだ。昨夜からずっと細米《シーミー》は考えていた。うちにも一人来るだろうか。彼の家は条件的には一番に迎え入れられるはずだった。家には部屋があまっていたし、父親の学校の宿舎にも空き部屋が一つあった。だが、やはり安心できなかった。なんとか家に一人迎え入れたいと思った。なぜそう思うのか、自分でもわからなかった。

洟《はな》たれが河べりでとびはねた。

「来たぞ！　来たぞ！」

細米は思った。何を喜んでるんだ。おまえの鼻水のせいで、おまえの家には配置されるものか。翹翹《チアオチアオ》がいつの間にかかけよってきた。前足を木の幹にかけると細米にむかって叫《さけ》び、細米が相手にしないと見るや、水辺の方に走っていった。子どもたちが大喜びで叫ぶのを見ると、翹翹もこっちにやってくる船にむかってほえた。

船の上の人たちの姿が見えてくると、子どもたちは大はしゃぎしはじめた。小七子《シャオチーズ》は前の方に来るつもりがないのか、ずっと前には出てこなかった。前方の笑い声がきこえてくるとイライラしてきて腹さえたてた。

樹窓《シューチュアン》という男の子が人かべの後ろから必死で前へと出ようとしていたが、すきまに入りこめないでいた。小七子はずっととなりで樹窓を見ていた。樹窓は柵《さく》の中に入りこもうとして閉じた柵にはばまれたブタのようだった。樹窓はもう一度人がきに突進《とっしん》したが、力がないために人がきにはねかえされた。小七子が笑った。樹窓はふりむいて小七子を見ると、離《はな》れていって別のところから人がきに突進した。

小七子は横丁のおくへと退散しはじめた。五十メートルも退散しただろうか。樹窓がもう一度人がきに突進しようとしたとき、小七子はいきなりかけ出して加速し、樹窓が人がきにぶつかった瞬間《しゅんかん》、思いきりその背中に突撃《とつげき》し、樹窓《シューチュアン》のするどい叫《さけ》び声とともに人がきが前へとたおれていった。人々は次々とおしつぶされて、後ろからおし寄せる波のように前へ前へとたおれていった。

細米《シーミー》が紅藕《ホンオウ》にむかって大声で叫んだ。

「木にしがみつけ！」

紅藕はうずまく人の流れの中でしっかと木にしがみついた。大勢の人たちが足をとめられず、紅藕の横をすべって前へととんでいった。細米は最前列の人たちがたおれて河に落ちて水しぶきを上げるのを見た。小さな子たちは水中に落ちると水を飲み、水面にもがき出ると、めちゃくちゃに両手をふりまわした。幸い、あちこちに大人がいてすぐに水中にとびこむと、小さな子どもたちを一人一人岸に引っぱりあげた。岸は父さん、母さんと泣き叫ぶ声でいっぱいになった。

洟《はな》たれもおされて水の中に落ち、岸にはい上がってきたが、靴《くつ》が片方なくなっているのに気づくと叫んだ。

「靴が！　靴が！　おれの靴がない！」

黒い、つま先に穴の開いた靴がみにくいアヒルのように水面をただよっていた。洟たれはもう片方のぬれた靴を持って、河べりを追いかけていった。

「靴！　靴！　おれの靴！」

細米は枝の上にすわって涙たれの声音《こわね》をまねた。

「靴！　靴！　おれの靴！」

人々はドッと笑った。

たくさんの人がさっき後ろから思いきり人かべをおしたのがだれなのかを追究しはじめ、すぐに樹窓に思いあたった。樹窓は小七子《シャオチーズ》を指さした。

「こいつがおれをおしたんだよ」

小七子が言った。

「見たのかよ？　証明できるのかよ？」

樹窓の母親がやってきて、樹窓を引っぱると言った。

「あの子からは離《はな》れてなさいと言ったでしょ」

樹窓は言った。

「あいつにくっついてなんかいないよ。あいつがぶつかってきたんだ」

樹窓の母親は小七子をチラリと見ると、にくにくしげに小さい声で言った。

「きらわれ者が！」

それから樹窓《シューチュアン》の腕《うで》をつかむと遠くへ引っぱっていってしまった。大勢の人がふりかえって小七子《シャオチーズ》を見たが、だれも相手にしなかった。

洟《はな》たれの靴《くつ》はどんどん流されていった。洟たれは性《しょう》こりもなく叫《さけ》びつづけていた。

「靴！　靴！　おれの靴！」

だが、彼の声はすぐに歓迎《かんげい》のドラの音にかき消された。船はもうはっきりと稲香渡《タオシアンドゥ》の人々の視界に入ってきていた。大きな白い帆《ほ》が風にたなびき、明るい日差しが岸辺の木や家や人の顔に反射していた。船が船着き場まであと五十メートルに迫《せま》ったとき、船上の娘《むすめ》たちの顔が一人ずつはっきりと見え、なぜか稲香渡の人々は全員、目の前の光景に静まりかえった。太鼓《たいこ》をたたくバチも止まり、ドラも鳴らなくなり、ワイワイ言う話し声も消えさり、残ったのはあたり一面の静けさだけだった。

すべての人がその場にくぎづけとなったまま、だれもおし合わなくなり、それぞれが岸辺にかたまっていた。十数人の娘たちも、ある者は船首にすわり、ある者は船板の上にすわり、ある者は船尾に立ち、二人は帆の下に寄りそって立ち、それぞれの姿で船の上でかたまっているようだった。船だけが動きつづけ、船首からはパシャッパシャッと水の音がひびいていた。

稲香渡の人でこんな娘たちを見たことがある者は少なかった。娘たちの容姿、服装、顔立ち、肌《はだ》の色と雰囲気《ふんいき》は岸の上にいる稲香渡の人たちと明らかにちがっていた。娘たちは優雅《ゆうが》で美しく、都会の少女特有の静けさと落ち着きと恥《は》じらいがあり、守ってあげたくなるようなか弱さがあった。娘たちは興奮しながらも少々おびえてもいて、長旅の途中のハトの群れがエサをとるために見知らぬ畑にとび降りたように、少しでも物音がしたらすぐにもとびたってしまいそうな感じだった。

同じ麦でもちがうように、同じ米でもちがうように、人もまたちがうのである。田舎《いなか》の人たちにとって彼女たちはまるで天上から降り立ったようだった。そのうちの一人は赤いハンカチで黒髪《くろかみ》をたばね、娘たちの中でも一番年が小さいようだった。

無数のカササギが大河の上空を行ったり来たりしていて、稲香渡の老人はのちに言ったものだった。あんなにたくさんのカササギは見たことがない、と。翹翹《チアオチアオ》も水辺に立って、ぼんやりと船をながめていた。

船は水をおし、船首からプップッと水花をとばしていた。風が帆綱《ほづな》を打ってたてる音まではっきりときこえた。岸の上の人たちは船上から伝わってくる歌声をきいた。二人の女の子が小さな声で歌っていた。稲香渡《タオシアンドゥ》の人たちがきいたこともない、心打つ調べだった。洟《はな》たれはもう自分の靴《くつ》を追いかけるのをやめた。片方の靴を手に持ったまま、呆然《ぼうぜん》と水辺に立っていた。船がたてる波がたえず洟たれの両足を沈《しず》めていた。

白い帆《ほ》が人々の視界をさえぎった。静けさの中、空中にバサッとよくひびく音がした。帆が落ちてきたのだ。ずっと面舵《おもかじ》をとっていたひげ面《づら》の村長が大声で叫《さけ》んだ。

「なにをぼんやりしている？　ドラだ！　爆竹《ばくちく》を鳴らせ！」

2

ドラが打ち鳴らされ、爆竹が鳴った。細米《シーミー》の家の犬もほえた。河岸は大騒《おおさわ》ぎになった。

船首で男が叫んだ。

「どいた、どいた」

ケーブル綱《づな》をつかみ船着き場にとび移ると、牛の鼻を引く牛飼いのように前へと滑行《かっこう》する船をぎゅっと引っぱり、ゆっくりと船着き場に艫《ろ》づけにした。これで船は動かなくなり、そのほかのすべてが動きはじめた。細米は木の上で見ていられなくなり、両手で枝をつかむと体を宙づりにし、何度かゆさぶってから軽々と地上に降り立った。

はね板がかけられると娘《むすめ》たちが下船しはじめた。人々の群れは一陣《いちじん》の風が吹《ふ》いたように自然と通り道を開けた。女の子たちは一人一人が生き生きと魅力的《みりょくてき》に、稲香渡の村人たちの素朴《そぼく》な好奇心《こうきしん》いっぱいの視線に見つめられて、恥《は》ずかしそうにほほえんでいた。はね板を渡《わた》るときは少し緊張《きんちょう》し、はね板を渡りおえて船着き場の石段をふむとまた軽やかになる。同じ年ごろの稲香渡の娘たちとくらべて、彼女たちの体はもっとしなやかできびきびしているようだった。

人々は次々に船に上がり、娘たちの荷物を岸に上げるのを手伝い、はね板を娘たちに渡らせるため、彼らの多くは水の中に入って船にはい上がり、荷物を持つとまた水の中を歩いて岸に上がった。

赤いハンカチで髪《かみ》の毛を結んだ女の子は、ほかの娘たち全員が岸に上がっても一人船首に立っていた。両手で革《かわ》のスーツケースを持ち、両足はスーツケースにかくされてすねだけが見えていた。彼女の腕《うで》が長すぎるのか、それともスーツケースが重すぎて腕が引っぱられて長く見えるのか、とにかくその腕はとても細く長く見えた。

彼女は少しおびえて二十センチほどの幅《はば》のはね板を見つめ、足をふみ出せないでいた。どういうわけか、人々も彼女に近づいてスーツケースを受け取り彼女を引っぱって岸に上げることを忘れて、じっと見つめていた。永遠に彼女がその姿勢で船首に立っているのをじっと見つめていたいとでもいうようだった。

細米《シーミー》は浅瀬《あさせ》に立って見ていた。船が岸に着いてから、細米はずっと身じろぎもせずにそこに立っていた。ぽかんと間のぬけた様子で、好奇心に満ちた賢《かしこ》そうなすきとおった瞳《ひとみ》で、こちらの娘《むすめ》、またあちらの娘と見ていたが、たいていの時間は赤いハンカチの女の子を見ていた。なぜか細米は彼女を見るたびに恥《は》ずかしくなり、それがたちまち顔に表れた。自分が彼女を見るときに、こっそりと見ているという自覚があった。どこかで彼女を見たことがあるという不思議な感じがした。

まだだれも女の子のスーツケースを運んでやらなかった。彼女は頭をまわし、見知らぬ空の下で何かをさがしているようだった。細米を見ると定まらなかった視線が細米の顔の上で止まった。そして、自分が置かれた状況《じょうきょう》も忘れて思った。顔立ちのととのった男の子だわ。彼女もぼんやりと自分がどこかで彼に会ったことがあるような気がしていた。

ひげ面《づら》の村長が岸に上がってきていた。

「みんな、岸に上がったかね」

だれかが答えた。

「まだ一人いる」

彼女に手を貸す者がまだいなかった。ひげ面の村長が言った。

「勇気を出して、上がっておいで」

娘ははね板を見たが、やはり足がふみ出せなかった。ふりむいて、また細米を見た。

翹翹《チアオチアオ》がとつぜん、ワンと鳴くと船にむかって走ってきた。前足をはね板にかけ、頭をまげて娘を見ると、また身をひるがえして細米の方にかけてきた。細米は彼女の瞳が呼んだような気がして、無意識のうちに船にむかって足を動かすと数歩あとにはかけ出し、どんどんかけていくと水しぶきを上げた。

娘は細米が走ってくるのを見ていた。細米は船べりに着くと息を切らしながら娘を見上げ、両手をのばして娘の手の中にあるあのスーツケースをかかえようとした。娘は少し腰《こし》をまげると目でたずねた。だいじょうぶ？

細米はうなずいた。娘はしゃがむとスーツケースを渡《わた》した。細米はスーツケースを抱《だ》きかかえた。スーツケースの重さを推測しまちがえたか、スーツケースがツルツルしてすべったのか、あるいは二人が渡し受け取ったタイミングが悪かったのか、娘が手を放したとたん、スーツケースは細米の腕《うで》からすべり落ちて水の中に落ちた。岸の人たちが「わっ」

と声を上げた。

細米《シーミー》はあわててスーツケースをつかんだが、足をすべらせて体のバランスを失い、水中にたおれてしまった。ようやく立ち上がると小七子《シャオチーズ》が、へへへへと笑った。スーツケースはかなり先まで流れてしまっていた。細米は急いでスーツケースにむかって泳いでいった。翹翹《チアオチアオ》もしっぽをふって身をおどらせると、スーツケースにむかって泳ぎはじめた。

水の上をただようスーツケースは船のようだった。細米は取っ手をつかみ、引っぱってもどってきて立ち上がると、力いっぱい持ち上げて、それから頭の上にのせて一歩一歩しっかりと足をふみしめて岸に上がってきた。

細米はふりむくと娘《むすめ》を見て目で言った。もうだいじょうぶだよ。上がってきて。娘ははね板を歩き出した。細米はスーツケースを頭にのせて階段を上っていった。湿《しめ》った服からはポタポタと水がしたたり落ちていた。娘は細米のぬれた足あとをふんであとにつづいた。洟《はな》たれが走ってきて手伝おうとして、細米に足でけられた。娘は女の子たちの中にもどった。だが、スーツケースがまだ細米の頭の上にのっていた。紅藕《ホンオウ》が言った。

「スーツケースを返しなさいよ」

細米はようやくスーツケースのことを思い出し、娘に返した。娘が細米を見て笑った。

すぐに細米は身をひるがえすと、大人たちの後ろにかくれた。稲香渡《タオシアンドゥ》の人たちは娘たちをとりかこんだ。年寄りたちが言い合った。「街の娘は美しいなあ」「一人一人がやわらかなネギのようだ」「白くて、こねた小麦粉みたいだ」「顔立ちもかわいらしい」田舎《いなか》の人たち、とくに年寄りは人の顔立ちを品評するのが好きだ。なかでも、子どもや若い娘、若者を品評するのが好きだった。娘たちにはここの年寄りが話す言葉がわからなかったが、自分たちのことを品評しているのはわかり、恥《は》ずかしくてたまらなかった。

村の東のはずれの丁《ディン》ばあさんはほとんど顔をつけんばかりにして、老眼で見えない目を細めて娘たちを見つめた。丁ばあさんの黒くやせて骨ばった手が赤いハンカチの女の子の手をつかみ、表にしたり裏返したりしていた。それから、赤いハンカチの娘の片方の手を左手の上に置くと右手でさすって言った。

「ごらんよ、この手」

細米は顔をねじっていやそうに丁ばあさんをにらみつけた。丁ばあさんは細米を見て言った。

「坊主《ぼうず》、大きくなったらこんな手をした娘を嫁《よめ》さんにもらうんだよ」

細米はきびすを返すと大人たちの背中にかくれた。老人たちは笑った。赤いハンカチの娘《むすめ》も笑い、首をひねって人々の中にかくれようとする細米《シーミー》を見た。紅藕《ホンオウ》は自分の両手を後ろにまわして、こっそりと右手で左手をさすってみた。ひげ面《づら》の村長が石製の腰《こし》かけの上に立つと大声で言った。

「勝手に話さないこと。今から彼女たちをそれぞれ家につれ帰ってもらう。名前を呼ぶから、呼ばれた者は前に出てくれ。周阿三《チョウ・アーサン》」

人ごみの中から周阿三が進み出た。ひげ面の村長は娘たちをふりむくと言った。

「蘇婷婷《スー・ティンティン》、おまえは周阿三の家に住む」

「李樹根《リー・シュゲン》」

李樹根が進み出る。

「柳暁月《リュウ・シャオユエ》、おまえは李樹根の家に住む」

「邱月富《チュウ・ユエフ》」

「ここにいるよ」

「草凝《ツァオ・ニン》は邱月富の家だ」

……………

娘たちが一人ずつ呼ばれはじめると、細米の心臓は手でつかまれ、ゆっくりとしめつけられたようになった。人ごみの中、赤いハンカチの娘がもとの位置に立っているのが見えた。娘たちは一人ずつ、その娘のそばからいなくなり、彼女は一人さびしそうに見えた。娘はときおりふりむくと何かをさがしているような顔をした。事実、船が船着き場に着いてからよくこんな表情をしていた。

紅藕の家も娘を一人引き取った。紅藕は大喜びして、その娘と手をつないで端《はし》に歩いていった。細米は人ごみの真ん中でこっちに背をむけてしゃがみこんだ。翹翹《チアオチアオ》もしゃがみこみ、人ごみのあちこちを見ていた。ひげ面の村長はまだ大声で点呼している。

「周金奎《チョウ・ジンクィ》」

「あいよ」

「韓巴琴《ハン・パーチン》は周金奎の家だ」

細米が思わずふりかえって見ると、人群れの真ん中の娘たちは二、三人になっていた。

細米は両手で耳をおさえた。もう一度ふりかえって見たとき、残っているのは赤いハンカチの娘一人だけだった。細米は頭をかしげて、両手は耳をおさえたまま、近くの爆竹《ばくちく》からさける子どものようだった。

ひげ面の村長はもう名前を呼ばなかった。赤いハンカチの娘を残したまま、小さなメモ帳の名簿《めいぼ》を点検している。娘《むすめ》をまだ引き取っていない家の子どもは木に登ったり、人の群れの真ん中で期待と緊張《きんちょう》に満ちた顔をしている。村長は何人かと何事か言い合ったあと、指でメモ帳をたたいて人の群れにむかって叫《さけ》んだ。

「朱黒子《ジュウ・ヘイズ》」

だれも返事をしない。

「朱黒子」

洟《はな》たれが枯《か》れ草の山からとび降りてきて、地面でとんぼ返りをして転がると、はい上がって大声で言った。

「ここだよ」

村長は洟たれを見たが、相手にせず、また大声で呼んだ。

「朱黒子」

洟たれが言う。

「父ちゃんは魚をつかまえに行った」

「じゃあ、おまえが親父に代わって引き取れ」

「梅紋《メイ・ウェン》」

赤いハンカチの娘が顔を上げると村長を見た。村長が言った。

「この子の家に行くんだ」

人はまばらになり、細米《シーミー》と娘をへだてる人間はほとんどいなくなった。湊たれはうれしくてポンポンととびはね、手にした残りの一足の靴《くつ》も落とし、まだ待っている子どもたちに得意そうに笑うと、大股《おおまた》で梅紋と呼ばれた娘のスーツケースにむかって歩いていった。

湊たれの手が今にも地面のスーツケースにとどこうというとき、細米がいきなり地面からとび上がるととんでいって、湊たれをおしのけてスーツケースの取っ手をつかんだ。湊たれが叫んだ。

「おれの家に来るんだ！」

村長が言った。

「湊たれ、さっさとつれていかないか」

細米はようやく自分の無茶に気づき、手をゆるめるとうつむいて引き下がった。涙《なみだ》があふれそうになり、あわてて草むらの方に歩いていき、その間に涙をこらえた。梅紋はじっと細米の背中を見つめていた。翹翹《チアオチアオ》は細米を追いかけながら、ふりかえってはこちらを見た。細米は草むらにたどり着くとふりかえって、梅紋がどうしようもなく、それでも申し訳なさそうにこちらを見てほほえんでいるのを見た。

洟《はな》たれがスーツケースをつかんで持ち上げた。梅紋《メイ・ウェン》は片手を洟たれの肩《かた》に置くと、また細米《シーミー》をチラリと見て、洟たれといっしょに洟たれの家のある村の入り口へと歩いていった。細米は草むらに立っていた。初めは何も感じなかったが、梅紋が村の入り口の横丁で足を止め、またこちらをふりむいて自分を見たとき、なんとも言えない失望感と悲しみを感じた。人はだれもいなくなり、河べりには細米と彼の犬だけが残された。少し前までは人声でわいていた河岸がしんと静まりかえっていた。

太陽が西に落ち、空がだんだんと暗くなってきた。遠くから来たアヒル飼いが舟をこぎ、アヒルの群れを追いたてて、ゆっくりと、だが休みなく大河を進んでいく。おなかいっぱい小魚や小エビや巻貝を食べたアヒルたちも、もうそれ以上エサをあさる気はなく、主人と思いは同じで遠くの家へと泳いでいく。村へと通じる道には牛飼いや羊飼いが牛や羊を追いながら、それぞれ牛小屋や羊小屋へとむかっていく。

河岸には空っぽの船が声もなく波の動きにゆれていた。にぎやかだった一日に疲《つか》れてねむくなったようだった。炊事《すいじ》の煙《けむり》が煙突《えんとつ》から立ちのぼってきて、風に吹《ふ》かれて大河の上空へとのぼっていく。

細米はしょんぼりと両手をズボンのポケットにつっこんで、家へと歩き出した。おなかがすいて、ぺちゃんこだった。ズボンは下にずり落ち、すそは巻き上げられている。靴《くつ》には水がたまり、歩くたびに音がした。ポチャン、ポチャン……たそがれの中、空っぽで単調な音が夕飯前の静かな村の横丁にひびいた。

3

その夜の夕ご飯を細米は心ここにあらずで食べ終え、ご飯とおかずを口で食べるのではなく、自分とはまったく関係のないところに運んだようだった。父と母が食べ終わってからもしばらく茶碗《ちゃわん》を手にぼんやりとしていた。

女教師の林秀穂《リン・シュウスエ》が入ってきて細米の母に何かを借り、細米を見ると細米の母に言った。

「細米は何か考えごとがあるみたいね」

母が言った。

「河べりから帰ってから、ずっとこの調子なの」

林秀穂がきいた。

「細米、どうしたの？」

細米《シーミー》は茶碗《ちゃわん》のご飯を口に運ぶだけで、返事をしない。

「耳がついてないの。林《リン》先生があんたにきいてるのよ」

細米は茶碗をテーブルの真ん中におしやると言った。

「なんでもない、なんでもないよ……」

がまんしていた涙《なみだ》があふれだし、手の甲《こう》で目をこすると、おくの部屋へと歩きながら、口ではまだおこったようにつぶやいていた。

「なんでもないったら、なんでもないんだ」

母は細米が部屋に入っていくのを見送ってから、訳がわからないというように林秀穂《リン・シュウスエ》を見た。

「あの子ったら、今日はどうしたのかしら」

林秀穂は首をふった。彼女にもわからなかった。

細米は部屋に入り、カバンから筆箱を出して開けるとナイフを取り出し、机にむかってためらうことなく刻みはじめた。一刀一刀、力をこめ、シャシャという音とともに机の上はあっという間に新鮮《しんせん》そうな木くずで山もりになった。母が入ってきて、細米が机を削《けず》っているのを見ると指さして言った。

「昨日、打たれたばかりなのにもう忘れたの？」

細米は母にかまわず刻みつづけた。

母は走ってきて細米の手のナイフを取り上げると、窓の外の草むらに放り投げた。

「物を刻んでばかり、いいかげんにしなさいよ」

細米は叫《さけ》んだ。

「刻んでなにが悪い？」

叫びながら涙を流して外へとかけ出していった。母は細米の勉強のために用意した机をおしそうに見つめた。机はすでにちゃんとした面は残ってなく、いたるところがナイフで刻まれていた。母はため息をついて、言った。

「この子はどこかおかしいのかしら。一日刻まないと手がムズムズするみたい。このままだと、そのうち人の体まで刻みかねないわ」

母は腹をたてながらも、視線は思わず机に刻まれたものに引きつけられていた。そこには、ニワトリあり、アヒルあり、ヤギとロバもいた。ツバメ、ハト、カラスにツルもいる。大人も子どもも男も女もいる。それらがいっしょくたに刻まれている。母は絵に魅《み》せられておこったことも忘れていた。そういうことが数えきれないほどあった。もちろん、母も最後はやはり腹をたてる。それもおおいに腹をたてるのだった。

細米《シーミー》は中庭の門まで走ってきて、つまらなそうに門に寄りかかると顔を上げて三日月を見上げた。いつもなら、夕食後は裏の村まで走っていって、洟《はな》たれたちと村の横丁で取っ組み合いをしたり、さまざまな遊びをする。だが、今日はそんな気分ではなかった。今夜は月も色が薄《うす》いと思い、少し見ただけで見るのをやめ、手を建物のかべにはわせた。かべには一か所、動くレンガがあり、それを取ると中に手をつっこみ、ナイフを取り出した。

細米はあちこちにさまざまなナイフをかくしていた。猫《ねこ》が出入りする穴、ドアの上、布団《ふとん》の下、教室の机の中…ありとあらゆるところにナイフがあった。一体、ナイフを何本持っているのか、自分でもわからなかった。かくし場所も多すぎて、忘れているときもあり、ある日とつぜん思い出すとうれしくなるのだった。母はもう何本も細米のナイフを捨てていて、河に投げ捨てただけでも数本あった。

ナイフを月光の下でながめると、刃の輝《かがや》きがたりないので門の石段の上でみがきはじめた。ナイフがじゅうぶんに鋭利《えいり》になったと感じるまでみがきつづける。細米はナイフをまた月光にかざすと、家の中からもれてくる明かりをたよりにまた門に刻みはじめた。門の開き戸にはすでにたくさんの絵が刻まれていた。洟たれを刻むと、長い二本の鼻水を刻もうとした。シャッ、シャッ、シャッと木くずがどんどん落ちてくる。

母が家の戸口で「また何か削《けず》ってるの?」と言うと中に入っていった。少しすれば母がほうきかはたき、あるいはいっそのこと棒を持って走り出てくるにちがいない。細米はすぐにナイフをもとにもどすと、すばやくその動くレンガをもどして走って逃《に》げた。

母が戸口にかけもどったときは細米の影《かげ》すら見えなかった。母は夜の闇《やみ》にむかって叫《さけ》んだ。

「いつかその手を切り落としてやるから!」

細米は菜園をぬけて柵《さく》をとびこえると、ポプラの林をぬけて蓮池《はすいけ》に出た。もうすぐ夏になるので、蓮池は葉が生い茂《しげ》っている。細米は蓮池のあぜにすわり、両足をひんやりとする水の中にひたした。小魚が寄ってきてかかとをついばむ。気持ち良さにあおむけに寝《ね》ころぶと、両腕《うで》で支えたまま魚がつつくにまかせた。もう昼間の失望感と悲しみは忘れ、大きな声で歌いたい、あるいは歌を叫びたい欲望にかられた。

月よ　月
光り輝く月よ

ばあちゃんの手を引き　便所に行くと
便器にヤモリがいる
ばあちゃんの腹をさぐると…

月にむかって大声を上げ、わざとかすれた声を出した。何度も叫《さけ》ぶうちに声はますますかすれてきた。職員室で宿題の採点をしていた教師や宿舎で何かしていた教師がみんな細米《シーミー》の叫び声に笑い出した。こっそりと戸外に出て細米をじゃますることなく、ただきいていた。

細米はだんだん興奮してきて、ますます力が入り、リズムが出てきた。そのうち立ち上がると芝居《しばい》でもしているように蓮池《はすいけ》の周りを歩きながら叫び、おおげさな身ぶりまでつけはじめた。林秀穂《リン・シュウスエ》はとうとうがまんできなくなり、ハハハハと笑って言った。

「細米、何を叫んでいるのよ?」

細米の声はほとばしる水道の水がとつぜん蛇口《じゃぐち》をしめられたように静かになった。細米がまた腰《こし》を下ろすと、涙《なみだ》が鼻の両側をつたって落ちていった。

4

　翌日の稲香渡《タオシアンドゥ》中学は昨日の興奮をまだ引きずっていた。中一から中三まで、教師から生徒まで、話題はすべて来たばかりの下放《かほう》女青年たちのことだった。中一の教室はわきかえっていた。細米一人だけがムスッと机の前にすわっていた。何もしたくなく、ひたすら机に何か刻みたいと思ったが、同級生たちの話し声がたえずじゃまをして、それにじっと耳をかたむけた。

「うちに来た人はハモニカが上手いんだ」

　周大国《チョウ・ターグオ》は本をつかむとハモニカの代わりに口元にやり吹《ふ》きはじめたが、ブブブと音を立てるだけで屁《へ》のようで、みんなに大笑いされた。紅藕《ホンオウ》が言った。

「うちに来た人はものすごくたくさん、とてもきれいな髪止《かみど》めを持っているの」

　そう言うと、頭から美しい髪止めを取り、手のひらにのせて言った。

「私にもくれたのよ」

　女の子たちは、わあっと紅藕をとりかこんだ。

「きれい」

「私にもちょっとつけさせて」

「私にも」

湊《はな》たれが椅子《いす》にとびのって、言った。

「おまえたち、きのう見ただろう。うちに来たのは一番きれいな子だぜ。母ちゃんが天女みたいだと言ってた」

頭をふって、つづけた。

「歌を歌うのもきいた。母ちゃんもきいた。父ちゃんもきいた。姉ちゃんも…」

やっと自分の話のくどさに気づいて言った。

「家じゅうがきいたんだ。そのときおれは鼻水もすすれなかった」

教室がまた大笑いに包まれた。

細米《シーミー》はふりむいて湊たれを見つめた。湊たれは細米にむかって得意そうに顔を上むけると、机にとびのって行ったり来たりするうちに机の端《はし》をふんで机がたおれ、自分はしたたかに床《ゆか》に転がった。細米はそれを見るとおおげさに大笑いした。湊たれは立ち上がるとクルリと後ろをむいて、細米にむかって尻《しり》のほこりをたたき、ほこりがパンと細米の顔にかかった。それからふりむいて言った。

「このぐらいがなんだ。とにかく、うちには一番きれいな人が来たんだからな」

そう言うと両手を後ろにまわして、机の間の通路を行きつもどりつして、大声で叫《さけ》んだ。

樹上の葉　樹上の花
樹上の葉はおれの家
風が吹《ふ》き　雷《かみなり》が鳴る
太陽が大河に沈《しず》み　おれは家に帰る
針を買い　糸を買う
赤いひもを買って　姉さんがおさげを結《ゆ》う
おさげは長く　おさげは短く
姉さんは花のよう

細米は歯を食いしばると洟たれをにらんで、心の中でつぶやいた。洟たれめ、今に見てろよ。

昼になり学校がひけると細米は一番に教室をとび出したが、家には帰らず、急いで校庭の外へと出ていった。少しして湊《はな》たれもやってきた。細米《シーミー》は道に横になり、カバンをまくらにして足を組むと、昼の太陽に照らされてだるそうにしていた。湊たれの足音が近づいてくる。細米はいきなり両手を広げると、太陽にむかって叫《さけ》び出した。

樹上の葉　樹上の花
樹上の葉はおれの家
風が吹《ふ》き　雷《かみなり》が鳴る
太陽が大河に沈《しず》み　おれは家に帰る
針を買い　糸を買う
赤いひもを買って　姉さんがおさげを結《ゆ》う
おさげは長く　おさげは短く
姉さんは花のよう

湊たれが言った。
「おれが先に読んだんだぞ」

細米は寝《ね》ころがったまま言った。

「おれが読んじゃいけないのか」

「とにかく、おれが先に読んだんだ」

いつもなら湊たれは細米の金魚のフンなのに、今日の湊たれは偉《えら》そうで細米など目にも入らない様子だった。湊たれの偉そうな様子に細米はものすごく腹がたった。身動きもせず死体のように横たわっていた。

「そこをどけよ」

細米は両目をつぶった。

「どけったら！」

細米はいびきをかきだし、いびきの音はますます大きくなった。

湊たれは言い放った。

「どかない気なら、いいさ」

そう言うと、ひらりと細米の上をとびこしていった。細米はすぐに起き上がると、にくにくしげに呼んだ。

「湊たれ！」

洟《はな》たれはふりかえると言った。

「杜細米《ドゥー・シーミー》、いいか。今日から二度とおれのことを洟たれと呼ぶな。朱金根《ジュウ・ジンゲン》と呼べ」

「朱金根？　朱金根ってだれだ？」

「おれだ！」

細米は立ち上がると言った。

「クソ洟たれ！」

洟たれはもどってくると、細米にむかってこぶしをふり上げた。細米はびっくりしたが、すぐに洟たれを挑発《ちょうはつ》して言った。

「その度胸があるなら、ふり下ろしてみろよ」

洟たれは細米に面とむかいこぶしをふり上げていたが、なかなかふり下ろせないでいた。こぶしを下ろすかどうか考えているうちに、鼻水が二本、また流れてきた。細米はバカにして笑った。洟たれは鼻水をすすり上げると細米にかかわるのをやめて、クルリと身をひるがえして家の方にむかって歩き出すと、細米が思いきり足ばらいをかけて洟たれを転倒《てんとう》させた。洟たれが細米をののしりながら地面からはい上がると、こぶしを細米の顔にふり下ろした。細米はちょうどムシャクシャしてケンカしたいと思っていたので、洟たれの髪《かみ》の毛をひっつかむと足をひっかけて、わらの束をたおすように洟たれを地面に投げたおした。洟たれはまた起き上がってきてこぶしをふり上げたが、また細米にたおされて立ち上がれなくなった。

「まだやるか」

細米が頭をひとふりすると汗《あせ》がとび散った。洟たれはへなへなと地面に横たわっていた。

「やらないなら、帰るからな」

細米はカバンを取って家に帰りはじめ、大声で叫《さけ》び出した。

樹上の葉　樹上の花
樹上の葉はおれの家
風が吹《ふ》き　雷《かみなり》が鳴る
太陽が大河に沈《しず》み　おれは家に帰る
針を買い　糸を買う
赤いひもを買って　姉さんがおさげを結《ゆ》う
おさげは長く　おさげは短く

細米《シーミー》は後ろに風の音をきいたが、まだふりむかないうちに洟《はな》たれが「わあ」とひと声叫《さけ》んで頭ごと細米の腰《こし》に突進《とっしん》してきて、細米は受け止めきれずに前のめりになり、ドボンという音とともに道ばたの大きな池に落ちた。カバンがとんで、中の本がとび出して水の中に落ちた。

細米は水面に顔を出すと両手で池の端《はし》の葦《あし》をつかみ、すばやく岸にはい上がると洟たれと取っ組み合いになり、洟たれを池につき落とした。洟たれは三回、細米を池につき落とし、細米は洟たれを五回、池につき落とした。

細米は池から本を拾い上げ、乱暴にカバンにつっこむと、葦をつかんだまま池からはい上がってこない洟たれにむかって言った。

「たかが下放《かほう》女青年を家に引き受けたぐらいで、なんだ、偉《えら》そうに！」

洟たれの返事はおかしかった。

「おまえの家なんか、なんだ、偉そうに。親父が校長だっていうだけだろ」

細米はしゃがむと洟たれのむれた頭をたたいて言った。

「帰るぞ」
細米はまだ水がぬれ落ちているカバンを肩《かた》に放り上げると、家にむかって歩きはじめた。

樹上の葉　樹上の花
樹上の葉はおれの家
風が吹《ふ》き　雷《かみなり》が鳴る
太陽が大河に沈《しず》み　おれは家に帰る
針を買い　糸を買う
赤いひもを買って　姉さんがおさげを結《ゆ》う
おさげは長く　おさげは短く
姉さんは花のよう

洟たれは目の前を小魚が泳いでいるのを見ると、両手を水中にくぐらせ、さっと持ち上げて、水が手からもれつくすと小魚が手の中にとどまっていた。細米が叫ぶのをききながら、手の中でのたうつ小魚に言った。

「なんだよ、偉《えら》そうに。おれが先に読んだんだからな」

5

一週間後のある日の夕方、細米《シーミー》が畑の中の風車の大きな羽の上で太くて固い中軸《ちゅうじく》にクラスの友人たちの絵を彫《ほ》っていると、翹翹《チアオチアオ》が麦畑をななめにつっきってかけてきた。翹翹が麦畑をかけると麦がサアーッと両側に分かれ、大きな魚が浅い水の中を水面をやぶって泳いでいるようだった。翹翹はハアハアと風車の下までかけてくると、細米のズボンをかんで一生懸命《いっしょうけんめい》に下におろそうとする。

「翹翹、どうしたんだ」

翹翹は家の方向にむかって大声でほえる。

「帰れよ。ほえるなって。おれはもう少し彫っていくから」

翹翹は細米のズボンをかんで、さらに力強く引っぱる。

「母さんがおれに帰れと言ってるんだな」

細米はナイフを風車の軸の割れ目にかくすと、しかたなく翹翹と家に帰った。両手で門のとびらを開けたとき、細米は立ちどまった。中庭の大きなトチの木の下に、あの梅紋《メイ・ウェン》という娘《むすめ》が立っていたのだ。やわらかい夕日が低い塀《へい》ごしに中庭にさしこんでいた。トチの木はちょうど白い花をつけていて、緑に映《は》えた白い花が小さなロウソクのように葉の間に立っていた。娘の肌《はだ》の色はトチの花によく似ていた。娘の横には細米が大河に落としたスーツケースが置いてあり、少し背伸《せの》びして半分開いたトチの花とまだ開かないトチの花の匂《にお》いをかいでいる。母が先に細米に気づいて、言った。

「うちの細米が帰ってきたわ」

梅紋はふりむくと、細米を見ても少しも驚《おどろ》かずにほほえんだ。細米はどうしていいかわからず、両手でとびらをおさえたまま、体を横むきにして片目で庭の様子を見つめていた。

母が言った。

「この子ったら、人見知りなんだから」

それから細米にむかって叫《さけ》んだ。

「入ってくるのよ。だれも取って食べやしないから!」

細米はもぞもぞと庭に入ってきた。母が言った。

「湊《はな》たれの上の兄さんが軍隊を退役して、二、三日もすると帰ってくるのよ。あの家の空き部屋は長男の部屋だから。帰ってくればすぐお嫁《よめ》さんを取るし、湊たれの父親はもともと人を住まわせることに気のりしなかったのよ」

　母は柵《さく》の方を指して言った。

「うちには空き部屋があるし、父さんは学校にも部屋があって、広くていい部屋だと言っているわ。村長にも学校にも話はつけて、梅紋《メイ・ウェン》姉さんはうちの人になって、父さんの学校の部屋に住み、うちで私たちとご飯を食べることになったの。良かったわね、姉さんができて。あいさつなさい」

　細米《シーミー》はあいさつしなかった。母が言った。

「この子は小さいときからこうなの。ほうきとぞうきんで部屋をそうじしてくるわね」

　そう言うと母は家に入った。梅紋はトチの花をながめながら言った。

「この花、きれいね」

　細米は家に入るとハサミを持って、スツールを運んできた。スツールの上に立つと、頭を下げて梅紋に目でたずねた。どの花がいい？　梅紋は指で緑のおく深くにかくれた花をさした。細米は注意深く切ると梅紋に渡《わた》した。梅紋は髪止《かみど》めをはずすと白くきれいに並んだ歯でかみ、トチの花を髪止めの中にさし入れ、左手でしばらくおさえると右手で口から髪止めを取り、花と髪の毛をいっしょに留めた。母が戸口に立って見ていた。梅紋が母にきいた。

「きれいですか？」

母は言った。

「あなたなら、どんな花をさしてもきれいよ」

細米は一生この日を忘れないだろう。

＊蘇州《そしゅう》　中国江南地方の都市。街を縦横に水路が走る水の都で、庭園建築で有名。

＊下放《かほう》　一九六六年、毛沢東《もうたくとう》の号令で都会の若者たちが僻地《へきち》や農村に労働を学びに派遣《はけん》された。

＊県城《けんじょう》　中国では、市の下の行政区が県で、その県役所がある町が県城。

第二章　樹上の葉はおれの家

1

ひげ面《づら》の村長が言った。

「娘《むすめ》たちは来たばかりで何もわからないから、しばらくは畑仕事はしないで休むといい。野良仕事は今後いくらでもある。慣れるまでいろいろと苦労するだろう。今は何を見ても新鮮《しんせん》で楽しくてしょうがないが、それが過ぎればメソメソシクシクするだろうよ。こんな細っこい娘たちに野良仕事がつとまるのだろうか」

梅紋《メイ・ウェン》は細米《シーミー》母子に助けられ、簡素で明るい快適な部屋を整えることができた。やることがなくなると、細米の母の仕事を手伝いはじめた。稲香渡《タオシアンドゥ》の教師たちは梅紋が校長の杜子漸《ドゥー・ズージエン》の家の子で、細米の姉のような気がした。長いことよそにいた姉が帰ってきたため、少しよそよそしいだけのようだった。四人でご飯を食べ、楽しそうに話し、なまりのせいでたがいの言葉が完全にはききとれないものの、交流の妨《さまた》げにはならず、むしろたがいが知らない言葉や表現を問いただして意味がわかると、逆にそれが一家の大きな楽しみになったりした。

細米の母は自分の家の食事のほかに、稲香渡中学の教師たちの食事も作っていた。食事は台所と食堂に敷居《しきい》のない大きな部屋でとった。細米の家のおかずと教師たちのおかずは同じこともあり、ちがうこともあった。ちがうとき、教師たちの中には自分たちのテーブルのおかずを箸《はし》ではさんで細米の家のテーブルに持ってきて、細米の飯茶碗《めしぢゃわん》にのせ、細米の家のテーブルをながめてほしいおかずがあると、自分の飯茶碗に取って食べて「うまい」と言う者もいた。ほかの教師たちもそれをきくと、やってきて食べるので、細米の家の皿はあっという間に空になってしまう。梅紋はそれがおかしくて笑った。このときの彼女は完全に杜子漸校長の家族になっていた。

梅紋は細米の母と野菜の根をつんで洗い、米をとぎ、火をおこし、庭を掃《は》き、どんな仕事でもした。自分が家事が下手なのは知っていたが、それでもやりたかった。細米の母もいっしょに働くのが楽しく、できないことは何でも教えてやった。上手くできるときもあるが、たとえばご飯がお粥《かゆ》になってしまっても、細米の母はまるで楽しいことのように笑った。細米《シーミー》の母は土間でいそがしく立ち働きながら、釜戸《かまど》の火に映《は》える梅紋《メイ・ウェン》の顔を見て、知らず知らず仕事の手を止めて、じっとその顔に見入った。梅紋はぼんやりと何かに思いをはせているようだった。細米の母は梅紋をつれて村や町に出かけていくのも好んだ。

二人が畑のあぜ道や河の堤防《ていぼう》や脱穀場《だっこくじょう》を歩いていると、人々はだまってふりむいてながめた。細米の母は梅紋を紋紋《ウェンウェン》と呼び、梅紋は細米の母を師母《＊シームー》と呼んだ。稲香渡《タオシアンドゥ》の教師や生徒たちの呼び方だった。

その日、母と梅紋は庭のトチの木の下にすわって枝豆をもいでいた。母が話し、梅紋がきく。話はすべて細米のことだ。

「あの子はまったくどういう子なんだか。おなかにいるときはちっとも目立たず、周りの人で私が妊娠《にんしん》していると気づいた人は何人もいなかったわ。臨月になっても畑仕事をして体が重いとも感じず不思議に思ったものよ。自分は本当に身ごもっているのかしらとね。おなかも何の動きもしなかったわ。その年の春、ソラマメ畑でソラマメをつんでいて、かごに半分ほどつんだところで急におなかが痛くなってきても、寝冷《ねび》えでもしたのかと思い、おなかの子のことは考えもしなかったら、この子はきっとあせったのね。おなかの中で打ったりけったりしはじめて痛くてあぶら汗《あせ》が出たので、あわてて家にむかって走り出したら、ソラマメ畑を出ないうちにこの子が出てきてしまったのよ。真昼間だったから人を呼んで大勢の人がかけつけたら恥《は》ずかしいので、畑で横になっているしかなくて、それでこの子はソラマメ畑で生まれたのよ」

　梅紋は思わず「わあ」と小声で言って、手でポンポンと胸をたたくと驚《おどろ》くやら心配するやらだった。母は笑って言った。

「平気だったわよ。私が手でソラマメの袋《ふくろ》を開いて広げると、この子はそこに寝《ね》て手や足を伸《の》ばして、まるで猫《ねこ》の子みたいだったわ」

「それから?」

「それから、林《リン》先生たちがやってきて、私が赤ん坊を抱《だ》き、林先生たちが私を家につれ帰ったのでなんともなかったの。最初の三日間はおとなしくて乳を飲んでは寝ていたわね。目を覚ましても全然泣かないの。あの子の父親は言ったわ。この子はおとなしくて物静かだから、きっと育てやすいぞ、と。ところが、三日が過ぎるとまったくちがってしまった。一日じゅう、泣きわめき、昼間はまだマシで抱いてあやしていれば静かにしているときもあったわ。でも夜になると、抱こうがあやそうが何しても泣きやまなくて、目をつぶっても泣きつづけるのよ。私たち夫婦だけでなく、林先生たちも寝られなくてこまってしまった。私が父親におまじないをしようと言うと、父親はおれは文化人だからそんなものは信じないと言うの。でも何日もねむれなくてほかにいい方法も思いつかなかったから、一気に十何枚もおまじないを紙に書いて村の入り口や道ばたの木や塀《へい》にはったのよ」

「何て書いたんですか」

「天の神様、地の神様、うちに夜泣き虫がいます。道を通ったら、どうかこれを読んで、朝までねむるよう言ってくださいって」

梅紋《メイ・ウェン》はそれはおもしろいと思い、クククと笑った。

「そうしたら、二日もたつと泣かなくなったの。夜、乳を飲むと夜が明けるまでぐっすり」

細米《シーミー》が帰ってきたがカバンを門から放り投げると、チラリと姿をのぞかせただけで見えなくなった。母は言った。

「しばらくたつと大変ないたずらっ子だとわかったわ。まったく、どういう子なんだか。六歳《さい》のときに雨がさを持って木に登り、かさを開いてとび降りたの。かさがゆっくりと自分を地上に落としてくれると思ったのね。ところがズドンと地面に落っこちて腕《うで》を一本折ってしまった。八歳の夏には朱金根《ジュウ・ジンゲン》と田んぼで魚をつかまえようとして、水が深くて魚がつかまらないものだから、朱金根に家からスコップを持ってこさせて、小川との境を掘《ほ》って田んぼの水を流してしまったのよ。田んぼは水を張ったばかりで、稲《いね》がちょうど水をたくさん吸うころなのに。村長も学校にやってきて、たくさんの人が文句を言いにきたわ。そのぐらいきかないのよ。どうしようもないから打つしかなくて、はたきが何本折れたかわかりゃしない」

梅紋は言った。

「打つのは良くないです」

「打たなければ屋根に上って瓦《かわら》をはがすもの。打たなきゃこりないのよ」

細米が汗《あせ》だらけになって帰ってきた。梅紋は母親の今の話を思い出し、思わず細米にむかってほほえんだ。細米は気恥《きは》ずかしくなり、むこうをむいてしまった。そのとき、細米は柵《さく》がいつの間にか白いペンキでぬられているのに気づいた。母が言った。

「紋紋《ウェンウェン》がぬったのよ。父さんの学校が内装に使ったペンキがちょうどひと缶《かん》あまってたから」

細米は白い柵を美しいと思った。おかげですべてが明るくなり、菜園の野菜の緑は青々として、柵の下の様々な色の花よりも鮮《あざ》やかに見えた。空までが白い柵のせいでさらに真っ青に見える。なんということのなかった柵《さく》がペンキをぬっただけで急に生命を持ち、人の注意をひきつける。細米《シーミー》はじっと立ちつくし、目には白い柵しか見えなくなった。

「早くカバンを家の中にしまいなさい」

母に言われて、ようやく視線を柵から移した。カバンを取って戸口をまたぐと、ふりかえってまた白い柵を見た。母と梅紋はまだ枝豆をもぎながら細米の話をしていた。枝豆をもぎ終えると、母親はとつぜん思い出したらしく言った。

「中に入って、あの子を見はってて。またナイフであちこち刻むから。これ以上、刻まれたら家はきれいなところがなくなるわ。本当に手くせが悪いんだから」

梅紋は家に入っていった。

2

はたして細米は何かを彫《ほ》っていた。机にではなく、机の上の木のかたまりだ。足音をきつけると母親が入ってきたのかと思い、すぐにそれを引き出しにしまい、そのまま用意してあった教科書を広げた。梅紋がきいた。

「何を彫っていたの?」

細米は梅紋とわかると、ふりむいて言った。

「何も彫っていないよ」

「そんなこと言って、ちゃんと見たのよ」

梅紋は細米の近くに来て言った。

「出して、私に見せて」

細米はゆっくりと引き出しを開けたが完全に開くことはなく、ちょっとだけ開けて中に手をさし入れると、体を机におしつけて梅紋に引き出しの中が見えないようにした。ゴソゴソと中から取り出したのは、さっき彫っていた木のかたまりだった。見たところ、何の形も成していないかたまりだったが、梅紋はじっくり見るうちにおぼろげながらある形に見えてきた。ロバの顔である。

「ロバかしら？」

「洟《はな》たれの家のロバだよ。毛《マオ・》橋《チアオ》橋《チアオ》の家のロバじゃない」

「違《ちが》いがあるの？」

「洟たれの家のロバはまだ二歳《さい》で、毛橋橋の家のはもう三歳だ」

「あなたって本当にすごいわ」

　梅紋《メイ・ウェン》はうなずくと、目の前の男の子の細やかな感受性に心から感嘆《かんたん》した。

「目も鼻も耳も口も、洟《はな》たれの家のロバと毛橋橋《マオ・チアオチアオ》の家のロバは全然ちがうよ」

「そのナイフで彫《ほ》ってるの？」

　梅紋は机の上のナイフを見てきいた。細米はうなずくと言った。

「鉛筆を削《けず》るナイフだ。卵一つとナイフ二本を取りかえられるんだ」

　梅紋はかぶりをふった。

「このナイフはあんまりだわ。彫刻刀《ちょうこくとう》じゃないもの。専門の彫刻刀でないと」

　細米《シーミー》には全然わからなかった。彫刻刀など見たこともない。細米はポカンとした目をしていた。

「彫刻刀には何種類もあって、平刀、丸刀、一つの刀にも大きさによって何十種類もあるのよ」

　細米は自分のナイフがみすぼらしく思えてきて、筆箱にもどしてしまった。梅紋が言う。

「何をするにも専用の道具がいるのよ。たとえば大工さんだって、良い大工は良い道具と切ってもきりはなせないわ。ホゾとホゾ穴がぴたりと合うように作るにはそれなりの道具がいるの。凝《こ》った道具もなく、道具がそろってなくて、ありあわせですませる大工は大工とは言えないわ」

細米はそんな理屈《りくつ》はきいたことがなかった。父親も話したことがないし、母親はもっと話すはずがない。稲香渡《タオシアンドゥ》の教師たちにもきいたことがなかった。細米にはそうした道理がキュウリの棚《たな》に毛がブツブツした実が成りはじめたように新鮮《しんせん》に思えて、じっときき入っていた。刀で彫ることについて細米が真剣《しんけん》にきき入ることはほとんどなかった。細米の心はいつも落ち着きのない牛か羊のようにはねまわっていたからだ。

「あるべき道具があれば心に思ったものが手に流れてきて、手からその上に流れ、まるで自分から動き出したかのように思ったとおりの形になるわ。ときには心で思ったよりも良いものが作れるのよ」

細米は静かにきいていた。梅紋は机の上の絵を見たとたん、すべての注意をそれにひきつけられた。シンプルで稚拙《ちせつ》だが、そのシンプルさと稚拙さに目が何度も輝《かがや》かされた。たまに細米を見ては、すぐに視線を絵にもどした。なぜ、その絵にそんなにひきつけられるのかわからなかったが、それらの絵がたまらなく気に入った。ハトがとび、オンドリが干し草の上で羽を広げ、犬があわてて逃《に》げる子どもを追いかけるのが目に見えるようだった。アヒルが柳《やなぎ》の葉の下でグワッグワッと鳴き、木につながれたロバが宙をあおいでいなくのがきこえるようだった。

梅紋《メイ・ウェン》の視線は細米《シーミー》の小さな部屋を移動し、机から窓わく、ベッドの頭、タンス、椅子《いす》の背、かべのレンガに、細米の母が言ったとおり刻まれていないところはなかった。だが、梅紋が好きなのはまさにその細米に「メチャクチャにされた」ところで、もっと正確に言えば、それらに彫《ほ》られた像であった。梅紋も傷だらけにされた家具に胸が痛まないことはなかったものの。

細米は梅紋の目の色に何か感じたのか、引き出しを全部開けた。梅紋が見たのは引き出しいっぱいの作品で、心の底から驚《おどろ》いた。細米が別の引き出しを開けると、そこも同じく作品でいっぱいだった。梅紋は本当に度肝《どぎも》をぬかれた。

つづけて細米がタンスの戸を開け、たれ下がったシーツを持ち上げ、段ボール箱を開けると、梅紋はタンスの中、ベッドの下、段ボールの中いっぱいの作品を見た。梅紋は茫然《ぼうぜん》としてしまった。細米は興奮して目をらんらんと輝《かがや》かせ、頬《ほお》は真っ赤に染まっている。

それらの作品は、人あり、物あり、空の、地上の、水中のものありで、どれもシンプルで稚拙《ちせつ》だったが、梅紋は興味津々《きょうみしんしん》で見入り、強く打たれた。それらの作品には細米の目に映る世界があった。にぎやかな様々な形をした世界だ。その世界は少年の心で濾過《ろか》され、子どもらしさに満ち、天真爛漫《てんしんらんまん》でかわいらしかった。

梅紋の目はいくつかの作品の上に長く注がれた。犬が一匹《ぴき》、木の下にうずくまり、目は大きな木に注がれている。木の上には猫《ねこ》が一匹いて、うまそうに魚を食べている。魚はまだ尾を動かしているようだ。

丸太橋を男の子と羊が橋の真ん中までやってきて、たがいにゆずらず道を争っていて、男の子の体はバランスをくずし、羊も足が半分丸太橋から落ちかかっている。

中年の女性の姿もある。太って前かけをして、頬をふくらませて目でにらみつけ、体は前かがみになって高々とはたきをふり上げている。

「母さんだよ」

細米が指さした。梅紋は見ているうちに吹《ふ》き出した。細米もつづいて笑い出した。

「お母さんに言いつけるわよ」

梅紋は指で細米の額をつついた。

「言いつけたってこわくないよ。本当におれを打つんだから」

梅紋はもう一度見ると、また笑った。この小さな彫像《ちょうぞう》は幼稚《ようち》で荒削《あらけず》りで、芸術とも刀法とも言えず、一人の子どもが純粋《じゅんすい》に楽しんで彫ったものだったが、なにより生き生きとしていた。ようやく笑いやむと梅紋《メイ・ウェン》はきいた。

「まだある?」

「あるよ」

「まだあるの?」

細米《シーミー》はうなずくと外に出ていった。梅紋がついてくると確信していた。ふりむきもせずに家を出ると、中庭に出て並んだ教室を通りぬけ、小さなポプラの林をぬけると、稲香渡《タオシアンドゥ》中学のこの辺りでは有名な職員室へとやってきた。職員室はもとは祠《ほこら》で、この一帯でもっとも有名な建築物だった。

細米はまだふりむかず、まっすぐ祠の裏へと歩いていった。裏は大きなうっそうとした竹林で、ずっと河べりまでつづいていた。緑の竹で太陽がおおわれているせいか、ここはいつも薄暗《うすぐら》く、古い建築物の裏なので森閑《しんかん》としていて、入ってくる者は少なかった。細米も少しこわいらしく外で少したためらってから、竹林とかべの間の湿気《しっけ》のある薄暗い小道を入っていった。梅紋はためらった。細米がふりむくと、だいじょうぶだから来いよというように梅紋を見た。梅紋がきいた。

「この竹林の中に何があるの?」

細米は答えず、ただ高い塀《へい》を見つめていた。梅紋はその高い塀の上に何かがあるように感じ、思いきって小道に足をふみ出した。すぐにその塀の上にはチョークでびっしりと絵が描《えが》かれているのがわかった。見知らぬ世界のとびらが開かれたように感じ、心ゆさぶる光景を見た。塀をよく見るために後ろに下がることができないので、限りある角度で塀の一部が見えるだけでながめつくせない感じがあった。さらに見上げると絵が屋根のひさしまで描かれていて天上に接しているような感じがした。絵を細かく観察する間もなく、まずその規模に度肝《どぎも》をぬかれた。細米が得意そうに言った。

「全部、おれがかいたんだ」

「何をかいたの？」

梅紋にはすぐにはわからなかった。細米が指さした。

「あれは金《ジン》先生だよ。わからない？」

「金先生？　そう言えば似てるわ。確かに金先生ね。なんであんな格好《かっこう》をしているの？」

「夏は教室で昼寝《ひるね》しなければならないんだ。だれも昼寝なんかしたくないのに、金先生は教壇《きょうだん》にすわっておれたちを見はるんだ。でも椅子《いす》にすわったとたん、真っ先に自分が寝てしまい、いびきまでかく。そうするとおれたちは一人ずつ教室をぬけ出すんだよ」

梅紋《メイ・ウェン》の目の前の絵がはっきりしてきた。金《ジン》先生が椅子《いす》にすわり、ぐにゃりと片方の腕《うで》を力なくたれて、もう片方の手は椅子の背にかけ、てっぺんがはげた頭は霜《しも》に打たれたように胸の前に下がっている。もっと正確に言えば腹の上に下がっている。何人かの男の子がこっそりとその様子をうかがいながら、ぬき足さし足、外へしのび出ようとしている。

細米《シーミー》はまた指さして言った。

「あれは胡《フー》先生だよ」

「何をしているの？」

「おれたちの歌を指揮してる」

「あれが拍子《ひょうし》をとってるの？　人を打とうとしているみたいね」

「あんなふうに指揮するんだよ」

梅紋は真ん中の絵を指さした。

「あれはどういう意味？」

「バスケットボールが池の中に転がっていって、うちのクラスの田小奇《ティエン・シャオチー》が片手で池のあぜの木をかかえてバスケットボールに手を伸《の》ばしていたけど、小さな木なので力に耐《た》えられなくて根っこごとズボンとぬけてしまい、田小奇は木といっしょに池の中に落ちてクラスじゅうが笑っているんだ」

「これは？」

「麦穂《むぎほ》を拾っているところだ」

「これは？」

「紅藕《ホンオウ》だよ。大きな花かごを手に南泥湾《*ナンニーわん》を歌っている。あのときは一等賞になったんだ」

「こっちは？」

「劉樹軍《リュウ・シュジン》がまた家の卵をぬすんで飴《あめ》と取りかえて食べて、やつの父さんが学校まで追いかけてきて、やつの耳をつかんで教室から引きずり出しているところだ。手を後ろにかくしているだろ。まだ食べていない飴が二つあるのさ。後ろに于大和《ユイ・ターホー》がいて、こっそりその飴を受け取っている」

　梅紋には一つ一つがおもしろく、次々ときいていった。

「これは体操をしているところ。これは林《リン》先生が泣いているところ。教えている国語の試験がクラス全員ひどいできだったので、父さんが林先生をしかったんだ。その日、おれは病気で学校に行けなくて、翹翹《チアオチアオ》が教室にかけこんでワンともほえずにおれの席にすわっていた。両耳を立てて、じっと授業をきいてたんだよ」

次の一枚はためらったあとにとばした。梅紋《メイ・ウェン》が指摘《してき》した。

「一つ、とばしたわよ」

梅紋には何がかいてあるのか、わからなかった。細米《シーミー》はやはりとばして次を説明しようとした。

「それを話して」

梅紋はしつこく言った。

「小七子《シャオチーズ》だよ。小七子は中三を三度やった。結局、卒業できなくて学校を退学になったんだ。これはあいつがわざと小便を高々ととばしているところだよ」

細米は空を指さした。

「やつは男便所の中に立って、女便所に小便ができるんだ。いやなやつで、男便所の中から女便所にむかって小便をしているのさ」

「いやあね。とばしましょ」

「だからとばそうとしただろ」

次々と見ているうちに、梅紋は稲香渡《タオシアンドゥ》中学が塀《へい》に濃縮《のうしゅく》されているような気がしてきた。

田舎《いなか》の中学校の様子を知りたければ、この絵を見ればいい。

「こんなに高くまで、上の方はどうやってかいたの？」

細米は竹林のおく深く入っていって、ザザザと音をたてるとまた出てきて言った。

「見て」

梅紋は細米がはしごを持ってきたのを見た。細米ははしごをゆさぶって竹の葉をふり落とした。それからまたはしごを竹林のおくにもどした。

梅紋には塀の絵の色と明るさの違《ちが》いから、それらが一度にかかれたものでないことがわかったのできいた。

「いつから、ここにかきはじめたの？」

細米は考えて言った。

「小学校三年のときにかきはじめた」

遠くで母親がご飯だと呼んでいた。

梅紋は名残《なごり》おしそうに塀の絵を見て言った。

「もうほかにはないでしょう？」

「まだあるよ」

梅紋《メイ・ウェン》は今度こそ本当にびっくりした。

「まだあるの?」

「絵じゃないけど」

「じゃ、何なの?　見たいわ」

「今は見られない」

「いつなら見られるの?」

「暗くなったら」

「じゃ、今夜、見たいわ」

細米《シーミー》は少し考えて言った。

「いいよ」

梅紋は手をそっと細米の肩《かた》に置いて、いっしょに家に帰った。夕焼けが空いっぱいに広がり、稲香渡《タオシアンドゥ》中学全体がだいだい色に染まっていた。梅紋はふりむいて五月のたそがれの野原を見ると、やわらかく温かい美を感じていた。細米の濃《こ》い黒い髪《かみ》は野性味ある男の子の汗《あせ》の匂《にお》いを発散していた。梅紋はうつむくとその匂いをかいだ。好ましい匂いだった。もう細米に何も言わなかった。この大地で自由にのびのびと育った男の子が、梅紋には新《しん》鮮《せん》でめずらしく不思議だった。あれらの彫刻《ちょうこく》、あれらの絵が梅紋の頭の中に浮《う》かんでは消えていった。すべてはなんということのないものかもしれないが、梅紋は感動し、ひきつけられた。それらが自分に何かを暗示しているように感じた。この男の子との思いがけない出会いをどう受け止めていいのか、わからなかった。この男の子のすべてを自分の父親に話したかった。父親はきっとどう判断したらいいのか、教えてくれただろう。だが、父親のことを考えると梅紋は悲しい思いでいっぱいになった。

3

ご飯を食べ終えると、細米は梅紋に意味ありげな視線を送り、梅紋も視線を返して、二人は相前後して家を出た。

中庭の入り口で二人は散歩中の先生たちに出くわした。林秀穂《リン・シュウスエ》がきいた。

「細米、また梅紋姉さんと出かけるの？」

細米は答えない。寧義夫《ニン・イーフー》がきいた。

「細米、いっしょに行ってもいいかな」

細米は相手にしなかった。二人が学校を出て麦畑とトウモロコシ畑と林を通りぬけると目の前は一面の葦《あし》の原だった。水辺の柳《やなぎ》の木に小舟がつないである。細米《シーミー》が用意したらしい。細米は先に舟に乗ると梅紋《メイ・ウェン》を呼んだ。

「乗って」

「どこに行くの?」

葦のむこうを指して、言った。

「あっちだよ」

「何しに行くの?」

「行けばわかるよ」

梅紋は小舟を見たが乗る勇気が出ない。細米が手をさしのべた。梅紋はギュッと細米の手をつかむとおそるおそる舟に乗り、小舟がゆれるので悲鳴を上げた。細米はくりかえし言った。

「だいじょうぶだよ」

梅紋がすわると細米は竹ざおで小舟を陸からはなし、なれた手つきで櫂《かい》をこぎ出した。小舟は月光の下、葦の原の中をスルスルと進んでいった。

岸辺に紅藕《ホンオウ》が姿を現した。ハアハア息を切らしてすぐには叫《さけ》ぶことができず、離《はな》れていく舟にむかって手をふった。

紅藕は夕食後、細米の家に来て母親にきいたのだった。

「おばさん、細米は？」

「梅紋と出かけたみたいよ」

「どこに行ったの？」

「知らないわ」

紅藕は中庭にとび出すと大声で叫んだ。

「細米！」

林秀穂《リン・シュウスエ》が言った。

「二人がどこに行ったか、知っているわよ」

「どこに行ったんですか？」

林秀穂はわざと紅藕をじらした。

「知っているけど、教えてあげない」

「林先生、お願い、教えて」

林秀穂はやっと言った。

「葦《あし》の水辺の方に行ったわ」

「細米《シーミー》！」

紅藕《ホンオウ》は両手をふった。細米が櫂《かい》をこぐ手を止めたが、舟は前へと進んでいく。

「細米！」

小舟はゆっくりと止まった。

梅紋《メイ・ウェン》が言う。

「紅藕だわ。舟をもどして」

細米はふりむいてぼうっとかすむ岸の方を見つめ、ぼんやりと見える紅藕をながめたが、舟の向きは変えなかった。

「細米」

梅紋がうながした。

「向きを変えるのよ」

細米は少しためらったが、櫂を動かしはじめると舟の向きを岸にむけた。紅藕は小舟がもどってきているか見えないので、まだ叫んでいた。

「細米！」

細米は櫂をこぐのをやめた。

「どうして止めたの？」

梅紋がきく。細米は力いっぱいこぎ出した。だが、向きを変えて葦の原を進んでいくのだった。

「細米！」

紅藕が岸でとびはねて叫んでいる。

「どうして向きを変えるの？　岸に行くんじゃないの？」

細米はひたすらこいで、しばらくしてからやっと答えた。

「紅藕には見せたことがあるから」

紅藕は小舟が遠ざかり、ぼんやりしてきたのを見て、フンと鼻を鳴らすとおこって岸にすわりこんだ。舟が進んでいくと一本の細い水の道になった。水の道の外の水は静かだが、中の水はピチャピチャとはねていて、月光の下で舟の後ろを魚の群れがついてきているようだった。梅紋はかぎりない静けさを感じていた。

「前に島がある。島には見晴し塔《とう》があって、秋に火を見はるんだ。秋になると葦が黄色くなって火事になりやすく、葦の原に火がつけば空まで赤く染まるから」

梅紋《メイ・ウェン》にも夜のとばりの下の見晴し塔《とう》が見えた。舟が葦《あし》の草むらに入り、空気はますます冷たくなってきた。舟を岸につけると二人は岸に上がった。細米《シーミー》は梅紋を見晴し塔の下につれてきた。梅紋が見上げると雲が月のそばを走り、見晴し塔はとても高く、しかもゆれていてめまいがしそうだった。細米も塔を見上げている。梅紋がきいた。

「私をここにつれてきたのは、この塔を見せるためなの？」

細米はかぶりをふり、見晴し塔の石段を登り出した。梅紋も注意深くあとにつづき、心配そうにきいた。

「たおれない？」

「たおれないよ。よく登るもの」

細米は石段を登りながら数えはじめた。「一、二……」梅紋もだまって数えはじめた。十五段まで数えると細米は立ちどまり、月が昇《のぼ》ってくる方をむいて言った。

「東の方を見て」

梅紋がふりかえって見る。

「見えた？」

梅紋はだまっている。

「見える？」

「水の上に……道があるみたい。金色に曲がりくねっている。緞子《どんす》が風にゆれているように見えるわ。あれは水なのかしら、それとも空なの？　道かしら。ううん、道じゃない。水の中に道があるはずがないもの。そよいでいるわ。そよそよとそよいでいる。目がくらみそう。どういうこと？　目が変になったのかしら」

「一か月でこの数日間だけ見えるんだ。月がもっと高く昇ると、この道は短くなってこんなにきれいじゃなくなる」

細米はそう言うと、また登りはじめ、登りながら石段を数えた。

「十六、十七、十八……」

梅紋は手すりをつかんだまま、まだうっとりと幻影《げんえい》のような童話の世界の水の中の金色の道をながめていた。細米は二十二段まで数えると立ち止まって下を見て、まだ十五段目にいる梅紋に言った。

「おいでよ」

梅紋は登りながらも、うっとりと東の水上の道を見つめていた。

「西を見て！」

梅紋《メイ・ウェン》は西の方を見た。

「見えた？」

首をふる。

「よく見て」

梅紋は言われたとおりに注意して見る。

「見える？　見える？　水面に点々と青や水色に光っているだろ」

「たくさんの目のように」

「とびはねている。青い妖精《ようせい》みたいで不思議だろう？　消えてなくなった。真っ暗になった」

「風が起きている。もう少ししたら、また見えるよ」

「見えたわ。見えた。また見えたわ。うっすらとして目をこらさないと見えないけど、青い、青いわ。水の底からわきあがってきたみたい。どんどんふえてきて水面に雨が降っているみたいよ。あれは、何なの？　細米《シーミー》」

「おれにもわからない。父さんが言うには、ここには草エビがいて、夏になると月の下で水面に浮かびあがってきて、光を発して青く光るんだって」

蘇州《そしゅう》に住んでいた梅紋は夜の太湖《たいこ》には行ったことがあるが、太湖でもこんな光景は見たことがなかった。梅紋は手すりに置いた両手にあごをのせ、少し前かがみになって神経を集中させじっと西の水面を見つめた。

軽やかそうに見える彼女だが実は深刻な思いをかかえていた。もう一年近く、娘《むすめ》は両親に会っていなかった。両親がどこに送られたのかもわからなかった。でも、このときだけはホッとして、うっとりと陶酔《とうすい》して、心がおどりさえした。梅紋は忘れがたい景色を見せてくれたことを心から細米に感謝した。

細米はもう塔《とう》のてっぺんまで登っていて、周囲を見まわすと腰《こし》を下ろした。梅紋に上がってくるよう催促《さいそく》することもなく、何かを待っているようだった。月が高く昇《のぼ》ってくる。薄《うす》っぺらで清らかな月だった。空はあくまでも青く、ときおり雲がたなびいている。空と月とが藍色《あいいろ》の緞子《どんす》のように広がり、一面の鏡になっていた。細米が言ったように、月が高く昇ると東のあの水上の金色の道はだんだんと暗く短くなっていった。その生命はとても短く、そのはなやかさを存分に発揮した後は生命がつきるときを迎《むか》えていた。

西側の水面の青い細かな星も暗くなっていった。暗くなったのではなく、月が明るくなってこうこうと輝《かがや》く月光に完全におおいかくされたのだった。ときが来たようだ。細米は立ち上がると、東を見、西を見、北を見、南を見て、四方八方を見た。目がらんらんと光っている。そっと梅紋《メイ・ウェン》を呼んだ。

「上がってきて」

梅紋は塔《とう》のてっぺんに上がってきた。

「あっちを見て。水じゃない。あっちの葦《あし》を見て」

梅紋は細米《シーミー》が指さす方を見ると目をうたがった。

「雪が降っているの？」

「ちがうよ」

だが、梅紋の目には雪が降っているように見えた。淡《あわ》いおぼろげな雪だ。でも、夏の夜空に雪が降ることなどあるだろうか。それでも明らかに雪である。遠くに白い雪花が舞《ま》っている。細米が言った。

「葦の花だよ」

葦の花の季節だった。沼一面の葦が天まで広がっている。たくさんの葦が開花の季節を迎《むか》えて、次々と白く開いていた。大きくてやわらかな葦の花が天地の境なく、空の下で咲《さ》きはなっていた。月光がとどくいたるところに「雪花」が舞っていた。月光が輝《かがや》けば輝くほど、とび散った花びらは落ちてくる雪のように見えた。月光はようやく葦の群れの端《はし》っこを照らし出し、葦の群れのほとんどは暗闇《くらやみ》の中にある。月が高く昇《のぼ》ってくると、照らし出される面積も広がってくる。その速度は初めはゆるやかだが、だんだんと加速して速くなっていく。細米が言った。

「待ってて」

月はますます高く昇り、月光が潮のように葦の群れの方に広がっていく。「雪の原」はどんどん拡大して、ますます光り輝き、本当にこうこうとした白い雪のようだった。月光が照らすところに必ず「雪」がある。雪の原は夏の夜空の下でとどまることなく広がっていた。梅紋は我を忘れ、何もかも忘れて見入っていた。

風が起きると雪の原は生きかえり、起伏《きふく》して、わき上がる雪の波を形作る。その動きに従って、空中にはひと筋の銀色の反射光がきらめき、この世界全体を幻《まぼろし》のようにとらえどころなくしていた。梅紋はだまりこくったまま、このままずっと見ていたいとねがった。月はだんだんと西にかたむき、夜風も強くなってきて、見晴し塔のてっぺんに寒気がおしよせてきた。月光が弱まると雪の原も暗くなってきた。細米が言った。

「そろそろ帰らないと」

梅紋《メイ・ウェン》が言った。

「帰る時間ね」

消えていく雪の原を見つめると細米《シーミー》について塔《とう》の下へと降りていった。木の板でできた階段がギイギイ鳴った。梅紋が細米にむかって舟首にすわり、細米は岸の方をむいてこぎ、梅紋はじっと細米を見つめていた。

「この子の感性は本当にするどいわ」

梅紋は心の中で思った。小舟はゆったりと光る水面を岸にむかって進んでいった。梅紋が真剣《しんけん》に言った。

「細米、あなたは美術を勉強すべきよ」

「だれも教えてくれないよ」

「私が教えるわ」

細米の手の櫂《かい》がとまった。

「私を信じないの?」

風が出て舟の先首が曲がり、細米はあわてて櫂をこぐと方向を調整した。

「いまにわかるわ」

梅紋はそう言うと、心の中で思った。校長と師母《シームー》に話して、細米をまかせてもらおう。校長夫婦は細米を愛してはいるが、理解しているとはかぎらなかった。

梅紋と細米が岸に上がると、紅藕《ホンオウ》がまだ木の下でねむっていた。梅紋が急いで紅藕を呼び起こした。数時間前、紅藕は小舟が遠ざかるのを見て、まず腹をたて、それから思った。ここで待ってやる。木の下にすわると幹に寄りかかり、月を見つめて待ちつづけるうちにねむってしまったのだった。今、紅藕は目をこすりながら、すぐには自分がどこにいるのかわからず、なんで木の下で寝《ね》ていたのだろうとぼんやり梅紋と細米を見つめていた。

梅紋は笑った。紅藕がとうとうねむる前のことを思い出すと、ふらふらと立ち上がってまた腹をたてた。梅紋は紅藕の肩《かた》を抱《だ》き、歩きながら機《き》嫌《げん》をとって言った。

「細米がいけないのよ」

細米はだまって二人のあとを歩いていた。

4

梅紋が細米の両親に自分の考えを話す前に、細米は自分のこざかしさと趣味のせいで、両親から見れば、いや稲香渡《タオシアンドゥ》中学の教師たちが見ても許せないまちがいをしでかしてしまった。自分の稚拙《ちせつ》な彫刻《ちょうこく》で祠《ほこら》の四方の柱を彫《ほ》りまくってしまったのである。

その日は日曜日で、父は町に校長会に出かけ、先生たちはみんな家に帰っていた。母と梅紋《メイ・ウェン》は町の市《いち》に出かけ、稲香渡《タオシアンドゥ》中学はガランとしていた。

細米《シーミー》は彼の犬と校内をうろうろ散歩していた。蓮池《はすいけ》に出ると石を拾って蓮の葉に投げつけてみた。蓮の葉にぶつかると石は葉を通りこしてポチャンと池に落ちた。細米は映画で見た銃撃《じゅうげき》シーンを思い出した。一気に十数枚の蓮の葉に石をぶつけたが、それでもあきたらず、学校が舞台《ぶたい》として使う土で作った台にやってきた。その上でおおげさに歌い踊《おど》って自作自演してみた。しばらく夢中になっていたが、それにもあきて祠の廊下《ろうか》にやってきて、右手で円柱をつかむとグルグルとまわりはじめた。翹翹《チアオチアオ》もおもしろいと思ったのか、細米の様子をまねして別の柱の周りをまわりはじめた。それがいけなかった。細米はまわるうちに体のコントロールを失ない、自分の力が足りないのか、柱にしがみつくと体が勝手にまわりはじめたような気がした。柱が大きな車軸《しゃじく》とすると、細米はその車軸についたよくまわる車輪だった。細米のもう片方の手は伸《の》ばされて、まるでとんでいるかのようで、目を閉じるとうっとりと動くにまかせていた。

ようやく動きが止まると、細米は自分がなぜこんなに簡単に回転できたのかを考え、柱の表面がツルツルなのでよくすべるのだということに気がついた。ナイフでいろいろな木材を刻んできた経験から、これが相当にいい質の木材であることがわかった。

細米の感覚は正しかった。この祠は周《チョウ》という大家族が建てたものだった。この大家族の一人が商売に成功し、上海《シャンハイ》で巨万《きょまん》の富を築いた。その人はそれも先祖が徳を積んだおかげと、巨額を出資して周家の祠堂を建てた。族長たちは後世に祖先の精神を伝えようと、その資金を受け取ると一族を総動員して、各家庭が金のある者は金を、力のある者は労働力を出して、この地方でももっとも価値のあるりっぱな祠を建てたのだった。

祠堂の建造には三年がかかった。おおげさに言えば、この祠堂の価値はこの貧《まず》しいへんぴな地方の全財産に相当するという。そして、この祠堂の四方の四本の柱の価値は祠堂の全価値の半分におよぶという。南洋で木材の商売をする商人に特注して運ばせたものらしい。時代がたって、今ではだれもこの木材の名称を知らないが硬木《こうぼく》の一種だという。

四本の柱はそれぞれ同じ山から伐《き》り出されたらしく、色は黒い褐色《かっしょく》をしていた。黒い褐色というのはおおざっぱな言い方で、実際はその色は非常に複雑で、あるところはこげた黄色で、あるところは褐色で、あるところはほとんど黒に近かった。こげた黄色のところには何本もの黒い紋様《もんよう》があり、褐色や黒いところにはこげた黄色の模様が見える。その紋様はかたくて湿《しめ》り気のある石のようだった。一か所として虫食いや傷のない、頭のてっぺんから足の先まで美しい、それはみごとな木材だった。ツヤはあるがまぶしくはない、黒々と長い歴史を感じさせる光沢《こうたく》だった。ほかの木材とちがって手でさすると温かく、それでいて深い秋のような冷たさが感じられた。

細米《シーミー》がむき合っているのはそんな四本の柱だった。彼は頭をなやませた。どうして今まで気がつかなかったのだろう。細米は本当に母親が言うように病気なのかもしれず、木材を見ると彫《ほ》ってみたい欲望にかられるのだった。その欲望は心からのものでほとんどおさえることができなかった。四本の柱のみごとな木材が細米の欲望をつき動かしてやまなかった。柱の声すらきこえたようだった。さあ、ナイフで私たちを思いきり刻んでちょうだい。私たちはずっと長いこと、ここで待っていたんだよ。さびしくて孤独《こどく》で、神経がマヒしてしまったよ……。

細米は手で柱を一本ずつなでた。たたいてみたが、密度が濃《こ》すぎてほとんど音もたてない。細米は舌で柱を一本、なめてみさえした。薬のような苦味があった。それから、彼は家にもどって一番鋭利《えいり》なナイフを取ってきた。そして、ナイフを柱にきりつけてみた。今まで刻んだ中でもっとも難物に思えた。相当な力をこめて彫らないと思わずナイフが走ってしまい、柱に傷あとをつけてしまう。

細米は集中して息を止めて彫った。自分の記憶《きおく》を刻み、印象と想像を刻みつけた。細米は四本の柱を自分の父親の杜子漸《ドゥー・ズージエン》と稲香渡《タオシアンドゥ》中学の教師と生徒たち、さらにはこの地方の人たちが心から大切にしていることを忘れた。父親が物を大切にすることを一大方針としていることを忘れた。すべてを忘れて、ただ四本の柱だけを見つめ、柱が彫られたがっているとしか頭になかった。柱が自分にナイフで彫られたがっているという奇妙《きみょう》な感覚におそわれていた。

杜子漸はこの祠が好きで、夜、家に寝《ね》に帰る以外はいつもここで過ごしていた。祠は宮殿のようだった。ここにすわって仕事をし、お茶を飲み、会議をすると精神がふるいたち、気力がみなぎるのを感じた。ときには少し離《はな》れたところからながめることもあった。そして、この祠の魅力《みりょく》が四本の柱にあることに気がついた。杜子漸は美術を学んだことも建築を学んだこともないので、柱がなぜ建築物にとってそんなに重要な位置を占《し》め、かくも大きな役割を果たすのかわからなかった。

稲香渡中学の教師たちも祠が好きだった。柱の下でおしゃべりし、茶を飲み、寄りかかって生徒たちが学校を出たり入ったりするのをながめるのが好きだった。廊下《ろうか》は夏、涼《すず》むのにかっこうの場所で、冬は日なたぼっこに最適だった。場所のせいや新しく運河を掘《ほ》る関係で、稲香渡《タオシアンドゥ》中学には何度か移転の話も出たが、結局はこの柱のある祠《ほこら》のせいでこの場所にとどまっていた。

柱が彫《ほ》られていることが発覚したのは翌日の夕方だった。最初の発見者は馮醒城《フォン・シンチョン》先生だった。籐椅子《とういす》に横になって茶を飲んでいて、ふと見ると柱の一本が刻まれているので「あっ」と声を上げ、茶碗《ちゃわん》を床《ゆか》に取り落とし粉々に割ってしまった。職員室の教師たちが声をききつけて、馮醒城がどうかしたのかと思い、走り出てきた。馮醒城は二本目の柱も調べて、「あっ」と声を上げた。

「どうした？」

「どうしたの？」

馮醒城は三本目を見ると、また声を上げた。四本目を見たときにはほかの教師たちも柱の問題に気がついていて、馮醒城とほとんどいっしょに声を上げ、大騒《おおさわ》ぎとなっていた。

杜子漸《ドゥー・ズージエン》がちょうど学校の外からこちらへやってくるところだった。廊下《ろうか》で教師たちはうずくまる者あり、すわりこむ者あり、立っている者ありで、彫像《ちょうぞう》のようにかたまっていた。杜子漸はすぐに廊下にやってくると、教師たちのその様子を見てきいた。

「みんな、どうしたんだね？」

だれも答えなかった。

「一体、どうしたんだね？」

寧義夫《ニン・イーフー》が言った。

「柱をごらんになればわかります」

「柱がどうしたんだ？」

杜子漸は進み出て柱を見ると、彫られたあとを見て大声を上げた。

「だれがやった？」

だれも答えない。馮醒城が小声で言った。

「二本目、三本目、四本目も見てください」

杜子漸は二本目、三本目、四本目を見て、大きな雷《かみなり》を落とした。

「一体、だれがこんなことを？」

馮醒城が両手を広げて言った。

「ほかにだれがいますか？」

杜子漸は声が出なくなり、クルリと家の方にむかっていった。

「校長、校長先生…」

林秀穂《リン・シュウスエ》がすぐにあとを追いかけ、つづいて何人かがそれにつづいた。杜子漸《ドゥー・ズージエン》は家の戸をけり開けた。

「細米《シーミー》はどこだ?」

細米の母が杜子漸の顔色に驚《おどろ》いてきいた。

「どうしたの?」

「どうしただと? あいつは四本の柱を彫《ほ》りやがった。家だけであきたりず、公共物まで! あの柱を何だと思ってるんだ?」

おくの部屋に入ると大声でわめきたてた。

「どこに行った? 出てこい!」

杜子漸の様子では細米をつかまえたら殺しかねなかった。細米は家にはいなかった。杜子漸は家の中からプンプンして庭に出てきた。

「どこにかくれやがった?」

細米の母が隅《すみ》にちぢこまっていた。杜子漸は細米が見当たらないと、母親に怒りをぶつけた。

「おまえは子ども一人も見はれないのか。あいつはそのうち、おまえの額まで彫りつけるぞ」

細米の母は多少おびえつつも、言い返した。

「あんたはどうなの？　私一人の子じゃあるまいし」

「今度という今度は生かしてはおかん！」

「なぐり殺せばいいわ」

教師たちは入り口の両わきに立ち、杜子漸があまりひどく細米をなぐるようなら助け船を出そうと身がまえていた。梅紋《メイ・ウェン》は戦々恐々《せんせんきょうきょう》と柵《さく》のそばに立ち、杜子漸の怒鳴り声に度肝《どぎも》をぬかれていた。細米がいきなり帰ってこないかと、たえず入り口の外をうかがっていた。紅藕《ホンオウ》も来て立っているのを見つけると、そっと近づいてこっそり引っぱっていき、小声で言った。

「早く細米を見つけて、家に帰らないように言って」

紅藕はうなずくと学校の外にかけ出していった。

暗くなっても細米は帰らなかった。薄暗《うすぐら》い明かりの下で、みんなはだまって夕ご飯を食べ、ズルズルとお粥《かゆ》をすする音だけがきこえた。梅紋は茶碗《ちゃわん》を手に、始終戸口の方を見ていた。細米《シーミー》はどこにいるのだろう。梅紋《メイ・ウェン》は遠くに雷《かみなり》の音をきいた。

教師たちがいなくなり、梅紋が細米の母と洗い物をしていると母が小声で言った。

「どこに行ったのかしら。死んでしまって帰ってこなければいいのに」

梅紋は自分の部屋にもどろうとせず、細米の家でねばっていた。教師たちも戸口でウロウロしていた。細米の姿は見えなかった。だれかが言った。

「細米は紅藕《ホンオウ》の家に行ったのでは？」

教師たちはその可能性が高いと思い、みんな宿舎にもどっていった。細米の母が梅紋に言った。

「もういいわ。部屋にもどって」

梅紋は自分の部屋にもどるとずっと窓辺に立ち、細米の家の様子をうかがっていた。

「二度とこの家に帰れると思うな！」

梅紋は杜子漸《ドゥー・ズージエン》が大声でそう言い、バタンと戸を閉める音をきいた。

紅藕は細米を見つけることができず、細米も紅藕の家には行かなかった。細米は翹翹《チアオチアオ》と葦《あし》の原をウサギを追いかけていて、田小奇《ティエン・シャオチー》から話をきいたのだった。父親が自分をなぐり殺すと言っているときくと、自分が大変なことをしでかしたことを知り、そのまま葦の原にかくれていた。指を付け根からかみ切るほど後悔《こうかい》した。

空が暗くなり、雷の音が北の方からひびいてきた。風が強く吹《ふ》きはじめ、葦がゆれ、河の水も波立ってきた。どこにかくれよう。かくれおおすことなどできるはずがない。細米は思いきって家に帰る決心をした。

そっと中庭に入ったとき、真上で雷の音がした。雷の光で家の戸がしっかりと閉まっているのが見えた。外にしめ出されたのだ。翹翹がかけ寄り、前足で戸をかいても反応がないと見るや、まるで人間のように力いっぱい戸をたたいたが、それでも反応がないのでワンワンとほえはじめた。家の中は明かりがついていたのに翹翹がほえるとパッと消えた。

風が吹きあれ、大雨が降りだした。梅紋が驚《おどろ》いて窓にむかうと、ちょうど稲妻《いなずま》が光り、細米が雨の中に立ちつくしているのが見えた。梅紋はすぐに窓を開けると大声で叫《さけ》んだ。

「細米！」

細米は微動《びどう》だにせずに立っている。青みがかった金色の稲妻がするどい剣《けん》のように、ヘビのように、タカのつめのように、怒《いか》りくるった巨人が大きな筆をふるうように、めちゃくちゃに空を引きさいた。雷はまず暗闇《くらやみ》の中でモゾモゾと声を上げ、とつぜん空にむかっていったかと思うと炸裂《さくれつ》して耳をつんざくような音をたてる。稲妻の光の下、河岸の木々や水辺の葦《あし》がはげしくゆれてたおれふす。翹翹《チアオチアオ》は雨風の中、大風とともにワンワンと鳴き叫《さけ》んでいた。

梅紋《メイ・ウェン》はかさをさして雨の中をとび出していき、大風が彼女がさしたかさを巻き上げた。その瞬間《しゅんかん》、梅紋はびしょぬれになった。梅紋はかさを泥水《どろみず》の中に投げ捨てると、白い柵《さく》をぬけて細米《シーミー》の前にかけよった。

「細米、早く私の部屋に来るのよ！」

細米は葉のない木のように立ったまま動かなかった。梅紋は細米の腕《うで》を取って言った。

「行くわよ、早く！」

細米が腕をふりはらったので、梅紋はもう少しで地面にたおれそうになった。梅紋は細米の家の戸をたたいた。

「校長！　師母《シームー》！　開けてください。開けて！」

細米の母親が起き出そうとすると杜子漸《ドゥー・ズージエン》が言った。

「開けるんじゃない！」

細米の母親が言った。

「雨に打たれて死んでしまうわ！」

梅紋が力いっぱい戸をたたいて、大声で叫んだ。

「校長！　師母！　開けて、開けてください」

翹翹も加勢してワンワンとほえた。戸は閉ったままだった。梅紋が細米に言った。

「私の部屋に行きましょう」

細米はどなった。

「いやだ！」

梅紋は細米と雨の中に立っているしかなかった。翹翹が細米の足元にうずくまり、まるでけがでもしたかのようにのどから高くなったり低くなったりする悲鳴を上げていた。雨は土砂降りで河に流れ入るより早く地面が雨水であふれてきて、かかとまでつかった。このままでは間もなくひざまできて、胸まできそうな感じだった。風も猛烈《もうれつ》な勢いで吹《ふ》きあれ、折れた枝が暗闇《くらやみ》の中でカシャッカシャッと音をたてる。中庭の門がガタンと閉じては、ガタンと開くのをくりかえしている。

梅紋は何度も立っていられなくなり、体がふらついていた。泣きながら言った。

「細米、中に入りましょう、中に入りましょうよ……」

細米は牛のようにがんこに動かなかった。

一時間ほどが過ぎると、梅紋《メイ・ウェン》は冷たい雨にぬれてブルブルと体をふるわせ、細米《シーミー》がおなかをすかせているだろうことに気づき、心配していた。細米を説得できないとみると、走り出して教師たちの部屋の戸をたたいた。残った翹翹《チアオチアオ》は自分の主人同様、水の中で微《び》動《どう》だにせず、頭をもたげて細米を見つめていた。翹翹は覚えていた。こんな暴風雨の日に細米が自分を家につれてきたことを。

翹翹は通りがかった船に岸に捨てられた犬だった。その日、翹翹が岸から遠く離《はな》れていく船を見つめて悲しげに鳴いているところを小七子《シャオチーズ》が見つけた。翹翹は船を見るのに夢中で、小七子がレンガを手にこっそり自分の後ろに近づいてくるのに気づかなかった。背後の動きに気づいたときは、レンガが自分めがけて投げつけられたところだった。翹翹は頭に激痛を感じるとめまいがして、前へ数歩ヨロヨロするとドタッとたおれた。薄《うす》れる意識の中で、パタパタという足音が近づくのをきいた。なんとか目を開けると小七子がレンガを手に自分にむかってやってくる。翹翹は必死で起き上がると林の中に逃《に》げこんだ。小七子は落ちていた棒を拾うと、地面の血痕《けっこん》をたよりに追いかけてきた。翹翹は林を出たところで細米に出くわした。必死で逃げていた翹翹は細米と視線を合わせた瞬間《しゅんかん》、永遠に細米を覚えた。翹翹は麦畑に逃げこんだ。小七子が追いついてきて、きいた。

「細米、犬を見かけなかったか？」

「真っ白い犬？」

「そうだ」

細米はトウモロコシ畑を指さした。

「トウモロコシ畑に逃げていったよ」

小七子は棒を持ってトウモロコシ畑に追いかけていったが、トウモロコシ畑に入ったとたんに疑問がわいた。トウモロコシ畑をひととおりさがしたが見つからず、さっき細米と出くわしたところへともどってきた。小七子は細米が麦畑の方を見ているのを見て、細米の前に出てきていた。

「なんでまだここにいるんだ？」

「もう少し遊ぼうと思ってさ」

「もうすぐ暗くなるぞ。まだ遊ぶって？」

小七子はうつむいてよく地面を見ると麦畑につづく血痕を見つけ、細米にむかってどなった。

「だましたな！」

棒をふり上げると、麦畑にとびこんでいった。細米《シーミー》が大声で叫《さけ》んだ。

「犬、逃《に》げろ！」

犬は細米の声をききつけると、小七子《シャオチーズ》の棒がふり下ろされる少し前に逃げだした。小七子はまるで犬のようにすぐあとを追いかけた。細米も麦畑にとびこむとぴたりと小七子のあとにつづいた。いつでも犬を助けられるように。二人と一匹《ぴき》の犬は麦畑をめちゃくちゃに走りまわった。何度か犬は小七子に追いつかれそうになり、クルリとまわれ右して細米の後ろにかくれ、細米が小七子の行く手をふさいだ。二人がもみあっている間に犬が逃げる。犬が麦畑からトウモロコシ畑へと逃げこんだころには空はもう暗くなっていた。小七子にも細米にも犬が見えなくなった。小七子は怒《いか》りくるって、棒をトウモロコシ畑ででたらめにふりまわした。そのとき、棒が犬にぶつかった。悲鳴がきこえ、ぶち殺したかと思い下を見たが何もいない。また逃げられたのだ。細米はトウモロコシ畑にしゃがみこむと暗闇《くらやみ》の中でそっと呼んだ。

「犬、どこだ……」

ちょうど今日のように北の方で雷《かみなり》が鳴り、暴風雨がやってくるのを暗示していた。小七子は天気の変化ぐらいで追いかけるのをあきらめたりはしない。ハッハッハッと息をあらげながら、手にした棒でトウモロコシを何本もなぎたおした。細米はそっと移動して小声で呼びつづけた。

「犬、どこにいるんだ……」

小七子の足音がきこえてくると、じっと畑にひそんで声を出すのを止める。小七子が大声でわめいた。

「細米、よくきけよ。棒がおまえにぶつかっても知らないからな！」

小七子の棒は一度本当にもう少しで細米に当たりそうになった。小七子が遠くに行くと、細米はまた小さな声で呼びつづけた。

「犬、どこだ……」

雨が降り出した。大粒の雨でパラパラと音をたてる。小七子は犬をさがし、細米も犬をさがした。細米はトウモロコシ畑と葦《あし》の原の境目に出た。そのとき、雷鳴《らいめい》がとどろき、空にたくさんの穴が開いたようにザアザアと水が落ちてきた。小七子は棒をふりまわし、畑の中で叫んだ。

「こん畜生《ちくしょう》、出てこい！　出てきやがれ！」

犬に言っているのか、細米に言っているのかわからなかった。細米は自分の足をやわらかい舌がなめるのを感じ、稲妻《いなずま》が光ったとき、けがをした犬がかわいそうに自分の足元にうずくまっているのを見た。小七子《シャオチーズ》がまだトウモロコシ畑にいるのを知っているのだ。細米《シーミー》は犬を抱《だ》いて、こっそりとあぜ道にはい上がると、あぜ道のむこうの葦《あし》の原に転がりこんだ。起き上がると必死で葦の原のおくへともぐりこんだ。滝《たき》のような雨と波のような音をたてる風の中、細米は犬を抱いて真っ暗な葦の原にしゃがみこんだ。葦は風に吹《ふ》かれてムチのようにしなり、細米の顔を打った。胸の中の生き物がブルブルとふるえているのを感じた。細米は犬をなでて言った。

「うちにつれて帰ってやるよ。絶対におまえを飼ってやるからな」

一時間ほどがたち、細米は小七子がいなくなったと思ったころ、犬を抱いて嵐《あらし》の中を家に帰った……。

今、このとき、翹翹《チアオチアオ》はもちろん自分の主人を見守っていた。細米と運命をともにすることは翹翹の永遠に変わることのない意志だった。

風にたたき閉められた門の戸が開けられた。梅紋《メイ・ウェン》の後ろに林秀穂《リン・シュウスエ》や馮醒城《フォン・シンチョン》、寧義夫《ニン・イーフー》たち教師が五、六人つづいた。大雨に二時間近く打たれつづけた細米は嵐の中でフラフラとゆれていた。教師たちは細米に自分たちと宿舎に帰るように言ったが、拒否《きょひ》された。梅紋が泣き出して呼んだ。

「校長、師母《シームー》……」

林秀穂が細米の家の戸をたたいた。家の中からは相変わらず何の反応もなかった。教師たちが細米を中庭の外に引きずり出すと、細米はとつぜん大泣きに泣いて教師たちからもがき逃《に》げると、自分がさっき立っていた場所にもどり、まるでそこに生えているかのように立ちつづけた。

稲妻が光ると中庭の中を人影《ひとかげ》がうごめき、稲妻の光が消えるとすべては映像のように見えなくなった。みんなが大雨にぬれて竹ざおに干した服のようになっていた。馮醒城が手で細米の額をさわると氷のように冷たいので、細米の家の窓の下に走っていくと大声で言った。

「校長、師母、みんな中庭にいるんです。全員びしょぬれです。このまま朝まで放っておくおつもりですか」

寧義夫も窓の下に走った。

「たいしたことじゃないじゃないですか。ただのオンボロ柱ですよ。彫《ほ》りも浅いから、よく見なければわかりませんよ」

細米《シーミー》の体がグラリとゆれて、バシャンと水の中にたおれた。梅紋《メイ・ウェン》が泣きながら叫《さけ》んだ。

「細米！　細米！」

みんなも叫んだ。

「細米！　細米！」

家の明かりがついた。戸が開くと、母親が泣きながら雨の中をとび出していった。

5

また一週間がたった。

教師たちは家に帰り、細米は紅藕《ホンオウ》の家に行き、稲香渡《タオシアンドゥ》中学は周囲のうっそうとした木々が風にたてる音をのぞいては静まりかえっていた。

緑の静寂《せいじゃく》の中で、梅紋は細米の両親とじっくり話をした。梅紋は細米の家の中庭に入ったときから、漂流《ひょうりゅう》する小舟が茫々《ぼうぼう》とした大水の中で大樹が生えた船着き場にいきなり着いたような温かさを感じていた。梅紋は細米一家と食事をするときも自分がすぐにこの一家にとけこんだのを感じた。この家は特別な家で、田舎《いなか》にありながら家の主人が杜子漸《ドゥー・ズージエン》であるため、息子の細米に対しては忍耐力《にんたいりょく》と優《やさ》しさが不足してはいるものの、非常に文化的だった。服装に乱れがなくきちんとしていて、歴史が好きで、村の物語を語るのが得意だった。その身分にふさわしい表現をし、話にも魅力《みりょく》があるので、教師たちも食事のあとなどに校長の周りに集まるのが好きだった。梅紋も好きで、それらの話はつきることがなく、いつまでも話していられるのだった。細米の母親は文字が読めない農村育ちの女性だったが、長年教師たちと暮らしているせいか、農村女性の素朴《そぼく》さと同情心のほか、ふつうの農村の女性よりもわかっていることが多かった。こうした夫婦に対して梅紋は説きはじめ、すぐにそれは訴《うった》えかけになった。ここは自分の家ではなかったが、自分の家のような気がしていた。細米の両親は自分の親ではなかったが、両親とむき合っているような気がしていた。一家散り散りになり、つらい思いをしてきた娘《むすめ》が両親と再会したような気がしていた。梅紋の訴えかけは彼女自身の泣き声で何度も中断された。

梅紋の父親はとつぜんつれていかれた。理由は父親がツゲの木で彫《ほ》ったものが「毒草」だからということだった。母親もいっしょに連行された。理由は母親がかいた水彩画《すいさいが》にもたくさん許されないものがあるからだった。両親が連行されると梅紋の家に人がなだれ入ってきて、父親のすべての彫刻《ちょうこく》がゴミのように通りに投げ出された。それから、母親の絵がもみくちゃにされて、火がつけられ、彫刻の上に投げ出された。梅紋は泣き叫ぶと両手をふるってとびつこうとしておさえつけられた。かつて父親に誇《ほこ》りと栄誉《えいよ》をもたらした木《き》彫《ぼ》りが燃えはじめ、堅牢《けんろう》な木材なので燃えつきるのには時間がかかったが、その堅牢さゆえにいつまでも燃えつづけた。

それらの木材が発する炎《ほのお》は青色で、アルコールの火のようだった。空気の中を人を嘔吐《おうと》させ気絶させるような臭《にお》いがただよった。

父親が一刀一刀彫《ほ》った、その生涯《しょうがい》のエネルギーと才能をかたむけた創作が炎の中で音もなく消えていった。まるで魂《たましい》が大地を離《はな》れ、天に昇《のぼ》っていったように。梅紋《メイ・ウェン》はそれらが空中をただよっていくのを見たような気がした。それらは本来なら父親の工房《こうぼう》に鎮座《ちんざ》していたものだった。人々は炎が燃えつき、木彫りが灰となるのを待たずに、梅紋を置いて引き上げていった。梅紋は地面にうずくまるとまだ燃えている残り火を、紙*のお金を燃やしてお墓に供えるように見つめていた。

梅紋は悲しみも何も感じなかった。とうとう灰の山だけが残された。そばに棒が落ちているのを見つけると拾って灰をかき出した。灰の中から英語やフランス語やスペイン語がかいてある金のプレートを見つけ出した。父親の作品が獲得《かくとく》した各種の賞牌《しょうはい》もいっしょに火にくべられて燃やされていた。梅紋はくず拾いが売り主の品を確かめるようにプレートを二枚、重ね合わせてたたいてみた。秋の太陽が蘇州《そしゅう》の上空にさしかかり、いつもと変わらず光り輝《かがや》いていた。梅紋は二枚のプレートを灰の中に投げもどした。風が蘇州河から吹《ふ》いてきて、街のむこうからこっちへと吹き、灰塵《はいじん》が巻き上がると空を黒い雪のように舞《ま》い散った。

父の親友の郁《ユイ》さんが梅紋を引き取った。父は木彫りを、郁さんは石彫りをする。間もなく、郁おじさんも郁おばさんもどこかに監禁《かんきん》され、梅紋を保護する役目は郁おじさんの息子の郁容晩《ユイ・ロンワン》が負うことになった。梅紋よりもたった二つだけ年上の、ひ弱なおとなしい男の子だった。郁容晩はよく梅紋をつれて蘇州河に行き、河べりにすわると様々な形をした舟が日の光や月光の下を行くのをながめた。ポケットからハモニカを取り出すと、いつも清潔《せいけつ》なシルクのハンカチでぬぐい、手すりの石の上で吹き出した。さびしさと思慕《しぼ》の念がハモニカの音とともに蘇州河の上空へ、はるか遠くの村へと流れていった。その後、二人はいっしょに蘇州を離れ、郁容晩は稲香渡《タオシアンドゥ》から五キロほど離れた燕子湾《イエンズわん》に下放《かほう》されたのだった。

細米の両親はそれらのすべてを知ってよけいに梅紋へのいとしさがつのった。細米の話をするときがきた。梅紋は言った。

「校長、師母《シームー》、細米《シーミー》を私にまかせてくれませんか」

杜子漸《ドゥー・ズージエン》はすぐにはその意味がわからなかった。

「私が細米に彫刻《ちょうこく》を教えます」

杜子漸は無意識のうちに梅紋《メイ・ウェン》の細くてしなやかなタケノコのような手を見ていぶかった。梅紋もきまり悪そうに両手を広げて目の前に置くと言った。

「子どものころから父の工房《こうぼう》に出入りするのが好きでした。木の匂《にお》いや彫刻刀が好きで、父の彫刻刀から木くずが落ちてくるのを見るのが好きだったんです。父の工房に大勢人が来て話をしていると、私は父が反対するのにもかまわず、みんなの話をきいていました。小学校を卒業するとき、彫刻を習いたいと言ったけれど、父に反対されました。父は母と相談して私に水彩画《すいさいが》を習わせようとしていたんです。父の理由は単純で、彫刻は女の子の手を傷つけると言うんです。その後、私は母に水彩画を習いながらも心はやはり彫刻にありました。自分ではほとんど彫《ほ》ったことはなくても、彫刻がどういうものかは知っています」

「だが」と杜子漸は言った。

「あれに教えてどうなるんだね。ただのいたずらっ子にすぎないのに」

「いいえ」と梅紋は言った。

「あなたたちはご自分のお子さんを理解していないんです」

「あいつに才能があるとでも言うのかね」

杜子漸はいぶかった。梅紋は言った。

「才能があるなんてものじゃありません」

「腐《くさ》った木に彫ってもむだというものだよ。やってみたければ試《ため》してみるがいい」

細米の母親は言った。

「あの子にいたずらをさせず、事を起こさせないでくれれば御《おん》の字だわ」

梅紋は笑った。

6

梅紋は町に行き、彫刻刀をひと箱買ってきた。

この日、彼女はお盆《ぼん》を持って細米に言った。

「持っているナイフを全部ここに出して」

梅紋は細米のあとについて歩いた。細米は筆箱、かべの穴、猫《ねこ》が出入りする穴、草むら、とたくさんの思いもかけないところからナイフを一本ずつ取り出した。少しすると梅紋《メイ・ウェン》のお盆《ぼん》からナイフが投げられてたてる音がひびいてきた。梅紋が押収《おうしゅう》したナイフは二十本あまりになった。梅紋は細米《シーミー》に言った。

「全部、林《リン》先生に渡《わた》してクラスの子に分けてもらうわ。鉛筆を削《けず》るのにちょうどいいから」

それから、彫刻刀《ちょうこくとう》の箱を出すと重々しく細米に手渡した。

「今日から私があなたの彫刻の先生よ」

梅紋は細米を家の貯蔵室だった小屋につれていった。梅紋はその小屋を片づけて、作業台と木のスツールと棚《たな》を用意していた。できるかぎり父親の工房《こうぼう》に似せて、部屋をしつらえた。それらのすべては儀式《ぎしき》のようだった。

細米はとまどった。今まではいきなり関係がとだえ、なんだかよくわからない、見知らぬ茫洋《ぼうよう》とした新しい世界にとびこんだようだった。細米はポカンとして口もきけず、田舎《いなか》の少年らしいおびえと不器用さをむきだしにしていた。以前は稲《いね》のカスやサツマイモや薪《まき》や漬物《つけもの》のかめなどが置かれていた小屋に立ったまま、どうしていいかわからずにいた。梅紋が自分の将来をどうしようとしているのかがわからず、自分が何であるかも知らず、自分が純粋《じゅんすい》におもしろいと思っている彫刻にどんな意味があるのかもわからなかった。細米はただ呆然《ぼうぜん》としていた。

作業台の上には黒むらさき色の木材が置いてあり、見たところ紫檀《したん》のようだが紫檀ではなく、その土地産の木だった。木の質は有名なツゲとあまり変わらず、それが割られていて肌理《きめ》が細かかった。梅紋が言った。

「これがあなたの対象であり、あなたの相手よ。まずはこの言葉を覚えて。彫塑《ちょうそ》。実際は二つの言葉の組み合わせで、彫《ほ》ると塑像《そぞう》のことね。彫るとは何か。彫ると言うのは数学で言えば引き算よ。彫刻刀のような道具でいらない部分を少しずつ削っていくの。彫るは引くことしかできない。引いたら二度と加えられないの。刀で一度削ったら、二刀目はないのよ。塑像は基本的に足し算で、大体の形ができたら細かい部分を削り取り、それから加減の二つを使って…」

授業はいつもうわの空で体をゆらしている細米が、梅紋のやわらかく澄《す》んだ声に、もともと大きな目をさらに大きく見開いてきいていた。彫塑だけでなく、細米のすべてを梅紋はほとんど把握《はあく》していた。細米を持ち上げると同時に引きしめた。彼の両親とはまったくことなる方法で。どんな細かいことでも梅紋は細米に話す必要があった。

その日、二人は洟《はな》たれのことを話した。細米《シーミー》が言った。

「洟たれは……」

梅紋《メイ・ウェン》がすぐにさえぎった。

「だれのこと？」

「洟たれ」

「もう一度言ってみて」

「洟たれ」

梅紋が言った。

「洟たれって人の名前なの？　そんなふうに人を呼んではいけないわ。その人に対して失礼よ。他人を尊重すること、人と同じように木と花や草も尊重しなければならないの」

細米はうつむいた。細米が家を出ていくと、ちょうど洟たれを見かけた。細米は少しぎこちなく呼んだ。

「朱金根《ジュウ・ジンゲン》」

朱金根はびっくりして言った。

「何だって？　今、何と言った？」

「朱金根」

「おれを朱金根だって？」

「朱金根」

朱金根はまじまじと細米を見ると後ろに下がって、クルリとむこうをむいて教室にかけこみ、教壇《きょうだん》の前で大声で言った。

「細米がおれを洟たれと言わなかった。おれを朱金根と呼んだ！」

朱金根はまた教室をとび出した。自分でも何をしているのかわからなかった。走りながら口の中でひとり言を言った。

「おれは朱金根だ。おれは朱金根だぞ！」

7

ある晩のこと、稲香渡《タオシアンドゥ》中学の教師たちが夕食を食べているとおくの部屋でたらいで体を洗っている細米が外にむかって叫《さけ》ぶのをきいた。

「母さん、石けん！　体を洗うんだ」

馮醒城《フォン・シンチョン》が言った。

「おい、きいたか。細米《シーミー》が石けんで体を洗うそうだ」

寧義夫《ニン・イーフー》が言った。

「十日も半月も顔一つ洗わなかったのに」

林秀穂《リン・シュウスエ》が言った。

「いくらなんでもおおげさよ。一週間洗わないことはあったけど」

馮醒城《フォン・シンチョン》はすでに食べ終わり、箸《はし》で茶碗《ちゃわん》をたたきながら不思議そうに言った。

「どうも変だな。とつぜん、細米が細米でなくなったみたいだ」

＊ 師母《シームー》　先生のおくさんという意味。
＊ 南泥湾《ナンニーわん》　有名な革命歌。内陸の陝西省《せんせいしょう》に果実や花が実る江南のように豊かな土地を作ったと歌う。
＊ 紙のお金　亡くなった人があの世で使えるように、紙で作った紙幣《しへい》や家具を燃やす風習がある。

第三章　風が吹《ふ》き、雷《かみなり》が鳴る

1

郁容晩《ユイ・ロンワン》が来た。

燕子湾《イエンズわん》の男の下放《かほう》青年たちはすでに農作業をしていた。郁容晩が稲香渡《タオシアンドゥ》中学に来たのは夕食のあとだった。後に何度も稲香渡に来たが、いつも夕食後で空はすでに暗くなっていた。そのため、稲香渡の人たちは郁容晩が燕子湾を離《はな》れて蘇州《そしゅう》にもどるまで、一度も彼の顔をはっきり見ることはできなかった。だが、細米《シーミー》の家族にしろ、稲香渡中学の教師たちにしろ、みんなが郁容晩をハンサムだと思っていた。肌《はだ》が白く、鼻が高く、やせてすっきりとした感じだった。その目には憂愁《ゆうしゅう》がただよっているとさえ感じた。足の長さや背の高さは月の光でもはっきりとわかった。

郁容晩はいつも自転車をこいでやってきた。自転車が相当に上手かった。道中はずっと三十センチほどの幅《はば》しかないあぜ道で、自転車から下りなくてもあぜ道の切れ目に通りかかると馬に乗っているみたいにハンドルを持ち上げ、前輪を宙に浮《う》かせて通りこし、前輪が着地すると今度は後輪を宙に浮かせ、自転車全体が通りこすとまた走りつづけるのだった。

郁容晩《ユイ・ロンワン》は梅紋《メイ・ウェン》の部屋に入ったことはなかった。稲香渡《タオシアンドゥ》中学に来ると自転車を蓮池《はすいけ》のあぜの柳《やなぎ》の木に立てかけた。馬に乗ってきた人が馬を木につなぐように。それからポケットからハモニカを取り出す。ハモニカは白い絹のハンカチに包まれていた。ゆっくりと開くとハンカチでハモニカをふき、それからハンカチをポケットにもどす。

梅紋はハモニカの音をきくとすぐに全身全霊《ぜんれい》をかたむけてきく。だが、あわてて、あるいは待ちきれずというそぶりはなく、そのとき、すわっていればすわったまま、立っていれば立ったまま、じっときいたあと、しばらくしてから蓮池のあぜに歩いていく。

初夏の夕暮れに郁容晩のハモニカが稲香渡で初めてひびきわたった。そのとき、梅紋は例の小屋で細米にどのように丸刀を使うかを指導していた。

「だれかがハモニカを吹《ふ》いている」

細米が言った。梅紋にはとっくにきこえていた。梅紋の注意はもう丸刀にはなく、この小屋にも細米にもなかった。小屋にすわってはいたが、心は軽い羽毛のように音もなく窓の外へととんでいき、ハモニカの音がきこえてくる場所へととんでいた。

「先に刀で削《けず》る練習をして」

そう言うと外に出ていき蓮池にむかった。月がちょうど東の小さな林から昇《のぼ》ってきた。背の高い薄《うす》い影《かげ》が見えてきた。郁容晩も梅紋を見た。だが、ハモニカはやめずに梅紋が自分のそばにやってくるまで吹きつづけた。二人は少し話をすると、郁容晩がまたハモニカを吹き出し、まるで梅紋に会いにきたのではなく、ハモニカを吹きにやってきたプロの楽師のようだった。

郁容晩は立ち、梅紋はすわっていた。全身全霊をかたむけて演奏し、両手は魚の尾のようにたえずハモニカを打ち鳴らし、息の大きさをコントロールして、片足は地面を軽くけって拍子《ひょうし》をとっていた。音楽以外に梅紋は気流が郁容晩のくちびるから流れ出てハモニカに入りこみ、ハモニカから手の指の間へと入りこむ音をきいた。その音は風が草の葉を鳴らすときに発する音に似ていて、サササと注意深くきかないと、きこえないような音だった。

蓮の葉がそよぎ、暗闇《くらやみ》の中を無数の麦わら帽子《ぼうし》が動いているようだった。蓮の葉の間に

二、三本の蓮《はす》の花があり、昼間ならえんじ色なのが今はただ墨《すみ》のように黒い。空気の中を脳が感じる清涼《せいりょう》な香気《こうき》がただよっていた。ときおり、水滴《すいてき》が葉からすべり落ちて水中に落下する、静謐《せいひつ》きわまりない音がきこえてくる。糸の切れた真珠《しんじゅ》のネックレスが散らばるような音符の音だった。梅紋《メイ・ウェン》は郁容晩《ユイ・ロンワン》を見ず、目は蓮池を越《こ》えてはるか遠くを見つめていた。すべてがぼんやりとした、無尽《むじん》の想像をかきたてる何かを。

ハモニカの音にさそわれて、細米《シーミー》も手にした彫刻刀《ちょうこくとう》を置き、外へととび出した。蓮池のあぜに二人の人影《ひとかげ》を見つけると足をとめ、木の陰《かげ》にたたずんだ。ハモニカの音を美しいと思った。それから干し草の山によじのぼり、てっぺんから蓮池と二人を見下ろした。紅藕《ホンオウ》が来て、細米を見上げてきいた。

「細米、何を見ているの?」

「何も見ていないよ」

紅藕は疑わしそうに蓮池の方へと歩いていった。郁容晩と梅紋の姿を見つけると、干し草の下にもどってきた。

「何を見ているか、わかったわ」

「何も見てないって」

「見ているわよ」

紅藕は細米の家に米をふるいにかける道具を借りにきたのだった。ふるいを取ってくると、また干し草の山の下で立ちどまって言った。

「それでもまだ何も見てないと言うつもり？」

細米は干し草の上に横になった。紅藕はふるいを手に帰っていった。

ハモニカの音は休みなくつづき、リズムはさまざまに変化した。ハモニカという楽器は不思議で、長さはたった十五センチほどなのに吹《ふ》くと独奏にもいくつかの楽器の合奏のようにもきこえ、静謐かつ情熱的で、おおげさでなく親和力もあり、くちびるが直接ふれるせいか、人の心と思いと情感がそれぞれの音符に流れこむように感じる。両親が連行されて以来、ハモニカが梅紋のさびしさと悲しみをまぎらわせてきたのだった。

細米は空を見上げた。自分が空のすぐ近くにいるような気がして、二つのつめほどの大きさの星がゆっくりと空を移動していた。人工衛星だった。通りかかったナイチンゲールも静かに翼《つばさ》を動かして稲香渡《タオシアンドゥ》の空をとんでいた。見ているうちに細米はねむくなり、もうろうとしながら郁容晩がこう言うのをきいた。

「いそがしい季節がやってくるな」

2

五月は一年でもっともいそがしい季節だった。麦が実り、刈《か》り入れをしなければならないからだ。刈り入れられた麦は脱穀場《だっこくじょう》で脱穀され、もみ殻《がら》を取った麦粒を干してかわかす。空き地になった畑は耕して水を張って田んぼにして苗《なえ》を植える。季節は人を待ってくれないので、これらをすべてかぎりある日々で行わなければならない。

ひげ面《づら》の村長が細米《シーミー》の家にやってくると、梅紋《メイ・ウェン》に言った。

「おまえたちは女下放《かほう》青年だから、来てすぐ野良仕事はさせなかったが、もうどうあっても畑仕事をしてもらわなきゃならん。農具を用意してくれ」

そう言うと、用意する農具について一気にしゃべった。村長が帰ると、梅紋は呆然《ぼうぜん》とした。農作業をしたことがないので農具について何も知らず、どうすればいいのかまったくわからなかった。細米の母が言った。

「あなたは何もしなくていいわ。私が用意するから」

それからの数日間、細米の母が梅紋の農作業の仕度《したく》をした。鎌《かま》、天秤《てんびん》、縄《なわ》、麦わら帽子《ぼうし》、汗《あせ》をふくタオル……それらを一つ一つ用意した。鎌は鋼《はがね》の良いもので柄《え》が持ちやすいものを三本選び、刃がにぶってきたらすぐにするどいものにかえるようにした。天秤は桑《くわ》の木でできた、じょうぶでかつやわらかいものだ。母が肩《かた》にかついで試《ため》してみると、翼《つばさ》のようにゆれた。ほかの下放女青年たちはほとんど自分で用意しなければならなかったので、みんなが梅紋をうらやましがった。

すべての準備が整うと母はまた心配になった。あの子にできるかしら。畑仕事が女の子たちにできる仕事だろうか。農作業をしたことがある細米の母には農作業のしんどさがわかっていた。農業、とくに五月の農業のことを細米の母はこう言っていた。夜が明けないうちに畑に出て麦を刈り、夜は夜なべをしてときには夜中まで働く。一日四時間しかねむれず、刈り入れも脱穀も田植えも、どれも骨の折れる疲《つか》れる仕事だと。もやしのような梅紋が畑に出て農作業をすると思うと、かわいそうでならなかった。

ついに梅紋が農作業を始めた。頭に麦わら帽子をかぶり、首にタオルを巻き、ズボンのすそを巻き上げる。あぜ道を歩いていくと稲香渡《タオシアンドゥ》の農民たちがみんなふりむいた。梅紋の様子があまりに美しいからだ。だが、すぐにみんな思い知った。美しくても何にもならないことを。もとはとても器用な手が、鎌をにぎると不器用そのものだった。稲香渡の娘《むすめ》たちなら鎌をさっとかかえて麦をガバッと腕《うで》の中にかき入れ、鎌でサッと麦の根っこを切ると麦は腕《うで》の中にたおれ、今度は鎌《かま》をかぎにして麦をたばねる。梅紋《メイ・ウェン》はと見ると、やっと少し刈《か》っただけで麦はまだ高々と生えている。農家の娘《むすめ》たちが笑った。

「なんだかニラを刈ってるみたい」

そう言うと、田舎《いなか》の娘の誇《ほこ》らしさをのぞかせた。娘たちは梅紋を助けるつもりで自分たちは八畝《うね》刈って梅紋にふた畝残すと練習させた。けれども、たとえたったふた畝でもすぐに人よりもおくれてしまう。ほかの人が遠くに行ってしまうと、梅紋は恥《は》ずかしく気がせくばかりで頭も上げずに刈っていた。鎌ひとふりでたくさん刈りたいところだが、どうしても麦をひとまとめにできず、やっとのことでひとまとめにしても他人の十分の一にもならなかった。

少しすると太陽が真上に昇《のぼ》ってきた。ギラギラと輝《かがや》いてこの世を焼きつくし、見わたすかぎりの麦畑が太陽に燃えているようだった。するどい麦の穂《ほ》が梅紋の手や腕《うで》、顔にまで細い見えないぐらいの傷あとを幾筋《いくすじ》も作り、汗水《あせみず》がたれるとヒリヒリ痛み、唐辛子《とうがらし》水をかけたようだった。汗がたえず目に入り、こすりたくはないがこすらないと視界がぼやけて目の前のものが見えなくなる。そこでたえずこすることになり、また時間をむだにしてしまい、人からおくれるのだった。

村長が麦をかついであぜ道をやってくると言った。

「梅紋、麦の穂はもっと短く刈るんだ」

梅紋がふりかえって見ると、人様の刈ったあとはほとんど泥《どろ》と同じ高さにそろっているのに、自分が刈ったあとは高くてバサバサしている。みっともないので、それ以上先に進むのはやめて、もどって麦の穂をそろえて切りはじめる。しばらく刈ってから思う。これでは、ますますおくれてしまう。そこで急いで麦を刈りはじめるのだった。麦はほとんど刈り取られ、溝《みぞ》近くのふた畝だけが残されて、はげ頭に残された細い弁髪《*べんぱつ》のようだった。

梅紋は必死で刈った。だが、あせればあせるほど動きはちぐはぐになり、何株か刈り残すか、刈り取った麦がバラバラと手からこぼれるかした。梅紋はつくづく自分を役立たずだと思うのだった。

細米《シーミー》の母は家事をしながらも心は梅紋を気にかけていた。手を切ってはいないだろうか。麦の穂が目に入ったりはしていないだろうか。ぶつぶつと口でつぶやいた。

「人とくらべちゃダメよ。初めて麦を刈るんだから、刈れるだけ刈ればいいのよ。あせることはないわ。だれも責めやしないから。ゆっくり刈って。少しだっていいんだから」

そう言いながら、残りの二本の鎌をといでいた。一時間目の授業が終わると細米が水を飲みに帰ってきた。母は息子に言った。

「この鎌《かま》を二本、梅紋《メイ・ウェン》にとどけてきて」

細米《シーミー》も水を飲むのもそこそこに鎌を持つや、畑にとび出していった。

二時間目が終わると、また水を飲みに帰ってきた。母が言った。

「お粥《かゆ》を畑にとどけてきて。梅紋は朝、食欲がなくてろくに食べなかったから、今ごろはおなかがすいただろうから」

細米はまた水を飲むのもそこそこにお粥を入れたかごをかついで畑へとむかい、走ってはいけないので、ゆっくり平行に持って歩いていった。走ったらお粥がこぼれてしまうからだ。

かごは母が竹ひごで編んだもので、中には小さな素焼《すや》きのつぼが収まり、つぼはしっかりとかごに固定されてゆれないようになっている。つぼにはフタがしてあって、フタの上には空のお碗《わん》とレンゲと箸《はし》がのっていて、お碗の中には小皿があり、小皿には塩づけのアヒルの卵が切って入れてあり、黄身が赤くテカテカして食欲をそそられた。

この時間、畑に食事をとどける人はいるが、下放《かほう》青年たちにとどける人はなく、細米の家だけが梅紋にとどけた。細米は地面にアヒルの卵があるかのように、ふまないよう注意深く歩いた。そうやって長いあぜ道をゆっくりと歩いていった。働く人たちは竹かごを見て、素焼きのつぼを見て、小皿のアヒルの塩づけ卵を見て、みんなふりむいた。

青空の下、子どもがかごをかついで黄金色の麦畑の中を歩く夏の田舎《いなか》の光景だった。その後、梅紋が畑仕事をすれば、細米が毎日この時間にきまって竹かごをかついで姿を現した。ふだんの細米はとびはねながら道を歩く。母親が言ったものだ。

「こんなに大きくなっても、まともに歩いている姿を見たことがない」

だが、このときばかりは細米もまともに道を歩き、落ち着いた均等な足どりで静かに女の子のように歩いた。畑で働く人々はこの時間がやってくるのが楽しみになり、細米が竹かごをかついであぜ道をやってくるのを見あきることがなかった。

「細米、だれに飯をとどけるんだい」

だれかがわざときく。細米は答えずに、ひたすら歩く。

「細米、私にとどけてくれたの？」

草凝《ツァオ・ニン》という下放青年がきく。細米は答えず、ひたすら歩く。このとき、畑の人たちの多くは畑の日陰《ひかげ》で休憩《きゅうけい》していて、梅紋だけが刈り入れていた。おなかがすき、のどがかわき、半キロもある鎌がずしりと手に重たかった。たった数時間働いただけで、もう足が動かなくなりそうだった。手にはマメができていて、歯を食いしばって耐《た》えた。自分が情けなくてしかたがなかった。働きはじめたばかりで、もう今後の労働に恐慌《きょうこう》をきたしていた。

細米《シーミー》が目の前にやってきたのにも気づかなかった。だれかが叫《さけ》んだ。

「梅紋《メイ・ウェン》、だれが来たと思う?」

梅紋が顔を上げると細米だったので、驚《おどろ》いてきいた。

「どうしたの?」

「母さんがお粥《かゆ》をとどけろって」

「おなかすいてないわ」

細米はあぜ道に立ったまま、動かない。だれかが叫んだ。

「食べないなら、私たちが食べるわ」

梅紋は笑って鎌《かま》を置くと、痛くてまっすぐに伸《の》ばせない腰《こし》を手でおさえて、あぜ道を歩いてきた。細米が竹かごをあぜ道に置いた。お粥は冷たくサラサラとしていて、のどのかわきをうるおした。あぜ道にすわり、炎天下《えんてんか》の下でお粥をすすると、梅紋は疲《つか》れも忘れ元気を取りもどし、人に後れをとったきまり悪さも忘れた。

細米はあぜ道にすわったまま、始業の鐘《かね》はとっくに鳴っていたが、ちっともあせらなかった。細米は初めて梅紋が音をたててお粥をすするのをきいた。食卓《しょくたく》で食べるときは、何も食べていないかのように音もたてなかったのだ。

3

日に日に暑くなってきた。

早朝、太陽が昇《のぼ》るのもガンガンという感じで昇ってくる。稲香渡《タオシアンドゥ》の人々はそんな太陽も見なれているせいか、口では「暑い」と言うものの恐《おそ》れるふうでもない。だが、下放女《かほう》青年たちは毎日恐怖《きょうふ》をいだいて暮らしていた。絵にかけば魅惑的《みわくてき》な野原も、朝早くから農作業に出る今は恐ろしいものとなった。蘇州《そしゅう》の桐《きり》の木陰《こかげ》の涼《すず》しさと、家でサンダルをひっかけて飲む酸梅湯《＊スアンメイタン》や緑豆＊のお粥のさわやかさがなつかしくてたまらなかった。

梅紋は夜帰ってくるころは疲労《ひろう》こんぱいしていた。細米の母親が早々とお風呂《ふろ》のお湯をわかして待っていた。

「早く体を洗って晩ご飯を食べて寝《ね》るのよ。明日も朝四時起きなんだから」

母は梅紋の手から農具を受け取ると言った。

「たらいに湯をはってあるわ」

中庭にテーブルが置いてある。その上にご飯とおかずがあり、細米《シーミー》がスツールにすわってニワトリや犬に取られないように見はっている。毎晩、梅紋《メイ・ウェン》が寝《ね》る前に細米の母は言った。

「安心してお休み。明日の朝は寝すごさないよう起こしてあげるから」

空がまだ明けやらず、薄暗《うすぐら》いうちに起きなければならない。細米の母は時間どおりに梅紋の窓をたたいた。

「梅紋、梅紋、起きる時間だよ……」

梅紋は寝ぼけまなこで起きだし、半分ねむりながら食べ、そのまま畑へとむかった。細米の母はその後ろ姿を見ながら胸を痛め、ため息をつくと言った。

「なんで、こんな子たちを農村に送りこんだのだか」

そのころ、細米はまだ夢の中だった。

あぜ道でも麦畑でもあちこちで人影《ひとかげ》が動いていて、時々あくびの音がひびいてくる。だが、休むわけにはいかない。太陽が昇《のぼ》る前に麦を刈《か》らないと、太陽にさらされた麦の穂《ほ》は開いて、鎌《かま》がさわるとポロポロと麦が落ちてしまうからだ。

刈り残し部分を刈り取る前に大麦を刈らなくてはならなくなり、小麦もだんだん黄色くなってくる。季節はムチのように疲《つか》れきった人々を追いたてる。意志がゆるむのをふせぐため、集団労働で余力を残さず発揮させるため、日々の進度は上に報告され、全員が三つのグループに分けられて叱咤激励《しったげきれい》された。

グループに分けるとき、だれもが下放《かほう》青年と同じグループになるのをいやがった。稲香渡《タオシアンドゥ》の人々にドラを打ち鳴らして歓迎《かんげい》された娘《むすめ》たちが、今では冷遇《れいぐう》されていた。その日、村はずれの空き地でグループ分けが行われたとき、彼女たちは帰る巣を失って大河をただようアヒルとなり、大河のアヒルの群れは楽しそうにエサをついばみ、羽をはばたいて巣を失ったアヒルのそばを泳いで、みなし子のアヒルには目もくれず、みなし子のアヒルたちもすごすごと端《はし》に身を寄せる。

下放女青年たちは日陰《ひかげ》に背中合わせにかたまって、相変わらず美しかった。だが、稲香渡の人たちに農繁期《のうはんき》にその美しさを鑑賞《かんしょう》する気持ちの余裕《よゆう》はない。だれも彼女たちを引き取りたがらず、村長が名簿《めいぼ》を読み上げて強制的に分配した。名前が一人ずつ読み上げられると、その場にいる人たちは静まりかえった。

「梅紋、三班」

三班の班長の扣宝《コウパオ》が言った。

「取りかえてくれよ」

梅紋《メイ・ウェン》は小声で泣き出した。紅藕《ホンオウ》がちょうど登校するので通りかかり、その知らせがすぐに細米《シーミー》の耳にもとどいた。細米はそれをきくと扣宝《コウパオ》をののしった。紅藕が言った。

「口が悪いわね」

細米はまたののしった。紅藕が細米を打った。扣宝も結局は梅紋を受け入れたが、口ではブツクサ言いつづけた。

「どうせ仕事となればだれも人を助けるどころじゃない。苦しむのは本人なんだからな」

村長が言った。

「草凝《ツァオ・ニン》たち、よくきけよ。なまけてはいかんぞ。わしら村の者がおまえたちを差別しているんじゃないぞ。上からの指示、上からの教えなんだからな。おまえたち一人一人が稲香渡《タオシアンドゥ》の者と同じように農作業して、どれだけ働いたかを記録につけ、働いた分だけ配給を受けられる。特別あつかいはしない。特別あつかいしたくても上が許さないんだ。わかったな。それじゃ、働け」

二時間目が終わると細米はいつものように竹かごをかついで畑にやってきた。小七子《シャオチーズ》も上半身裸《はだか》で農作業をしていた。細米を見るとニヤニヤ笑って言った。

「おい、だれにとどけにきた？」

細米は小七子の悪意を感じとり、相手にせずにまっすぐ前を見つめて歩いていった。小七子が大声できいた。

「だれに飯をとどけにきたんだよ？」

細米はふりむくと小七子をにらんだ。「おまえに関係ないだろ」という意味だった。小七子は下卑《げび》たニヤニヤ笑いをしていた。細米がペッと地面につばをはきすてた。小七子が土のかたまりを投げつけようとしたときに翹翹《チアオチアオ》がかけつけてきた。今の翹翹はもうかつての翹翹ではない。屈強《くっきょう》な体をした、ときには牙《きば》をむき出しにしてうなる犬だった。まだ小七子のことを覚えているらしく、小七子は翹翹の目に自分に対する憎悪《ぞうお》を感じとった。いつでもとびかかってかみついてやるという様子の翹翹を見て、小七子は土のかたまりを畑に捨てた。

細米と翹翹は小七子から離《はな》れると、別の畑に梅紋をさがしにいった。梅紋はひとりで麦ひと畝《うね》を担当し、ほかの人たちはもうはるか前を行っていた。細米を見るときまり悪そうにした。あぜ道にすわってお粥《かゆ》をすすりながら、自分の担当する麦ひと畝を見つめた。左右の麦はきれいに刈《か》り取られ、彼女の分だけが停車したままの長い長い列車のように残っていた。細米《シーミー》は思った。明日は学校は休みだった。

「母さんがあせらなくていい、刈《か》れるだけ刈ればいいと言ってたよ」

梅紋《メイ・ウェン》はうなずいた。とつぜん、近くから話し声がきこえてきた。

「二班の阿五《アーウー》が麦をかついでいて、河べりでたおれて河に落ちたぞ」

人々が手を止めて見にいくと、だれかが阿五をおぶって、そのあとを何人かがつづいて病院に行くところだった。どのぐらい重症《じゅうしょう》なのかはわからず、あちこちで騒《さわ》ぎがきこえていた。これが農村の五月だった。五月の農村では人はみんな真っ黒に日焼けしている。夏が過ぎると、みんなやせて見る影《かげ》もない。秋の収穫《しゅうかく》前のしばしの時間、道行く人はフラフラとして太陽と畑にしぼりとられたようだった。麦畑を見つめる梅紋の目はやるせなさと恐怖《きょうふ》でいっぱいだった。細米が帰ると、村長が作業の点検にやってきた。

「梅紋や、おまえのその進度では何も食えんぞ」

梅紋は顔も上げられなかった。その日の夜はみんなが仕事を終えて帰っても、梅紋一人は残って麦を刈った。細米の母は梅紋に帰りをうながすのでなく、自分も鎌《かま》を手にして、畝《うね》の反対側から刈り出した。今日刈るべき麦を刈るのを手伝い終わったとき、ほとんどの家は戸を閉めてもう寝《ね》しずまっていた。

その日からしばらくは梅紋も比較的快活に過ごした。細米の母が農作業を手伝ったからではなく、細米と紅藕《ホンオウ》が手伝いにきてくれたからだ。二人は農繁期《のうはんき》で学校が休みになると梅紋の担当の畝を反対の端《はし》から刈りはじめた。麦を刈りながら心待ちにした。いつ梅紋と出くわすことができるだろうと。細米は時々、辛抱《しんぼう》できなくなって立ち上がって前の方を見た。紅藕は顔も上げずに言う。

「見ちゃダメよ。あとどのぐらいかわかってしまったら、おもしろくないわ」

「まだかな」

しばらく刈ると細米はまたがまんできなくなる。

「なにをあせっているのよ」

また立ち上がって距離《きょり》を見ようとする細米を引っぱって紅藕が言う。刈っているうちにとつぜん、むかいからカサッという音がきこえてくる。麦が密生しているので音がきこえるだけで人の姿は見えない。梅紋の方からカサッと音がきこえてきて、心は興奮でいっぱいになった。カサッという音はますます大きくなり、むかい側の人影《ひとかげ》も見えてきたが、まだはっきりとは見えず、カーテンのむこうにいるようだった。ついにカーテンが開き顔を合わせると、百年も会っていなかったのが再会したように、三人は興奮した。梅紋と紅藕は抱《だ》き合って踊《おど》りだした。

何度かは、畑の少なからぬ人たちがまだ自分たちの分を刈《か》り入れ終えていないのに、梅紋《メイ・ウェン》の分が刈り終わったこともあった。梅紋は大喜びで細米《シーミー》と紅藕《ホンオウ》といっしょに家に帰り、帰り道では鼻歌まで歌いだした。

4

刈り入れがまだの畑が村から遠ざかるにつれて、荒《あ》れ地や葦《あし》の原、墓場にだんだん近づいてきた。人々は家から出るとしばらく歩いてようやく畑仕事の場所に着く。ここ数日は夜明け前の空は月もなく、真っ暗だった。都会の娘《むすめ》でなくても稲香渡《タオシアンドゥ》の者でも畑仕事に行くのはびくびくものだった。農村ではよく怪談《かいだん》が語られた。冬の火鉢《ひばち》のそばでも、夏の納涼《のうりょう》の橋げたでも、くりかえし語られると肝《きも》っ玉《たま》の小さい人間は夜は外を歩けなくなり、床《とこ》についたら目を開けられなくなったものだ。

暗闇《くらやみ》の畑は想像をたくましくさせる。昨日も草凝《ツァオ・ニン》がこんな笑い話を引きおこしていた。麦刈りを急いでいて近くで人声がしたので驚《おどろ》いて鎌《かま》を落とし、頭をかかえてその場にしゃがみこむと大声を上げた。大勢がかけつけてきて結局わかったことは、村の東のはずれの高明楼《カオ・ミンロウ》の家のブタが前の晩に家に帰らず、いつの間にか畑に迷いこんで寝《ね》ていたのだった。ブタがびっくりして麦畑から走り出してきて、人々は驚いたあと大笑いになった。

その日はくもりで、梅紋は細米の母に起こされ外に出ると、思わずまた引っこんだほどだった。外が真っ暗で何も見えなかったからだ。村の大木の上の拡声器が叫《さけ》んでいた。

「起床《きしょう》して畑仕事に行く時間だぞ」

梅紋はしかたなく、暗闇の中を歩き出した。昨夜、仕事を終えたときからもうわかっていた。今日の農作業は墓地ととなりあった畑であると。空気が湿《しめ》り気《け》をおび、露《つゆ》なのか小雨なのかわからなかった。梅紋は鎌をつかんで畑を進んだ。前にも後ろにも人がいるらしかった。だが、姿は見えない。せきをする音やあくびをする音、ひたひたという足音が四方にこだまして、世界がうつろな感じがした。梅紋はびくびくしながら歩きつづけた。青ガエルがとんだだけでおびえた。イタチがあぜ道を通りぬけても心臓がバクバクした。木の上の鳥がとび立つと冷《ひ》や汗《あせ》をかいた。梅紋は畑にむかっているのでなく、地獄《じごく》にむかっているような気がしていた。

家を出るとき、細米を起こしていっしょに畑に行ってもらおうかとも考えたが、細米の農繁期休暇《のうはんききゅうか》が終わったばかりなのを考えると、昼間も授業があるのでやめにした。畑への道を行きながら、心から細米《シーミー》とその犬が自分の前後にいてくれたらと思うのだった。

ようやく畑にたどりつき、初日に分配された畝《うね》に来た。すぐそこが墓場だと知っていた。墓場の方を見ることはできず、うつむいたまま麦を刈《か》った。最悪なのは自分の左右の畝にだれも人がいないことだった。墓場の方を見ようとしなくても目の前が墓場だった。大小の墓、新しい墓、古い墓が一人一人黒い顔をして畑にすわっているようだった。梅紋《メイ・ウェン》の手は三分はずっと麦を刈ってきた疲《つか》れのため、七分は恐怖《きょうふ》のため、ブルブルとふるえた。勇気づけに歌を歌おうかと思ったが、こんなさびしい暗闇《くらやみ》の中で歌うのはあまりにも真っ当ではない。そうすれば自分はこわくなくなっても人が恐《おそ》ろしく感じるだろう。それでもやはり小声で歌ってみた。声はふるえ、夏の畑の中に立っているのではなく薄着《うすぎ》で冬の雪原の中に立っているようだった。何を歌っているのか自分でもわからなかった。両親のこと、蘇州《そしゅう》のこと、細米のこと、紅藕《ホンオウ》のこと、翹翹《チアオチアオ》のことを考えようとするが考えられず、少し考えだしても、こわくてどうしようもなくなった。恐怖心が黒潮のように頭の中におしよせ、ほかの考えも光景もすべて埋没《まいぼつ》し、おし流された。墓場に何か化け物がうろついているような気がしてならず、なんの根拠《こんきょ》もないが、その化け物の不規則なあえぎ声がきこえてきたような気がした。きっと青光りする鬼火《おにび》が雑草の中や墓場をとびかい、ウロウロしているだろう。稲香渡《タオシアンドゥ》中学の正門の前で畑の夜景をながめたある晩、そんなとらえどころのない光を見たことがある。なんの明かりなのかわからなかったら、細米が鬼火だと教えてくれて、それっきりこわくて見られなかったが、この夜はその方向を見ることもできなかった。

遠くで牛追いのラッパの音がした。麦が脱穀場《だっこくじょう》に運ばれると、牛は夜に昼に石臼《いしうす》を引いて麦を細かく打ちくだくのだ。牛追い人はそのあとをついて歩き、ぐるぐるとまわる単調でくたびれる仕事だった。人が寝《ね》しずまった時刻に牛追い人の吹《ふ》くラッパの音がぼんやりと発せられてもなんの興味もひかない。

梅紋は早く夜が明けないかとねがった。だが、空は依然《いぜん》として暗いままだった。梅紋は墓場のすぐ近くにいて、さっさと鎌《かま》を放りだしてかけもどりたかった。だが、なんとかふみとどまっていた。やがて、空もだんだんと色が変わり、灰色がかった白になってきた。何度目かに顔を上げたとき、墓石が密集した墓場が見えてきた。静まりかえった広場のようだった。広場には無数の人がいるのに、かたまって動かない。

梅紋は急いでうつむくと麦を刈りはじめた。空がまた少し明るくなった。恐怖心はだいぶやわらいできた。勇気を出して墓場を正視しようと思って、顔を上げたとたんに「きゃあ」と叫《さけ》び声を上げた。墓の一つに足を組んですわっている人がいる。まるで凍《こお》りついたように微《び》動《どう》だにしない。顔はわからず、ぼんやりとした影《かげ》しか見えない。梅紋《メイ・ウェン》の足はガタガタとふるえ、魂《たましい》がとび出しそうだった。黒い影がとつぜん、声を出して、暗い声で笑った。梅紋はまた叫び声を上げ、畑にたおれた。人々が声をききつけて四方八方からかけつけ、梅紋をゆさぶった。

「どうした？　どうした？」

梅紋はくちびるをガタガタとふるわせて墓場を指さした。人々は墓場の方を見たが、何も異常はなかった。空はすっかり明けていた。村長が言った。

「おどかさんでくれ」

草凝《ツァオ・ニン》も言った。

「緊張《きんちょう》しすぎて幻覚《げんかく》を見たんだわ」

話はあっという間に稲香渡《タオシアンドゥ》中学に伝わり、細米《シーミー》の母親が畑にかけつけると現地の習わしに従って、泥《どろ》を手の中でくだいて梅紋の周りにまきながら口の中でつぶやいた。

「紋紋《ウェンウェン》、こわくないよ。紋紋、こわくないよ」

それからは梅紋はずっとぼんやりとしていた。細米が竹かごをかついでくると、翹翹《チアオチアオ》が理由もなく畑で立小便している小七子《シャオチーズ》にかみつき、びっくりした小七子はあわててズボンを引っぱりあげると横にとびのいた。細米は何かを感じて、じっと小七子をねめつけた。

「なんでそんなふうにおれを見てるんだよ」

細米と翹翹が梅紋の方に歩いていくと、小七子の笑い声がきこえてきた。

それからしばらくは梅紋は細米と翹翹に畑まで送ってもらうことになった。細米と梅紋が麦の刈り入れにむかうと、翹翹は畑やあぜ道を行ったり来たりして走り、パトロールでもするかのようだった。空が完全に明るくなると細米は翹翹と帰っていった。

ある日、林秀穂《リン・シュウスエ》が細米の母親に言った。

「最近、細米はどうしていつも授業で居眠《いねむ》りしているのかしら」

5

長時間鎌《かま》をにぎりつづけているのと体が虚弱《きょじゃく》なのとで、梅紋はお粥《かゆ》をお碗《わん》によそってテーブルに運ぶときにどういうわけか手が知覚を失い、お碗を床《ゆか》に落として割り、お粥をぶちまけてしまった。となりのテーブルで食事していた教師たちは、お碗が割れる音にふりむいて梅紋を見た。梅紋は床にしゃがんでかけらを拾っていた。細米の母親があわててそばに来ると言った。

「歳歳平安《*スエスエピンアン》、歳歳平安……」

夜、細米《シーミー》の母が杜子漸《ドゥー・ズージエン》に言った。

「なんとかしてあの子に野良仕事をやめさせてあげられない？」

「どうしようがあるんだ？」

母はとつぜん思い出した。

「一昨日、教師が一人足りないと言ってなかった？」

杜子漸も言った。

「それはいい考えかもしれん。どうして思いつかなかったのかな」

「紋紋《ウェンウェン》なら中学の教師が務まるでしょう」

「上の方が同意するかだな」

「学校に自分で教師をさがせと言っているんでしょう？　代用教員の欠員なら上の指示をあおぐこともないわ」

「紋紋は下放《かほう》青年だ。問題は下放青年が教師になれるのかどうかだ」

「細米の叔母《おば》のところだって、下放青年が先生になっているわよ」

杜子漸も興奮してきて、タバコが半分ほど灰になって改めて新しいタバコに火をつけた。

その後、細米の母親もこのことをそんなには気にとめなくなった。畑仕事のいそがしさもとうげを越《こ》し、麦の刈《か》り入れは終わり、田植えも終わり、穀物は倉庫に入り、少し休めたからだ。

畑は給水管を管理する人がときおり姿を見せる以外は人影《ひとかげ》を見ることもなくなり、人々は田畑を恐《おそ》れるかのように全員が家の中にひきこもった。大人たちは食べるか寝《ね》るかだった。あまりに睡眠《すいみん》不足だったので、一度寝たらそのまま永遠に目を覚まさないかのようだった。

下放女青年たちは村長が「もう野良仕事はしなくてよい」と宣言すると、抱《だ》き合って泣き出した。梅紋もひたすらねむりつづけ、食事どきになっても起きてこなかった。細米の母がタオルをしぼって顔をふいて目を覚まさせて言った。

「そんなに寝ちゃダメよ。寝すぎて逆に体をこわすわ」

およそ一週間が過ぎ、梅紋はやっと元気になってきた。まだ少し疲《つか》れは残っているようだったが、日に焼けて肌《はだ》が赤くなり、元気そうになった。林秀穂《リン・シュウスエ》が言った。

「梅紋は前よりもきれいになったわ」

梅紋《メイ・ウェン》は思った。

「細米《シーミー》の彫刻《ちょうこく》を始めないと」

もう夏休みが始まっていた。細米にとっては一年でもっともすばらしいときで、何をするのも自由な時間が二か月近くあった。一日じゅう、大河や田畑で思うぞんぶん遊び、したいと思うことが何でもできた。まさか、梅紋に例の小屋に閉じこめられようとは思いもかけなかった。細米は自分のナイフであちこち彫《ほ》り、可能なら世界じゅうを彫って大きな柱や高くそびえる木や大きな門の上に自分の足跡《そくせき》を残したかったが、それは自分が気がむいたときで手がムズムズするときだった。そのことに何も意味を感じていなかったし、何か価値のあることだとも思っていなかった。だが、梅紋は真剣《しんけん》にこのことを非常に重要視していた。

細米は彫るのを止められれば止められるほど彫りたがったが、今、彫ることを奨励《しょうれい》され、自分が彫るのを見ていられると急に興味を失った。拘束《こうそく》されたみたいで前のようには痛快でなくなった。梅紋が真剣にとらえればとらえるほど、自分に真剣にやらせようとするほど、気のりがしなくなった。彫刻刀にもなじみが持てず、好きになれなかった。梅紋が言った。

「好き勝手に彫るのはもうおしまいよ」

　こうも言った。

「前のような彫り方は意味がないわ。あんなふうに彫ってもせいぜいが破壊分子《＊はかいぶんし》よ」

　梅紋は有無を言わさず細米を小屋に呼びもどし、自分の思うとおりの歩みで大きな野生の牛を引っぱるように、断固として細米を引っぱった。細米は従うしかなかった。細米の両親をはじめ稲香渡中学《タオシアンドゥ》の全教師が、梅紋にそんな力があったことに驚《おどろ》いた。梅紋は杜子漸《ドゥー・ズージエン》の言葉を覚えていた。

「あれはただの腕白坊主《わんぱくぼうず》だ」

　梅紋は杜子漸の判断に賛成ではなかったが、多少の道理があるとは感じていた。だが、自分の判断にも自信があった。細米の彫刻の対象は木だが、梅紋の彫刻の対象は細米だった。細米が木を見るとムズムズしてたまらなくなるように、梅紋は細米を見ると強烈《きょうれつ》な欲望にかられた。この子を伸《の》ばしてやりたい。梅紋は自分を信じ、細米を信じた。

　もっと正確に言うと、細米がはじめ彫刻を拒否《きょひ》したのは例の小屋に入るとプレッシャーを感じたからだった。そのプレッシャーはそれまで好き勝手に彫っていたときにはないものだった。梅紋は細米の心を読んだかのようにできるかぎりリラックスさせてやった。たとえば今日は午後四時になってやっと小屋に呼んだ。小屋には始めたばかりのころの作品があった。このあたりの子どもたちと同様、細米《シーミー》は大河が大好きだった。朝早くからずっと大河がもたらす愉悦《ゆえつ》にひたっていた。じりじり照りつける太陽の下、水の中はひんやりと涼《すず》しく、快適そのものだった。女の子たちも大河が好きだった。だが女の子たちが大河が好きな理由は男の子たちが大河が好きだからで、彼女たちは岸にすわったり、橋の欄干《らんかん》にうつぶせになって男の子たちが水の中ではしゃぐのを見るのが好きなのだった。紅藕《ホンオウ》もいつも橋の欄干にうつぶせになってながめていた。

水の中の細米は魚のようだった。ほっそりと、だが頑強《がんきょう》な体は体全体に油をぬったようで、水の中で泳ぎはじめると追いつける者はいなかった。体を横にして泳いでいるとき、露出《ろしゅつ》した肩《かた》を遠くから見るとまるで魚の背骨が露出しているみたいだった。

水中の細米はカワウのようだった。何十メートルも潜水《せんすい》できて、水にもぐっている時間の長さに心配になるほどだった。

水中の細米はガチョウのようでもあった。疲《つか》れると水面に浮《う》かんで、ずっとそうしている。風がそよぐままに大河がまるでベッドのように、ねむってしまったかのようだった。

紅藕は水の中の細米を見あきることがなかった。細米も紅藕が水の中の自分を見るのが好きだった。紅藕は細米がぬいだ服と靴《くつ》の見はりもしていた。梅紋《メイ・ウェン》が橋の方にやってきた。大河にかかる大きな古い木の橋で、欄干があり、幅《はば》広く半円形をしていて、橋の一番高いところは水面からかなりあり、水が少ないときは低い帆船《はんせん》なら帆《ほ》を下ろさなくても橋の下をくぐることができた。稲香渡《タオシアンドゥ》の子どもたちはたいていこの橋の下で遊んだ。ここならとびこみもできるし、橋の下で泳いで疲れたらいつでも橋げたにしがみつけばいい。橋げたを登ってきて、橋の支柱の間をよじ登り、橋の上にはい上がってくることもできる。橋の支柱に沿って深くもぐり、支柱の周りに生息する黒い大きな口の魚をつかまえることもあった。子どもたちの水遊びのほとんどはこの橋と関連があった。

紅藕が真っ先に梅紋に気づくと、橋の上からとびこもうとしていた細米にむかって叫《さけ》んだ。

「細米、梅紋姉さんが来たわ」

細米がふりむくと梅紋がこっちにむかってやってくるところで、細米はとびこもうとしていたのをやめると、橋の上の方の虹《にじ》のように曲がった太鼓橋《たいこばし》の梁《はり》をよじ登りはじめた。

紅藕が叫ぶ。

「細米、何をしてるの？」

水中の、岸の、橋の上のすべての人が細米《シーミー》を見つめた。細米の体はトカゲのように太鼓《たいこ》橋《ばし》にはりつき、少しずつ頂きにむかってよじ登っていく。稲香渡《タオシアンドゥ》の者でも太鼓橋によじ登る勇気のある者は少なかった。細米は橋がゆれるのを感じた。少しこわくなり全身から汗《あせ》がふき出してきた。もどろうと思ったが無数の目が注目していて、とくに梅紋《メイ・ウェン》がもう橋から遠くないところに来ているので、どうしても橋のてっぺんにむかって登りつづけるしかなかった。風が吹《ふ》き、汗がとび散った。その汗の粒が紅藕《ホンオウ》の顔にとび、紅藕はギュッと細米の服と靴《くつ》をつかんで細米と叫《さけ》ぶべきかどうか迷っていた。自分の叫び声に驚《おどろ》いて細米が橋から落ちるかもしれない。だが叫ばなければ心臓が口からとび出しそうだった。そこで口の中で祈《いの》るようにつぶやいた。

「細米、ゆっくり、ゆっくり登って」

梅紋は橋のたもとに近づくと、頭を上げて橋のてっぺんへとよじ登っていく細米を見上げた。頭がクラクラしてきて、無意識のうちに両手で橋の欄干《らんかん》をつかんでいた。細米はとつぜん、何もこわくなくなり、ゆっくりと太鼓橋のてっぺんに立ち上がった。まっすぐ立つと、太陽が汗で湿《しめ》った背中を照らした。細い美しい曲線をした背骨が太陽の下で赤銅色《しゃくどういろ》に輝《かがや》いていた。細米はそのまま大河にはとびこまなかった。見せびらかすかのように、空の下で彫像《ちょうぞう》のように屹立《きつりつ》していた。

大きなコンクリート船が橋の下をくぐろうとして、船を操縦《そうじゅう》する人が橋のてっぺんにいる細米をポカンと見上げて操縦を忘れ、橋げたに船がぶつかった。橋がグラリと大きくゆれた。

細米の体はバランスを失い、ふらついたがなんとか最後はバランスを保った。すべての人がホッと息をはいた。細米はゆっくりと両手を広げた。空をとんでいるような気がした。そのままの姿勢をしばらくつづけていた。その動作に酔《よ》いしれていた。人々が呆然《ぼうぜん》と見つめていると、細米はいきなり両腕《うで》を目の前で合わせると身をおどらせ、両手をするどい剣《けん》のようにして太鼓橋のてっぺんから頭から大河にとびこんだ。ボトンという音とともに、水面に大きな水しぶきが立った。

梅紋と紅藕はほとんど同時に叫び声を上げると拍手《はくしゅ》した。水中の細米はかすかに人々の歓声《かんせい》をきいたが、すぐには水面に浮《う》き出てこなかった。なぜならまずいことが起こったからだった。水中にとびこんだ瞬間《しゅんかん》、水の流れに逆行する強い力がゆるんでしめる力を失ったヒモのパンツをはぎ取り、細米はすっぽんぽんになっていたのだ。梅紋と紅藕が橋の上で見ていると思うと、たまらなく恥《は》ずかしかった。息を殺し、覚えているかぎりではそう遠くないはずの葦《あし》の原にむかって泳ぎだした。すべての人が水面の動きを見守っていた。

細米《シーミー》はとうとう潜水《せんすい》で葦の原に泳ぎ着いた。水面から顔を出したときは苦しくて顔が真っ青だった。だれも見えないはずでも、やはり両手であそこをおさえ、さらに十数メートルおくへもぐるとしゃがみこんだ。時間がたち、細米が水面にも岸にも橋にも姿を現さないと、見ていた人たちも不安になってきた。紅藕《ホンオウ》が最初に叫《さけ》んだ。

「細米！」

つづいてたくさんの人が叫びだした。

「細米！」

梅紋の手がギュッと橋の欄干《らんかん》をつかんだ。細米は紅藕の半泣きの叫び声をききつけるとしゃがんだまま大声で返事をした。

「おれはここだよ！」

みんながホッとした。紅藕がきいた。

「そんなところで何してるの？」

細米はなんと答えていいか、わからなかった。紅藕がまた大声できいた。

「そこで何をしているのよ！」

細米はエサをさがして葦の原にやってきた数羽のアヒルを見ると大声で言った。

「アヒルの卵をさがしているんだ！」

梅紋が言った。

「細米、家に帰るわよ！」

どうやったら帰れる？　どうしようもなくて細米は地面にしゃがみこんでいた。そこへ小七子《シャオチーズ》がやってきた。小七子は水中に見えかくれする赤いパンツに気がついた。他人の家の垣根《かきね》から竹を一本引っこぬくと、赤いパンツをすくい上げて、旗のように空中にさらした。だれかが言った。

「細米のだ」

だがだれも細米のパンツが水にさらわれたとは考えがおよばず、そのパンツがどこから流れ着いたのかと不思議に思った。梅紋がまた叫んだ。

「細米、早く家に帰るのよ！」

小七子が言った。

「帰れっこないさ。葦の原からだって出られないいんだから」

小七子はパンツは細米のものだと確信していた。細米は葦の原にうずくまったまま、大声で叫《さけ》んだ。

「先に帰ってよ。すぐに帰るから。もう少しアヒルの卵を拾って帰る。もう何個も拾ったんだ」

梅紋《メイ・ウェン》が言った。

「じゃあ、橋の上で待ってるわね」

細米《シーミー》が絶望感におそわれていたとき、朱金根《ジュウ・ジンゲン》が現れた。葦《あし》の原の浅瀬《あさせ》でタニシをつかまえて、ここまで来たのだった。朱金根がびっくりしてきいた。

「細米、こんなところにしゃがんで何をしてるの?」

細米はなんと答えていいか、わからなかった。

「クソでもしてるのかい」

朱金根は無意識に鼻をうごめかした。

「クソはおまえだ!」

「じゃあ、しゃがんで何してるのさ?」

「しゃがんでいたいからさ」

朱金根はとうとう細米がパンツをはいていないのに気がついて言った。

「細米の恥知《はじ》らず、なんですっぽんぽんなんだよ？」

細米はあわてて指でくちびるをおさえた。

「シーッ」

朱金根もしゃがむと小声できいた。

「なんですっ裸《ぱだか》なんだい？」

そのとき、細米の視線が朱金根のパンツに落ちた。

「言えよ、どうしてだよ？」

朱金根は立ち上がると伸《の》びをして、葦の葉ごしに橋の上の梅紋や紅藕《ホンオウ》たち女の子たちを見て、またしゃがんで言った。

「言わないと、女の子たちにきこえるように大声で言うぞ」

朱金根が立ち上がった瞬間《しゅんかん》、細米の考えは決まった。葦の原のおくを指さして言った。

「静かにしろよ。カモが卵を産んでるんだ。それを待っているのさ」

朱金根が葦の原のおくを見た。

「カモが何羽も行ったり来たりするのを見た。卵を産む場所をさがしているんだ。土のやわらかいところをね。だけど、葦の穂《ほ》ととげの生えた雑草ばかりだから、おれはパンツをぬいで……」

「パンツをぬいで、どうするのさ？」

「カササギやウが巣を作るのを見たことがないのか？　あちこちとんでさがすのはどうしてだと思う？　布を見つけてきて巣を作るんだ。布はやわらかいからね。去年の春、パンツを垣根《かきね》に干しておいたら、ウがくわえていっただろ。母さんが必死で追いかけていた。みんなも手伝って追いかけたじゃないか」

朱金根《ジュウ・ジンゲン》が言った。

「知らなかったな」

「おまえはあのとき、病気で休んでいたからな」

細米《シーミー》は葦《あし》の原のおくを見て言った。

「おれはパンツを巣にして草むらに置いたんだ」

「カモは気がついた？」

「気づいたさ。だから、ここで見はってるんだ。ウが行ったり来たりするのを見はるためさ。もう少しすればやってくる。そしたら卵を産むところが見られる」

朱金根はうらやましそうにした。細米がきいた。

「おまえもカモが卵を産むのを見たいか？」

朱金根はうなずいた。

「さっき、あっちでもカモが二羽、卵を産むところをさがしてた」

朱金根は自分のパンツを見た。

「ぬげよ。こっそり取ってきてやる」

朱金根は恥《は》ずかしがった。

「ここなら女の子たちも来ないよ」

「カモは本当にその上に卵を産む？」

「産むよ」

朱金根はパンツをぬいだ。細米はそのパンツを受け取ると、いたずらっぽく指で朱金根のチンチンをはじくと葦の原のおくへと歩いていった。朱金根が細米にだまされたと気づいたとき、細米はもう朱金根のパンツをはいて、葦の群れからボトンと水中にとびこむと泳ぎながら叫《さけ》んでいた。

「今、行くよ！」

朱金根は葦の原をとび出した。

「細米《シーミー》！」

叫《さけ》んだ瞬間《しゅんかん》、自分がすっ裸《ぱだか》なのを思い出してあわててしゃがみこんだ。

小七子《シャオチーズ》は細米のパンツをかかげて歩きまわり、細米がどうやって水から上がってくるか待っていたが、細米はパンツをはいて上がってきた。小七子は驚《おどろ》きのあまり、手にした旗をたおしてしまった。細米は朱金根《ジュウ・ジンゲン》の弟の朱銀根《ジュウ・インゲン》を見つけて言った。

「おまえの兄ちゃんがすっぽんぽんで葦《あし》の中にしゃがんでいる」

「パンツは？」

細米は小七子が捨てたパンツを指さして言った。

「あそこさ」

そのとき、細米の母親が急いで走ってくると梅紋を見つけて言った。

「早く帰るのよ。細米の父親が何かいい話があるって」

帰り道、細米は母親に問いつめた。

「いい話って何なの？」

紅藕《ホンオウ》も細米の母にまとわりついた。

「おばさん、話してよ」

「紋紋《ウェンウェン》が先生になるのよ！」

細米と紅藕は目を輝《かがや》かせると、そこに立ちどまった。それから前後して大騒《おおさわ》ぎしながら稲香渡《タオシアンドゥ》中学の門にむかって走っていった。

＊弁髪《べんぱつ》　清朝《しんちょう》の満洲族《まんしゅうぞく》の男の髪型《かみがた》。頭髪《とうはつ》を一部を残して刈《か》り上げ、残りの毛髪を伸《の》ばして三つ編みにし、後ろにたらす。

＊酸梅湯《スアンメイタン》　青梅のジュース。夏の飲み物。

＊緑豆　マメ科の一年草。モヤシの原料でもある。中国では、さまざまな食品を作る。

＊歳歳平安《スエスエピンアン》　「歳」の発音が砕《くだ》けるという意味の「砕《スエ》」と同音なので、物が割れたときに縁起《えんぎ》をかついでこう言う。「歳歳平安」の毎年毎年無事でありますように、という意味が「物が割れたことでかえって何事もなくなる」というゲンかつぎになる。

＊破壊分子《はかいぶんし》　共産主義の社会秩序《ちつじょ》・制度等を打破《だは》しようとする傾向《けいこう》をもった人物。

第四章　太陽が大河に沈《しず》み、おれは家に帰る

1

梅紋《メイ・ウェン》が自分が稲香渡《タオシアンドゥ》中学の教師の一人になると知ってから一週間後、とつぜん一通の手紙を受け取った。手紙を読むと涙《なみだ》があふれてきて、声を上げて泣いた。細米《シーミー》一家は何があったのかわからず、ただ梅紋が興奮し喜ぶのを見てとまどっていた。手紙を持つ梅紋の手はふるえていた。

「父と母が、私の下放《かほう》先をきいて手紙をよこしたんです」

細米の母がきいた。

「ご両親はお元気なの？」

「元気です。家を離《はな》れてから、ずっと山で労働していたんです。手紙には、二人ともちゃんと食べているし、よく寝《ね》ているとありました。母は太ったし、父は持病の高血圧も治っ

たそうです。父はやはり木から離れられず、その山にはとても質のいい木があり、とても彫刻《ちょうこく》に適しているのだそうです。蘇州《そしゅう》に帰るときは必ず持っていきたいと言っています。たぶん、そう遠くないうちに帰れるだろうって……」

それをきいた細米一家もとても喜んだ。

夜、梅紋は両親に長い手紙を書いた。自分がとてもいい家に世話になっていると。杜子漸《ドゥー・ズージエン》のこと、細米の母のこと、稲香渡中学の教師たちのこと、稲香渡のことを書いた。稲香渡の空、麦畑、葦《あし》の原、河、村。蘇州に帰っても、ひまを見てはここにまた来るだろうこと。もちろん、稲香渡でのつらかったことも、体験したすべてを書いた。郁容晩《ユイ・ロンワン》のことも書いた。両親がいなくなってから、彼がどれだけ自分の世話をしてくれたか、今もよく会いにきてくれると書いた。自分が一番好きな楽器はハモニカであるとも。

だが、一番多く書いたのは細米のことだった。両親にこの男の子のことをくわしく知らせた。こんなに感受性の強い、才能に恵《めぐ》まれた子に会ったことがない。父がこの子に会ったら、それこそ縁《えん》というものだろう。なぜなら、この子も木に魅《み》せられているから。細米の天真爛漫《てんしんらんまん》さ、野性味、たくさんの人が笑わずにいられない挙動。自分はこの子が大好きであること、この男の子を一生忘れないだろうと書いた。

手紙を書き終わったときは深夜だった。梅紋《メイ・ウェン》は戸を開けると外に出た。月は明るく、白い柵《さく》が昼間よりも長く見え、柵の一本一本を数えることができた。柵にはう朝顔が薄《うす》むらさき色の小さなラッパのように見えた。柵のむこうの細米《シーミー》の家はとっくに寝《ね》しずまっていた。翹翹《チアオチアオ》が物音をききつけて走ってくると、半立ちになって前足を柵にかけ、親しげな声を上げて湿《しめ》った舌を伸《の》ばして、梅紋の手の甲《こう》をなめた。梅紋は目を閉じて、なんとも言えないぬくもりと喜びを感じていた。

2

夏が過ぎ、秋が来た。巨大《きょだい》な蒸しセイロのようだった大地は一夜で熱気が冷えさった。万物が煮《に》えたぎっていたのがだんだんと静まってきた。秋の呼吸は等しく細く、小さかった。

夏はやせて精悍《せいかん》になり、目ばかり大きかった子どもたちも、ある明るい朝、あちこちから稲香渡《タオシアンドゥ》中学にむかってかけてきた。新学年が始まったのだ。

梅紋は稲香渡中学の教師たちといっしょに祠《ほこら》の廊下《ろうか》に立って、校門にむかって子どもたちが登校してくるのを見守っていた。気恥《きは》ずかしく、おびえてすらいた。子どもたちは祠に入り梅紋を見ると、めずらしさに目を輝《かがや》かせた。梅紋は中二のクラス担任で、中一、中二、中三の美術を担当することになった。

畑仕事の重労働にくらべたら、この仕事は軽く、梅紋には毎日が楽しかった。夜のとばりが下りると、郁容晩《ユイ・ロンワン》が蓮池《はすいけ》のあぜにやってきてハモニカを吹《ふ》く。梅紋はうれしそうに池のあぜに行き、ハモニカに合わせて歌を歌い、それは秋の野にひびきわたった。蘇州《そしゅう》から来たばかりのころとはすっかり変わっていた。稲香渡の風、稲香渡の雨、稲香渡の太陽と月、稲香渡の稲《いね》と河が梅紋の青白さとひ弱さをうすめ、柔軟《じゅうなん》さは残したまま、ちょうど良いかげんの強さを身につけさせていた。子どもたちと接するようになって、性格も明るく活発になった。

一番うれしいのはひまな時間ができたことだった。ひまな時間は貴重で、労働に追われる農村ではよけいだった。そのひまな時間に梅紋は感動し、興奮し、酔《よ》いしれさえした。大切に使おうと思った。日曜日と毎日の放課後はよくキャンバスや調光板を背負って畑や野原に出かけた。細米もいっしょにさそった。理由は簡単で、この辺のことをまだよく知らなかったからだ。細米に関して、梅紋は心の中で完璧《かんぺき》かつ綿密な計画を立てていた。それについて細米にあまり細かく道理を説明する気はなかった。そうした道理は細米には無用だからだ。梅紋《メイ・ウェン》は別の方法をとった。かつて、梅紋の両親も同じ方法で梅紋をくりかえされる遊びから自分たちの世界へと引きずりこんだのだ。細米《シーミー》にはこの世界についてくわしく語る必要があった。細米が見る世界はまだ混沌《こんとん》として分化していなかった。万物の妙《みょう》と風情《ふぜい》を教える必要があった。それはあの小屋だけではだめで、もっと広く世の中に出なければならなかった。

梅紋が細米に出会い、細米が梅紋に出会ったのは天意というものだろう。梅紋が絵をかき、細米がそれを見る。梅紋は細米のために絵をかいていると言って良かった。堤防《ていぼう》の上にすわり、水辺の水車をかきながら言う。

「視線をあまり早く動かし、うわついていてはダメ。目をとめて凝視《ぎょうし》するの。後ろにかくれているものも見るの。見つめるのよ。見つめているうちに、だんだんと新鮮《しんせん》なものがたくさん見えてくるわ。あなたが今まで気づかなかったものよ。たとえば、この葉を見て。よく見るの。見えた？　日の光が裏から照りつけるとすきとおって、きれいな葉脈が見えるでしょ。稲香渡《タオシアンドゥ》はあちこちに大河や小河やそれと水系があるわ。この葉の葉脈はいわばこの世のもっとも小さくてもっとも精緻《せいち》な水脈よ。よく耳を澄《す》ましてきけば細い水の流れがきこえてくる。こういうふうに葉を見ないのは見ていないのと同じことなのよ」

細米は葉をつむと太陽にかざしてポカンと見つめていた。

「この空の下にはあなたが見つめる価値のないものは何もないわ。心を落ち着けて、息を止めて見れば、きっと何かを手に入れられる。前を見て……もう一度見て……何か見えた？」

「アヒルを放し飼いにしている」

野原にアヒル飼いの老人が立っていた。つるっぱげの頭は油をぬったようにテカテカしている。太陽をさえぎり汗《あせ》をふくための紗《しゃ》の布をかぶっている。両足を広げて東の方を見つめ、片手を腰《こし》にやり、片手はアヒルを引っぱる竹ざおを持ち、その竹ざおの端《はし》にはアヒルを追うための草の輪が下げられている。野原に風が吹《ふ》き、四角い紗の布がたなびくと鳥の翼《つばさ》のようだった。赤い夕日が沈《しず》み、残照が西の地平線から空中に光を反射させて、その人影《ひとかげ》が黒く大きな切り絵のように見えた。梅紋は細米の目の前に両手で窓を作ってみせた。

「見て」

細米は「窓」ごしに前の方をのぞいて見た。梅紋が言った。

「絵そのものでしょ」

細米はじっと見つめて、ほうけたように笑った。

その日は日曜日で、梅紋《メイ・ウェン》は小河のあぜの柳《やなぎ》の木の下にすわって大河のそばのレンガの窯《かま》を見ていた。窯は火を止めたばかりで、レンガ職人たちは水をくんで窯の天井《てんじょう》から窯の中を水でひたしていた。窯の天井から煙《けむり》が出てきた。この煙は水彩画《すいさいが》のかっこうの題材だと梅紋は思い、そこにすわってじっくりとながめはじめた。細米にはよくわからなかった。梅紋が言った。

「こう思っているわね。この煙のどこがいい題材なのかと。でも、きれいな煙だとは思わない？　幻《まぼろし》のようにゆれ動いていて。煙とはいえ、動いていて生長している。生命などないと言える？　上へ上へと昇《のぼ》っていって空にとけこんでいくわ」

梅紋はもう何も言わず、絵をかきつづけた。かなりたってから細米に言った。

「この煙は湿煙《しつえん》よ。湿《しめ》った煙には湿った煙らしい様子があり、重く沈《しず》んだどんよりした雰《ふん》囲気《いき》がある。鈍重《どんじゅう》で素朴《そぼく》な人間のように」

梅紋はふと近くの河岸で二人の子どもが草を燃やしているのに気がついた。草は枯《か》れて黄色くなり、秋風に吹《ふ》かれて水分がなくなり軽くもろくなっていて、火が簡単に燃やしてしまう。梅紋は絵筆を置くとその煙を指さして言った。

「見て、ちがうでしょ。軽煙《けいえん》とも言われるわ。何の負担もなく、引きずるものもなく、重さがまったくない。風に吹かれるとあるんだか、ないんだかわからなくなる。この世の物はよく見れば一つとして同じものはない。それ自身なのよ」

細米はうつろな目をして両手であごをおさえていた。感動し、心動かされていた。梅紋の世界に一歩近づき、それがそんな表情になっていた。河で水遊びする声や綿の畑で野ウサギを追う声がする。細米の好きなもう一つの世界だ。細米は今まさにもう一つ別の世界も好きになっていた。ふつうの田舎《いなか》の子どもが感じえない世界だった。例の小屋は少しずつ細米の心を占《し》めていった。

3

この日、梅紋は宿題の採点を終えると地方の新聞を読んだ。初めはなんとも思わなかったが、職員室を出たとき、ふとある記事を思い出した。県の文化会館が一か月後にアマチュア芸術創作展をやるので作品を募集中《ぼしゅうちゅう》とあったのだ。梅紋は引きかえすと、新聞をつかんで細米の家に行った。細米はそのとき、ちょうど小屋で小さな彫刻《ちょうこく》作品を作っていた。梅紋がその知らせを細米に伝えても何の反応も示さなかった。それと自分に何の関係があるのかわからなかったからだ。梅紋は言った。

「あなたの作品を展示に出すのよ」

そのときの細米《シーミー》の様子は、梅紋《メイ・ウェン》が何を言ってるのかわからないという感じだった。

「あなたの作品を持っていって、展覧会に出品するの。わかった?」

細米はどうしていいかわからないふうだった。梅紋は出窓や棚《たな》の上、机の上に置かれた作品を見ながら言った。

「この中から六、七点、良いものを選び出すといいわ。まだ少し時間があるから、あと一点や二点作れるわね。今、作っているそれもなかなかいいわ」

梅紋はうつむいて見ると、プッと吹《ふ》き出した。高さは三十センチあまり、生き生きとした造型だった。男の子が何かに夢中で走っているところを犬がズボンにかみついて、人は前にかたむき、犬は後ろにちぢこまって、男の子のズボンが引きずりおろされ、お尻《しり》が半分出ている。梅紋は見れば見るほど、おかしくてたまらず、涙《なみだ》まで出てきた。細米が男の子を指さして言った。

「朱金根《ジュウ・ジンゲン》だよ。あの日、おれの家に遊びにきて、だれかが外で走り叫《さけ》ぶのがきこえたけど何が起こったのかわからなくて、朱金根が外に見にいこうとしたら、翹翹《チアオチアオ》がもう少し遊びたくて行かせたくなくてズボンにかみついたんだ。そしたら……」

自分も見ながら笑い出した。梅紋がお尻のほっぺたを指さして言った。

「丸刀で少し削《けず》ってくぼみをつけると筋肉の緊張感《きんちょうかん》が出て、力いっぱい前にかけ出そうとしている感じが出るわ。それから、ここは丸刀ではないほうがいい。丸刀はやさしい感じになるの。平刀でサッと削ったほうが力が出るわ。でも深さを良く考えてね。彫刻《ちょうこく》で一番大切なのは削りまちがいをしないことよ。まちがえたら取りかえしがつかない。実際、一つの作品は彫刻刀で削り出すのではないわ。彫刻刀を入れる前にすでに心の中で刻んでいるのよ。展覧会のことは考えなくていいわ。作品は私が選ぶから。今、一番大事なことは良い木材がないことよ。なんとかして質のいい木材を急いで見つけないと。そこに置いておくだけで何も手をつけなくても満足するような材料よ」

それからの数日間、梅紋と細米はあちこちで木材をさがした。大河には木材や木の根っこを運搬《うんぱん》する船がよく通る。どこから来て、どこへ運ばれるのかはわからない。木材が入用なときは河のあぜで叫《さけ》ぶ。

「家を建てる木が何本かほしいんだがな！」

「木おけを作りたいんだ！」

船の上の人はそれをきくと船を岸につける。双方《そうほう》が値段交渉《こうしょう》をして、交渉が成立するときもあれば成立しないこともある。成立しなければ木がほしい者はそのまま岸にしゃがんで次の船が通りかかるのを待ち、船はそのまま下っていく。

二人は気に入る木を見たことがあった。だが、その木は大きすぎて値段も高く、とても買えず、船を見送るしかなかった。どうにも彫刻《ちょうこく》にふさわしい木が見つからず、無理に一つ買った。梅紋《メイ・ウェン》は言った。

「質はまああだけど、紋様《もんよう》が派手すぎるわ」

持ち帰って二日ほどながめていたが、やはり満足しなかった。杜子漸《ドゥー・ズージエン》が言った。

「大河のあぜのレンガ窯《がま》は石炭を燃やさず、木の根っこを燃やすから、数日に一度大きな船が木の根っこを運んでくる。遠くから運んでくる船で、南方からの根っこもあれば北方からの根っこもあり、山と積まれている。そこなら使えるものが見つかるかもしれんぞ」

細米《シーミー》は梅紋をつれて、レンガ窯の木の根っこを積んである所に出かけていった。木の根っこが本当に山と積まれていて、壮観《そうかん》なながめだった。だが、朝から晩までさがしても使える木材はなく、薪《まき》にするような木材ばかりだった。二人は何の収穫《しゅうかく》もなく、服が泥《どろ》だらけになったばかりか、手も根っこを動かすときに木の皮で切って、破れて血が流れていた。二人は疲《つか》れきって木の山を見つめると、ため息をついて家路についた。

細米があきらめきれずにふりかえると、足元をよく注意しなかったので、道の大きな木の根っこにつまずいてたおれてしまった。ドシンとたおれておなかが木の根っこにおされ、両足は宙に浮《う》き、顔は地面におしつけられた。おなかが切れて痛かっただけでなく、ほっぺたも皮が破れ、鼻血が流れ出た。梅紋が後ろからかけよると細米を助け起こした。そのとき、梅紋が喜びの声を上げた。

「細米、なんて良い根っこなの！」

梅紋は片足を地面につけてしゃがむと、しげしげとその根っこを見た。細米も痛みも忘れて根っこのそばにしゃがみ、鼻血をポタポタと根っこに落とした。

「なんという木の根っこかしら。いい材質だわ」

梅紋は興奮して根っこをたたいた。二人は窯の人にこの根っこをもらっていったら、いくらするかときいた。窯の人は言った。

「そんな木の根っこなんか。校長の息子がほしいと言うんだ。金なんかいらんさ。持っていけよ」

窯の人は縄《なわ》までくれた。二人は根っこに縄をゆわいつけ、家に引きずっていった。引きずりながら、ウキウキして口笛を吹《ふ》いた。二人を人はものめずらしそうにながめていた。

4

細米《シーミー》はまた二つの作品を彫《ほ》った。この二つは梅紋《メイ・ウェン》も気に入った。一つは梅紋を彫ったものらしかった。疲《つか》れきった様子で麦を刈《か》っている。麦わら帽子《ぼうし》をかぶり、左手で折れそうな腰《こし》を支え、空をあおぎ見てあくびをしている。右手は伸《の》ばし、三日月形の鎌《かま》を持ち、足元には犬が一匹《ぴき》、彼女といっしょに空を見上げて、やはりあくびをしている。もう一つの作品は作りは簡単だが着想がいい。大きな靴《くつ》と靴の中で寝《ね》ている小さな子猫《こねこ》だ。

梅紋は全部で八点の大小さまざまな作品を選び出した。杜子漸《ドゥー・ズージエン》と細米の母もその場にいた。作品を入れるための箱がなかったので、作品を包むのにありとあらゆるものを動員した。シーツ、布団《ふとん》、綿、下着まで。梅紋は作品を包みながら笑った。最後にそれらを二つの竹のかごに入れた。

汽船に六、七時間もゆられて、二人が県城《けんじょう》に着いたときは、もう午後の四時だった。汽船を下りるとかごを一つずつ背負って県の文化会館に急いだ。文化会館の門に着いたときは二人ともそれ以上は歩けず、かごを地面に下ろした。細米は塀《へい》の下にうずくまり、梅紋は手で桐《きり》の木を支えて、息を切らした。少し力がもどると門の中に入ろうとした。守衛が二人をおしとめた。

「どこに行く？」

梅紋が言った。

「展示する作品を持ってきたんです」

守衛が驚《おどろ》いて言った。

「かごに入れてきた展示作品って何だ？」

「彫刻《ちょうこく》です」

守衛は彫刻が何かわからず、手で中の三階建ての小さな建物を指さして言った。

「作品応募《おうぼ》の事務室は三階だ」

二人はかごをかついで文化会館の中庭に入ると建物の入り口にやってきた。梅紋が言った。

「とてもかついで上がれないから、人を呼んでくるわ」

細米はうなずくと、入り口の階段にすわって二つのかごを見はった。少しすると人がやってきて眉《まゆ》をしかめて言った。

「ナシ売りがこんなところまで何の用だ？」

県城《けんじょう》にナシだのスイカだのを売りにくる者はみんなかごをかついでやってくる。細米《シーミー》は小さな声で言った。

「ナシ売りじゃないよ」

「ナシ売りじゃない？」

その人は疑わしそうにかごを見て細米を見ると、それ以上は追及《ついきゅう》せず、上に上がっていった。門の外から物売りの声がきこえてきた。「ナシはいらんかね？」細米がふりむくと、農家の人が天秤《てんびん》でナシの入ったかごを二つかついで、門の外を通りすぎていく。そのかごは細米たちのかごとそっくりだった。細米が自分たちのかごを見て、こっそり笑うと白いかわいらしい八重歯がのぞいた。

どれだけ待ったか、二人の人が梅紋《メイ・ウェン》といっしょに下りてきた。二人は清潔な服装で品があった。かごが二つ、入り口に置いてあるのを見て、一人が笑い出した。

「ナシ売りにそっくりだな」

細米はそれをきくと、くすぐられたようにおかしくなり笑うのをおさえきれず、手で口をおさえて笑い声を飲みこんだが、ククという音を出してしまった。梅紋がきいた。

「細米、何がおかしいの？」

細米はなんとか笑い出すのをがまんした。二人はかごから作品を一つずつ取り出して、入り口の石段の上や近くの花壇《かだん》の上に置いた。緊張《きんちょう》しているのは細米ではなく梅紋のほうだった。文化会館の二人は作品を見てまわり、一人は近づいたり遠ざかったりして作品をながめ、もう一人は立ったまま動かず、体をやや後ろにかたむけると左手は右手にわきの下におさえられ、右手の親指と人差し指で軽くあごをひねって優雅《ゆうが》な姿勢で作品を観賞した。最後までどちらも感想はもらさなかった。一人が梅紋にきいた。

「全部、きみの作品かい？」

梅紋は手を細米の肩《かた》に置いて言った。

「いいえ、彼のです」

文化会館の二人は非常に驚《おどろ》いて、また改めて作品を見つめ、一人は前後に動き、もう一人もさっきと同じ姿勢をした。そうしてしばらく見つめていたが、やはり何も言わない。それから、視線をかわして笑い合った。作品が幼稚《ようち》だと思って笑ったのか、それとも賞賛の笑いなのか、わからなかった。文化会館の退勤時間が近づき、梅紋はあせりだして、前に進み出ると作品の紹介《しょうかい》を始めた。

「これを見てください。変わった構図でしょう。水牛の長い二本の角は誇張《こちょう》されて左右に三羽のミサゴが止まっています。それぞれのミサゴの格好《かっこう》もちがっていて、居眠《いねむ》りしているものあり、羽を伸《の》ばしているものあり、首を伸ばしてくちばしで牛の目の周りをついているものもいます。牛は気持ちよさそうに目を閉じています」

二人のうちの一人が言った。

「変わってるな」

細米《シーミー》は顔を赤らめて言った。

「舟の両側にミサゴが止まった横枝があって、牛の角みたいだったんだ」

もう一人が言った。

「でも、それは舟だろう」

細米が言った。

「村の子どもは河を渡《わた》る舟がないときは牛に乗って河を渡る。牛が舟なんだ」

二人が言った。

「おもしろい」

かべのチャイムが鳴り、退勤時間になった。

「劉亮《リュウ・リアン》、どう思う？」

前後していた方がきいた。

「許《シィ》さんはどう思います?」

親指と人差し指であごをひねっていた方が言った。

「きみが言えよ」

「あなたがどうぞ」

許と呼ばれた方がポケットからタバコを取り出して火をつけると吸った。梅紋と細米にはとても長い時間に感じられ、胸がしめつけられた。許はまた前後して作品を確かめるように見て、しばらくしてから言った。

「子どもの作品としては、いいんじゃないかな」

梅紋があわてて言った。

「子どもの作品じゃありません」

許が温厚そうに笑って言った。

「やはり、子どもの作品だよ」

梅紋は反論しなかった。

「展示するのはかまわない。だが、子どもの作品が展示できるかは考えていなかったからなあ」

劉亮《リュウ・リアン》と呼ばれた方が言った。

「こまりましたね。子どもの作品も展示していいとなれば、県一中、県二中、城南中、城北中にも美術の才能のある生徒がいますからね。今回の展覧会は彼らを対象に考えていなかったから」

「それなんだよ」

梅紋《メイ・ウェン》が息せき切って言った。

「この子の作品はふつうとちがいます」

許《シィ》が笑い、劉亮も笑った。梅紋が言った。

「八点では多いのであれば、何点か選んでください。展示場の一角を占《し》められればいいです」

許は腕時計《うでどけい》を見ると言った。

「こうしよう。作品は文化会館に置いて、ともかく帰りなさい。何日かあとに返事をするから」

梅紋が言った。

「家が遠いので、今、はっきりした返事がききたいんです」

「家はどこだね？」

細米《シーミー》が答えた。

「稲香渡《タオシアンドゥ》」

劉亮が言った。

「確かに遠いな」

許が少しこまったように言った。

「劉《リュウ》館長の意見をきかないとなあ」

梅紋が言った。

「今、劉館長に見てもらえませんか？」

劉亮が言った。

「劉館長は田舎《いなか》に芝居《しばい》を見にいっていて、明日にならないと帰らないんだ」

梅紋はチラリと細米を見て言った。

「待ちます」

許が言った。

「それでもいいが、希望があるかどうかはなんとも言えないよ」

梅紋《メイ・ウェン》と細米《シーミー》は作品を一つ一つ包みなおすとかごにもどして、かごをかついで文化会館を出た。

5

二人は大通りを歩いた。梅紋が言った。

「旅館をさがして泊《と》まりましょう」

旅館をさがして歩いていると彫刻刀《ちょうこくとう》を売る店があったので、二人はかごを店先に置き、細米が番をして梅紋が中に入っていった。細米は彫刻刀を二本ダメにしていて買う必要があり、ほかにも何本か買いたす必要があった。梅紋はじっくりながめると、手に合う数本を選び、木材の上で試《ため》し彫《ぼ》りしてみると悪くないので、金を払《はら》って店を出てきた。このとき、通りの両側の街灯がもうついていた。梅紋が言った。

「きいたら、あと百メートル先に旅館があるそうよ」

二人はかごをかつぐと、また歩きつづけた。しばらく行くと、細米がとある店を見て言った。

「石と木を売っている」

梅紋がきく。

「見る？」

「見ない」

「見ましょう」

細米は立ったまま動かない。

「行きましょうよ。疲《つか》れたから、ついでに休みたいわ」

二人は店先に行くとかごを下ろした。細米が言った。

「かごを見ているから、見てきて」

「いっしょに見ましょう」

「見なくていいよ」

梅紋はかごを店の中に引きずり入れた。

「行くわよ。いっしょに見るの」

店の中は雑然としていて、あちこちに物が置いてあった。木材は大小さまざまあったが、どれも良いものではなく、梅紋と細米が心を動かされるものはなかった。しばらく見て、二人は失望して外に出た。店主が声をかけてきた。

「買う気があるのかい？」

梅紋《メイ・ウェン》が答えた。

「あります」

「一つ、あるんだが、気に入るかどうか」

そう言うと、屋根裏に入っていった。しばらくすると麻布《あさぬの》でくるまれたものを持って出てきた。それを帳場の上に置くと、一枚一枚麻布を広げていき、中から古い白い緞子《どんす》が出てきた。白い緞子を開くと、長さ三十センチほどの木が出てきた。梅紋と細米《シーミー》がよく見えるように、電灯の下に置くと木材を照らしだした。木は電灯の明かりの下で古めかしい艶《つや》を放っていて、かなり昔の木材らしかった。店主が言った。

「ツゲの木だよ。木材に切られて、三、四十年はたっているな。この木は時間がたてばたつほど、色艶も良くなり、色味が深まって美しくなるんだ」

細米が手を伸《の》ばしてさすると、木はひんやりと感じられた。

「城南の木彫《きぼ》り職人から買ったものだ。女房《にょうぼう》が大病して金が入用なのだそうだ。いい木材だから自分で取っておこうと思ったが、持っていてもなんにもならないからな」

梅紋がきいた。

「いくらですか？」

店主は指を二本立てた。細米は思わず舌を出した。梅紋はポケットから有り金を全部出して数えてきいた。

「少し安くなりませんか？」

店主は言った。

「余分にはもらわないよ。売り主が言った額そのままだ。昔の景気のいいときなら売ったりはしない。ここ数年、うちに買いにくる人も少なくなり、きみたちが来たのでうれしくなって売ることにしたんだ」

梅紋は小声で細米に言った。

「木を買ったら、旅館に泊《と》まるお金がなくなるわ」

細米は梅紋のそでを引いて言った。

「行こうよ」

梅紋はまた木材を見たが、しかたなく細米とまたかごを背負って店を出た。道の途中で梅紋がきいた。

「どこかで野宿して、夜を過ごさない？」

細米《シーミー》は問題なかった。田んぼや葦《あし》の原で何度も夜を明かしたことがある。だが、細米はがんとして首をふった。母親に言われたからだ。「あんたは男なんだから、お姉さんのめんどうをちゃんと見るのよ」どうして、梅紋《メイ・ウェン》を通りに野宿などさせられるだろう？

梅紋にも細米の考えがわかり、何も言わず前へと歩いていった。通行人や自転車がひっきりなしに二人のわきを通りぬけて何度もぶつかりそうになり、注意深くさけて歩いた。

「あんな木はめったにないわ」

梅紋は心の中でまださっきの木のことを考えていた。

「ないけど、買えないよ」

旅館が見えてきて、勝利旅館という看板が温かい明かりにともっていた。梅紋はかごを下ろすと細米に言った。

「もう一度、見てくる。買わないから」

細米がいいと言うのも待たず、梅紋は引きかえしてその店に走っていった。細米が見ていると、梅紋は通行人にぶつかったり、見えたりかくれたりしていた。梅紋が持っている金は、母が渡《わた》した数元以外は梅紋の最初の給料の十八元だけであることを細米は知っていた。細米は歩道の沿石に腰《こし》を下ろすと、薄暗《うすぐら》い街灯の下で二つのかごを見はっていた。しばらくすると梅紋が走って帰ってきた。胸にあの麻布《あさぬの》の包みをかかえている。細米の目の前に来ると申し訳なさそうに言った。

「いい所を見つけたから、夜はそこで過ごしましょう」

梅紋の口ぶりはまるで今晩は快適なホテルに泊《と》まるかのようだった。細米は梅紋が木材をかごに入れるのを見ても何も言わなかった。梅紋は言った。

「食事代と船賃は残してあるわ」

二人は屋台で簡単な夕食をとると、一つには一日いそがしく疲《つか》れていたのと二つにはかごをかついでいて不便なので、町をぶらつく気にもならず、早々と「いい所」、つまり映画館の廊下《ろうか》にやってきた。場所は確かにいい所で広々としていた。彫刻《ちょうこく》を包んだシーツや布団《ふとん》を広げて地面にしいた。細米は買ったばかりの例の木材をかごから取り出し、小さな彫刻を包んであったタオルを取るとまくらにした。

「これをまくらにするといいよ」

まるで自分が大人で梅紋が子どものように言った。

「あなたは？」

「おれはまくらはいらない」

二人は六十センチほど離《はな》れて横になったが、どちらも寝《ね》つけず、梅紋《メイ・ウェン》は細米《シーミー》に話しかけた。細米はきくだけで話さなかった。梅紋は彫刻《ちょうこく》のことをいろいろ話すと、次に蘇州《そしゅう》の話をした。蘇州河、虎丘塔《こきゅうとう》、たくさんの横丁と自分の家があった青瓦《あおがわら》の建物についてくわしく語ってきかせた。通行人はだんだんまばらになり、城外の大河を夜行の汽船が通りすぎ、ときおり汽車の警笛がきこえてきた。やがて、二人はねむりについた。

細米がふと目を覚ました。秋も深まり、夜はかなり冷えた。目が覚めると寝つけなくなったが、梅紋はよく寝ていた。風邪《かぜ》を引かないかなと細米は思った。だが、どうしていいかわからず、ぼんやりとねむっている梅紋を見つめていた。そっと起き出してすわると両足をかかえて、ぼんやりと通りをながめた。

通りの両側の桐《きり》の木が風で葉を落としていた。風がだんだん大きくなってきて、風に吹《ふ》かれた落ち葉がネズミの群れか、低空飛行する褐色《かっしょく》の鳥のようにとばされていく。ますます寒くなってきた。細米は梅紋を心配そうに見つめた。だが、どうすることもできない。やがて細米は立ち上がると、二つのかごを動かして風上に置いた。こうしておけば少しは風よけになるだろうと思った。

一人の男の子が食べ物をさがして、深夜の大通りをきょろきょろしていた。町はガランとして、秋風と落ち葉しかない。やがて、その子が映画館の廊下《ろうか》の二つのかごを見つけた。しばらく見ていたが、桐の木陰《こかげ》にかくれながら近づいてきた。暗闇《くらやみ》の中で細米は男の子を見つめていたが、驚《おどろ》かさなかった。食べ物をさがしているのがわかったからだ。男の子の目は暗闇の中で黒く光っていた。やがてはいつくばると、手がかごに伸《の》びてきて、かごの中をはっていった。その手は小さな動物のように動いていた。つづいて男の子は顔を出すと、もう片方の手がかごの中に入っていった。かごの一つにあてがはずれると、もう一つのかごにむかっていった。細米はとうとうがまんしきれなくなって笑った。「ククク……」男の子はすぐさま逃《に》げていった。梅紋が細米の笑い声に目を覚ましてきいた。

「細米、何を笑っているの？」

細米は通りに逃げていった男の子を指さして言った。

「あいつ、かごの中がナシだと思ったんだ」

そう言うと、笑いをおさえられなくなった。梅紋は両ひじをついて身を起こすと、男の子が暗闇の中を逃げていくのを見つめた。細米は笑っているうちに涙《なみだ》が出てきた。梅紋があわててきいた。

「細米《シーミー》、どうしたの？　どうしたっていうの？」

細米はひざがしらに顔をかくして泣き出した。

「どうしたのか、教えて」

細米は横になって梅紋《メイ・ウェン》に背をむけた。なんとか泣き声はおさえたが、涙《なみだ》は頭の下に組んだ腕《うで》の下を流れていった。

次の日の昼、ようやく劉《リュウ》館長が帰ってきた。劉館長はしげしげと作品を見て、言った。

「おもしろい。展示するといい」

二人は午後の汽船に乗るため、八点の作品を事務室にあずけると、船着き場に急いだ。

その道すがら、梅紋はうれしくてたまらなかった。細米はいたずらがしたくてたまらなくなり、かごを頭にかぶると自分の顔をおおいかくしてしまった。竹のかごの網目《あみめ》から外をのぞくと、すべてが変わって見えた。

6

展覧会の初日、梅紋と細米の一家は精いっぱいのおしゃれをして、いそいそと県城《けんじょう》にやってきた。杜子漸《ドゥー・ズージエン》と細米の母は来る気はなかったのだが、梅紋がどうしてもと二人を動員したのだった。自分たちの息子のすごさを教えたかったのである。細米の母は梅紋がおしゃれさせた。上機嫌《じょうきげん》で髪《かみ》を結《ゆ》い、服を着替えるのを手伝った。家を出るとき、梅紋が「校長」と呼ぶと杜子漸が立ち止まった。梅紋は近づいていくと杜子漸の服の仕付け糸をたち切った。

その日は祝日だった。汽船を下りると一行は文化会館にむかった。休みなので参観者が次々と集まってくる。梅紋と細米が先を行き、杜子漸と細米の母があとにつづき、前を行く人を追いこしながら歩いて、すぐに展示場に着いた。一階と二階が展示場だった。まず第一展示室に入った。ほかの作品は見ずに、ひたすら細米の作品をさがした。細米の母があとにつづいて何度もきく。

「どこにあるの？　どこにあるの？」

ひとまわりしたが、見つからなかった。梅紋が言う。

「きっと第二展示室ね」

四人は第二展示室に行ってひとまわりしたが、やはり見つからなかった。梅紋が言う。

「じゃあ、第三展示室だわ。全部で四つ展示室があるから」

第三展示室は二階にあり、四人はていねいにさがしたが、やはり見つからなかった。細米の作品は第四展示室にちがいない。

「いよいよね」

梅紋《メイ・ウェン》は興奮して杜子漸《ドゥー・ズージエン》と細米《シーミー》の母に言った。

「もうすぐ細米の作品が見られますよ」

梅紋は細米の母の手を引くと最後の展示室に入った。

細米が真っ先に第四展示室にかけ入り、展示順路に従って小走りに自分の作品をさがした。走って走って立ち止まった。だまって「出口」と書かれた木札を見つめた。絶望の表情だった。敏捷《びんしょう》さがなくなり、ぼんやりとまぬけたように手だけがかすかに動いていた。

母が遠くから声をかける。

「見つかった?」

杜子漸は何かを感じたらしく、展示室の真ん中で立ち止まった。梅紋の目がせわしなく展示室を見まわして、その様子は急いで河を渡《わた》りたいのに渡し船が見つからず、岸でじりじりと周囲を見ながら歩きまわっているようだった。ついに細米の作品が展示されていないとわかったとき、とまどいと失望と困惑《こんわく》と悲しみと絶望がおしよせてきた。歩いていって、細米と並んで立つと腕《うで》を細米の首にまわし、そのやせた肩《かた》を抱《だ》いた。杜子漸と細米の母がやってきた。二人から見れば、梅紋も細米と同じでまだ子どもだった。細米の母が二人をなぐさめて言った。

「展示してなければないでいいわ。たいしたことじゃないわよ」

杜子漸など笑いさえした。

「気にするな」

梅紋はとつぜん、細米の手を引いて三階にむかった。大きな執務室に劉《リュウ》館長を訪ねた。

「展示室にどうしてこの子の作品がないんですか？」

「ないって？」

「ありません！」

劉館長は職員の一人に言った。

「許《シイ》と劉亮《リュウ・リアン》を呼んできなさい」

それから、梅紋と細米をすわらせようとしたが、二人はすわらなかった。杜子漸と細米の母が二人をさがしあてたときに、許と劉亮もやってきた。劉館長がきいた。

「どうして、この子の作品がないんだね？」

許が言った。

「作品が多すぎて、場所は限りがありますし、それでこの子の作品ははずしました」

「それだけの理由かね？」

劉亮《リュウ・リアン》が言った。

「子どもの遊びですから」

梅紋《メイ・ウェン》はおこって言った。

「芸術です！」

梅紋は軽蔑《けいべつ》したように劉亮を見て言った。

「あなたに芸術がわかるの？　わかるの？」

許《シィ》が鷹揚《おうよう》に笑った。細米《シーミー》の母が言った。

「作品を返してください」

劉《リュウ》館長がきいた。

「この子の作品は？」

許が部屋の隅《すみ》を指さして言った。

「あそこです」

細米の作品は展示からもれた紙や木材とともにいっしょくたに置かれていた。そこはゴミ置き場のようだった。梅紋はとびつくと、泣きながらゴミの山の中から細米の作品をさがし出しはじめた。細米と杜子漸《ドゥー・ズージエン》と細米の母もいっしょにさがし、なんとか八点の作品をさがし出した。母は木箱を一つ取って、言った。

「入れるのよ」

許があわてて手をふって言った。

「こまるよ」

母が言った。

「これらの作品を抱《だ》いて帰れと言うんですか?」

一つの箱には四点しか入らず、母はまた一つ木箱を取った。劉亮が言った。

「それはほかの人の作品が入っていた箱だ」

劉館長は椅子《いす》を音をたてて引くと、劉亮にどなった。

「箱がこれだけしかないわけじゃあるまい?」

箱に収めると、母が一つをかつぎ、梅紋と細米がもう一つを持ち上げた。梅紋は目いっぱいに涙《なみだ》をためて、帰り際にふりむくと許と劉亮を見て言った。

「頭がどうかしてるわ!」

「け……けしからん」

許《シィ》はおとなしそうな娘《むすめ》の剣幕《けんまく》に驚《おどろ》いて言った。劉亮《リュウ・リアン》が言った。

「われわれ二人が決めたわけじゃない」

梅紋《メイ・ウェン》はすすり泣いて言った。

「みんな、頭がおかしいのよ」

杜子漸《ドゥー・ズージエン》が叫《さけ》んだ。

「紋紋《ウェンウェン》！」

細米《シーミー》の母が梅紋に近づき、引っぱっていった。文化会館からの帰り道、梅紋はずっと泣いていた。本当は県城《けんじょう》で一日遊んで帰るつもりだったが、その気もなくなった。当日の切符を買うと帰りの船に乗りこんだ。梅紋と細米が並んですわり、杜子漸夫婦が後ろに並んですわった。道中ずっと杜子漸夫婦は二人に話しかけたが、梅紋と細米は話そうとしなかった。だまって船の外の大河と岸と村の木々と果てしない野原を見つめていた。

南へととんでいくツバメがずっと船のあとを追って、高く低くとんでいた。畑の稲穂《いなほ》は収穫《しゅうかく》を待つばかりで、夏に実る麦とくらべると落ち着いた金色をしていた。ヒバリが雲の間で鳴いていて、秋の静けさがいっそう強まっていた。

県城を何キロも過ぎたころ、ずっと手すりにつっぷして波の動きを見つめていた細米が言った。

「もう彫《ほ》るのはやめるよ」

梅紋がきいた。

「どうして？」

「下手だから」

「だれが言ったの？」

細米はだまっていた。彼はすっかり自信を失っていた。梅紋が言った。

「あの人たちの言葉なんか信じないで。あの人たちは何もわかってないのよ！」

船が河口をこぎだすと水面が開け、どこまでも広がる葦《あし》の原に出た。この季節の葦は茎《くき》が黄金色になり、キラキラと光っていて、白い葦の花がいっそう白くやわらかく軽やかに見え、空から吹《ふ》いてくる風にそよいで銀色に輝《かがや》いていた。細米の母が目の前の光景を見ながら、杜子漸に言った。

「目いっぱいの金と目いっぱいの銀ね」

7

梅紋《メイ・ウェン》は赤いシルクの布を買ってくると、細米《シーミー》の母に横断幕をぬってもらった。それから、白い紙で端正《たんせい》な宋朝体《そうちょうたい》の八つの文字——杜細米木彫作品展——を切りぬき、それらを注意深く横断幕にはりつけた。当日の朝早く、梅紋は林秀穂《リン・シュウスエ》や馮醒城《フォン・シンチョン》たちに手伝ってもらい、横断幕を細米の家の戸に取りつけた。

小屋もすっかり整えられた。細米のすべての良い作品を取り出すと、張り出し窓や棚《たな》や机の上に置き、かべにかけた。大小の作品が高い所低い所に飾《かざ》られた。どこにどんな作品を置くかも考えぬかれていた。梅紋は細米にそれぞれの作品のタイトルを考えさせた。その効果は抜群《ばつぐん》で、タイトルがつけられたことで作品の一つ一つに魂《たましい》が宿ったようだった。

空を見上げてあくびをしている少女は「疲《つか》れきった農村」、大きな靴《くつ》の中でねむっている猫《ねこ》は「安らぎ」、牛の角の上で羽を休めているミサゴは「鷹《たか》の舟」、犬が男の子のズボンを引きずり下ろしている作品は「もう少し遊ぼうよ」だった。

最初の観客は細米の同級生たちだった。梅紋の美術の授業時間に、彼女が「今日の授業は教室ではありません」と言って、細米の家の中庭につれてきた。中庭の入り口には、入り口と書かれた看板が立っていた。

細米がナイフであちこち彫《ほ》るのが好きなことはだれもが知っていたが、一体何を彫っているのかを知っている者は少なかった。同級生たちが列を作って整然と小屋に入っていき、たくさんの彫刻《ちょうこく》を目にして、みんな驚《おどろ》いてしまった。彼らも細米と同じで、それらの作品を本当には理解していなかったものの、それでも深くひきつけられ、感動した。彫刻をほどこされた木には不思議な力があった。遊ぶことしか知らず、遊びだすときりのない子どもたちが、その小屋にいつまでもとどまって離《はな》れようとしなかった。後ろの方で入れない子どもたちが、「早くしろよ」とわめいた。

裏門にも看板があり、「出口」と書かれていた。細米は係員よろしく出口に立って、ほほえんで手で「どうぞ」という手ぶりをしていた。同級生は大人になって、「丁重《ていちょう》に」という言葉を見たときに、きっとこの日のことを思い出しただろう。参観が終わると、ちょうど下校の時間だった。細米は庭の入り口に立って同級生たちを見送った。

紅藕《ホンオウ》は両手を後ろ手に少し離れた所に立ち、同級生たちが帰るとかけてきて、体の後ろから様々な色の花束を取り出した。その花束を細米の前に差し出した。細米は無意識のうちに手を後ろにかくした。紅藕は白い柵《さく》の横にほほえんで立っている梅紋を見て、言った。

「先生が畑でつんできてと言ったのよ」

そう言うと、花束を細米《シーミー》の胸におしつけた。細米は受け取るしかなかった。紅藕《ホンオウ》はクルリと向きを変えると家に帰っていった。細米は花束をかかえてポカンとしていた。翹翹《チアオチアオ》が細米の前にしゃがんで不思議なものを見るように、見上げていた。

第五章　針を買い、糸を買う

1

梅紋《メイ・ウェン》が教科書を腕《うで》にはさんで教室に入ると、同級生たちはバタンと全員起立し、大声で叫《さけ》ぶ。「先生、こんにちは！」その瞬間《しゅんかん》、彼女はいつも感動する。そして、少し気恥《きは》ずかしそうに生徒たちに答える。「みなさん、こんにちは」数十人が思いきり叫ぶ声にくらべると、梅紋の声は透明《とうめい》な細い水の流れが草むらにしみこむようだった。

梅紋は夢中で教え、すぐに稲香渡《タオシアンドゥ》中学にとけこんだ。彼女は中二のクラス担任で、その責任をいつもひしひしと感じていた。中二は細米《シーミー》や紅藕《ホンオウ》ら少数をのぞいては成績がかんばしくないと知って、重い気持ちになった。昼間、授業ではいつも真剣《しんけん》に勉強するようにうながした。夜は生徒たちの家庭訪問をして勉強ぶりを観察し、ここの子どもたちは夜はほとんど勉強をしないことを知った。夕食後の寝《ね》るまでの時間は一日で一番楽しい時間と見なされ、男の子も女の子も畑や村の横丁でくるったように遊んで様々な遊戯《ゆうぎ》をしていた。そのため、夜の十時ごろになると、親が夜の闇《やみ》の中を家に帰って寝《ね》るように呼ぶ声がして、ときにその声はとても大きかった。呼ばれた子どもが遠くに行ってしまったか、どこかにかくれて返事をしようとしないからだ。ときにはおどしつけたり、恫喝《どうかつ》する声もきこえてきた。「それなら、死ぬまでずっと外にいな！」「閉めちゃうからね。帰って入ってこようとしたら、足の骨を折ってやる！」梅紋《メイ・ウェン》は田舎《いなか》の子は楽しく幸せだと思ったが、毎晩こんなふうに遊びくるうことには反対だった。梅紋はクラスの子たちに言った。「遊ぶのは、土曜日と日曜日だけよ」

月曜日から金曜日までの毎晩、梅紋は稲香渡《タオシアンドゥ》中学を出て、一軒《けん》ずつ家を訪ねあるいた。梅紋は臆病《おくびょう》なので、夜の家庭訪問のときはいつもビクビクものだった。月が出た風のおだやかな夜はまだいいが、月の出ない、天気が悪い夜はずっと自分の心臓がビクッビクッと高鳴るのがきこえた。そういうときは早足で歩き、田舎のデコボコ道で緊張《きんちょう》のあまりよろめいたり、地面にたおれたり、ときには側溝《そっこう》に落ちたりして、ますますこわくなるのだった。梅紋はもう何度もそういう目にあっていた。稲香渡中学の自分の部屋に帰ってきてからも、なかなか動悸《どうき》が収まらないほどだった。夜の田舎道はこわがりにとって妄想《もうそう》をたくましくする場所だった。細米《シーミー》の母は細米に言った。

「夜はおまえが迎《むか》えにいっておやり」

そこで、十時ごろになると小さなカンテラが稲香渡中学の正門から出て、コーリャン畑をぬけて葦《あし》の原をぬけ、ポプラの林をぬけて河べりに出て、麦畑を通り、木の橋を渡《わた》り、村の入り口にやってきて止まった。夜の漁船がやがて停泊《ていはく》して、いさり火が暗闇《くらやみ》の中にきらめいているように。

細米はカンテラを木の枝につるすと、村の石臼《いしうす》の横にすわりこんだ。細米にずっとついてきた翹翹《チアオチアオ》もしゃがみこむ。細米はじっと待ちつづけた。待っている間は少しもあせらなかった。じっとすわって、空を見たり、暗い大河を見たり、遠く水面を伝わってくる汽笛の音に耳を澄《す》ませたり、木の上のカラスが目覚めるときにくちばしで羽づくろいをする音をきいたりした。そういうとき、彼の手は翹翹の背中を軽くなでさすっていた。なでていると、翹翹の背骨が緊張するのを手が感じる。そこで細米には梅紋がこっちにむかっていることがわかる。翹翹が細米の手の下からかけぬけていく。細米が木の枝からカンテラを取ると、おぼろげに梅紋の姿が見えてくる。細米はカンテラを下げて、そこに立ったまま梅紋を待ち、いっしょに家に帰るのだった。

最初から梅紋《メイ・ウェン》はさほど驚《おどろ》かなかった。あらかじめ約束でもしていたかのように、時間がきたら細米《シーミー》がそこで自分を待っていると知っていたかのようだった。細米は出かける前にカンテラのフタを取りはずして中をていねいにふいた。父が電灯をふく様子をまねて、片手で口をふさぎ、もう片方の口を自分の口に当てて、中へ熱い息を吹《ふ》きかける。カンテラの中がくもると箸《はし》で布かやわらかい紙をおさえ、カンテラの中をふいていき、中が一点の汚《よご》れもなくなってピカピカになるまでみがいていく。母が言った。

「ほかのこともそれぐらい細心にできるといいのに」

林秀穂《リン・シュウスエ》が言った。

「師母《シームー》にはわからないわよね」

そう言うと、一生懸命《いっしょうけんめい》みがいている細米にむかって目を閉じてみせた。細米は林秀穂を無視してそっぽをむくと、相変わらず口をカンテラに当てて熱い息を吹きかけた。蓮《はす》の葉の下で鳴くカエルのように両頬《ほお》をふくらませて。

この日の夜、細米が村の石臼《いしうす》のとなりで梅紋を待っていると、紅藕《ホンオウ》が数学の問題の答え合わせに春柳《チュンリュウ》の家に行くために通りかかり、細米を見つけた。

「細米、こんな所にすわって何をしているの？」

「…………」

紅藕はカンテラを見て、言った。

「わかったわ。彼女を待っているのね」

細米はあわてて言った。

「梅《メイ》先生を待っているんだ」

細米が梅紋のことを「梅先生」と呼ぶことはめったになかった。細米は梅紋を面とむかって呼ばない。「紋紋《ウェンウェン》」というのは母の呼び方で細米はそう呼んだことはない。細米と梅紋が話すときは、直接話し出すので呼称《こしょう》はいらない。母が「ご飯ができたから、紋紋を呼んできて」と言うと、細米は梅紋を呼びにいって言う。「ご飯ができたから、母さんが呼んでこいって」梅紋がトチの花が咲《さ》いたのを見ていると、細米は彼女が見ているその花を取ってやり、その過程で何か言うことはない。二人で例の小屋にいるとき、細米がこの彫刻刀《ちょうこくとう》はどう使うのかときくのも、目で見て問うのではなく、簡単に「こう?」ときく。今、細米が「梅先生」と言ったのは自分自身でも奇妙《きみょう》で、まるで別の人の声のようだった。

「毎晩、ここで待ってるの?」

細米はうなずいてきいた。

「どこに行くの？」

「春柳《チュンリュウ》の家よ。数学の問題の答えがちがってるみたいだから」

「どの問題？」

「第五問」

「できるよ」

細米《シーミー》は紅藕《ホンオウ》に解説しようとした。しかし、紅藕は細米の説明をさえぎって言った。

「教えてくれなくていい。春柳にきくから」

紅藕はそう言ったものの、すぐに春柳の家に行こうとはしなかった。そのままそこに立ち、枝の上のカンテラを見つめて、しばらくしてから言った。

「よく光るわね」

「毎日、みがいているから」

細米はそう言ってから後悔《こうかい》した。

「これからも毎日迎《むか》えにくるの？」

細米はうなずく。

「雨が降っても迎えにくる？」

またうなずいた。

「雪が降っても迎えにくる？」

細米はうなずいた。紅藕もそれ以上はたずねず、カンテラを見つめていた。明かりに映《は》えて紅藕の顔が赤く染まり、目が黒々と輝《かがや》いているのを細米は見た。

「春柳の所に行くわ」

紅藕は歩き出した。細米がきいた。

「明日、母さんと町の市《いち》に行くけどいっしょに行く？」

紅藕はふりむくと言った。

「行かないわ」

細米はポカンとして紅藕の後ろ姿をながめた。勝手にしろ。それ以来、紅藕は細米の家に遊びにくることはめったになくなった。細米はいつものように毎晩梅紋を迎えにいった。待ちながら考えた。紅藕はまた春柳の家に行くだろうか？　そして、紅藕の家の方をながめた。しかし、紅藕は二度と春柳の家には行かず、細米は紅藕が村の横丁で歌うのを何度かきいた。

ホタルが夜な夜な赤く光り
母さんが布で灯ろうを作る
地を照らし　天を照らす
灯ろうの下でおさげ髪《がみ》をすかす
髪油をぬり　花を飾《かざ》る
娘《むすめ》は赤い上着を着る……

紅藕《ホンオウ》は楽しそうに歌っていたが、横丁のおくで歌うだけでけっして姿を見せようとはしなかった。

梅紋《メイ・ウェン》が夜の家庭訪問をしないときもあった。郁容晩《ユイ・ロンワン》が夕暮れ、稲香渡《タオシアンドゥ》に来たときだ。郁容晩は梅紋の部屋に入ることはなく、いつも自転車で蓮《はす》の池のあぜまでやってくると木にもたせかけ、ハンカチに包んだハモニカを取り出して吹《ふ》いた。ハモニカで梅紋に自分が来たことを告げ、呼び出すのだった。ハモニカの音をきくと、梅紋の眉《まゆ》はぴくりと動き、目に何かが光り、手にした仕事を置くと、あわてずさわがず蓮池にむかって歩いていく。ハモニカの音は時々やんで二人で何か話しているようだったが、何を話しているかはだれにもきこえなかった。だが、ほとんどの時間はハモニカが鳴っていた。郁容晩はいろんな曲が吹け、細米《シーミー》がきいたことのない曲ばかりだった。それらの曲には不思議な力があった。あるときは細米はとても楽しくなり、水が高い所から流れ落ちてしぶきが上がるような楽しさだった。あるときはとても悲しく、痛みすらおぼえるほどで、ものさびしい秋や寒空に星がまたたく夜のようだった。馮醒城《フォン・シンチョン》と寧義夫《ニン・イーフー》はそれらの曲を知っていて、「彼が吹いているのはロシア民謡《みんよう》だな」と言った。曲の一つ一つの名を言うこともできた。林秀穂《リン・シュウスエ》はうっとりときいていた。細米も楽しんでいた。ハモニカの音がきこえてくると、彫刻刀《ちょうこくとう》を持った手を止める。ハモニカは見えない手のように細米を引いて、どこか知らない所につれていった。

郁容晩がまたやってきた。梅紋はちょうど小屋で細米に彫《ほ》り方を教えていたが、ハモニカの音をきくと気がそっちにいってしまった。梅紋は小屋を離《はな》れると蓮池にむかった。このころの蓮池は枯《か》れ果て秋風が吹きすさび、大地は褐色《かっしょく》になり蓮の葉はさらに深い褐色——黒褐色になっていた。それもすでにまばらで、葉の多くは折れて水中に落ち、立っているものも葉が巻いていて、力強く、また弱々しく風に折れそうな風情《ふぜい》だった。それでも、郁容晩も梅紋も蓮の葉よりも生き生きとしていて、とくに梅紋はそうだった。月光が輝《かがや》き、畑も広々として見えた。

細米《シーミー》は梅紋《メイ・ウェン》が教えた彫《ほ》り方を研究する気がなくなり、小屋を出た。草ぶきの山を見ると登りたくなり、そう思ったときにはすでにはい上がっていた。草ぶきの山のてっぺんにすわると梅紋たちを見るのではなく、秋の夜空をあおぎ見た。秋の夜空はとても明るく、星はダイヤモンドのように光って見えた。細米はふとカンテラのことを思い出した。夕方、ていねいにみがいたが今夜は使うことはあるまい。カンテラは今晩はひとりさびしく、ぽつんと出窓に立っていることだろう。今夜は梅紋は二度と思い出すこともないだろう。細米は思わず残念な気持ちになり、さびしささえ感じた。

馮醒城《フォン・シンチョン》が細米を見ると言った。

「細米、お父さんにハモニカを買ってもらえよ」

細米は寝《ね》そべった。寝そべれば馮醒城に自分が見えなくなる。細米は両手を交差させて頭の下でまくらにすると、足を組み、空を見上げてハモニカをきき、心は千々《ちぢ》に乱れたまま、やがて寝いってしまった。

2

その日の夜、細米がいつものように村の入り口で梅紋を待っていると、紅藕《ホンオウ》がいっしょに来た。紅藕は梅紋と笑いながら歩いてくる。細米は枝からカンテラを取った。だが、そのとき、懐中電灯《かいちゅうでんとう》の明かりがひらめいた。紅藕が手に持った懐中電灯をつけたのだ。細米はカンテラを持って前を歩き、梅紋と紅藕が後ろを歩いた。懐中電灯は近くを照らしたり、遠くを照らしたりした。それにくらべると細米が手にしたカンテラの明かりは薄暗《うすぐら》かった。

橋のたもとに来て細米は思った。紅藕はきびすを返して帰るころだ。だが、紅藕は帰るそぶりを見せず、梅紋も帰るようにうながす気配はなかった。橋の真ん中まで来たとき、細米は言った。

「紅藕、帰れよ」

「梅先生を学校まで送る」

「だれがおまえを家まで送るんだ?」

「ひとりで帰るわ。夜なんかこわくないもの。梅先生と約束したの。これからは毎晩、私が先生を学校まで送るって。ものすごく暗かったら、春柳《チュンリュウ》と二人で送ると春柳にも言ってある」

梅紋がきいた。

「帰り、本当に一人でもこわくないの？」

「こわくないです」

二人はそれ以上送る話をしなかった。明らかに、ここに来るまでに話ができていたのだ。二人は別のことを小声で話しはじめ、前を細米《シーミー》が歩いていることを忘れたかのように、自分たちの速度で歩くので、少しすると細米との距離《きょり》が開いてしまった。細米は二人を待つべきなのか、先に行ってしまうべきなのか、自分でも自分がよけい者に感じられた。今までは細米は前を歩きながら後ろの梅紋《メイ・ウェン》の足元を考え、カンテラを少し高くかかげて光が道を照らすようにして歩いたものだ。今ではその必要がなくなり、腕《うで》を下げて歩き、カンテラは地面にくっつきそうになっていた。

二人は何を話しているのか、ときおり「フフフフ」という笑い声がきこえてきた。何回か、かすかに紅藕《ホンオウ》の口から「細米」という言葉がきこえてきて、細米は二人が自分のことを話していて、それも絶対に笑い話だと感じた。でなければ、なぜ「フフフフ」と笑うのか？　細米は心の中で紅藕に腹をたてた。

紅藕は本当に梅紋を学校まで送ってきた。梅紋にだけ「さようなら」と言うと帰っていった。実際のところ、彼女は自分で言うほど肝《きも》っ玉《たま》が強くはなかった。帰り道、紅藕は手にした懐中電灯《かいちゅうでんとう》を光らせ、目の前の道をにらみつけ、明かりがどこかに行かないように気をつけて、懐中電灯の光の中に変なものがいるのを恐《おそ》れた。歌いながら帰ったが、その声はふるえていて寒い風に凍《こご》えているようだった。村の入り口に近づくと走って橋を渡《わた》った。橋板がはね上がり足を取られて転びそうになり、思わずひやっと背筋が寒くなった。

それ以来、毎日、紅藕が梅紋を学校まで送ってきた。細米はだんだんと気まずくなってきた。だが、梅紋は細米の気づまりに気がつかず、紅藕は心の中で喜んでいた。二日が過ぎると梅紋が細米に言った。

「急いで今やっている作品を仕上げて。私は紅藕に送ってもらうから」

カンテラは完全に孤独《こどく》になった。

梅紋は紅藕に送ってもらいたがっているようだった。稲香渡《タオシアンドゥ》で梅紋が一番好きな女の子が紅藕だった。紅藕の見た目、賢《かしこ》さ、話す様子、笑い顔、泣き顔や気ままな所も好きだった。紅藕の何もかもがお気に入りで、ずっと話していてもあきることがなかった。二人の間にはつきることのない話題があり、二人で話していると二人だけの世界があり、だれもそこには入れなかった。

日曜日になると、紅藕はカバンを背負って梅紋の部屋に来た。そういうときは話はせず、梅紋《メイ・ウェン》は宿題を点検し、紅藕《ホンオウ》は宿題をして、ときおり言葉をかわした。となりに女の子がすわって静かに宿題をしている。梅紋はその雰囲気《ふんいき》が好きだった。

紅藕が何度か梅紋を送ってきて、あまりに暗いときは梅紋が細米《シーミー》に紅藕の家に伝えにいかせて紅藕を泊《と》めるときもあった。細米は紅藕の家に行くのが非常に不満だった。梅紋と紅藕はいっしょに寝《ね》て、明かりを消してからねむりにつくまで話をしていた。もともとは紅藕は細米といたかったはずなのに、今では彼のことはすっかり忘れてしまったようだった。

その日は日曜日で、母が果樹園のウリのつるを片づけはじめた。もうウリの季節ではなく、完全に枯《か》れてしまっていたからだ。だが、つるの上には金色のウリがまだいくつか残っていたので、母は梅紋の部屋に二つ置き、細米にも小さめのを二つやり、残りの二つをかごに入れておいた。紅藕にあげる分だった。母が言った。

「細米、ウリを二つ、紅藕にとどけてきて」

細米はその二つのきれいなウリを見ても返事もせず、自分の分の二つを持って河べりに洗いにいき、片手に一つずつ持って、戸口にすわって柵《さく》をながめながら食べ出した。一つ食べ終わってから次のを食べるのではなく、二つ交互《こうご》にかぶりついた。その二つは梅紋や紅蕪のよりは小ぶりだが、実際にはけっして小さくはなかった。二つ食べ終わるとおなかいっぱいになった。細米は伸《の》びをするとゲップをした。母が果樹園のそうじをしながら、言った。

「早くウリを紅蕪にとどけてきて。今年最後のウリなんだから」

細米はかごの中のウリを見つめたまま、動こうとしなかった。しばらくすると立ち上がって片手に一つずつ持つと、また河べりで洗い、それから戸口にすわった。その二つのウリを高く持ち上げて日の光の下で見るとすきとおっていた。やわらかそうな半透明《はんとうめい》だった。だいだい色のウリの汁《しる》がウリの体から流れるのを感じた。鼻に近づけて匂《にお》いをかぐと、左手のウリをカシャッとひと口かじり、腹に収まる前に右手のウリもカシャッとやった。左をひと口、右をひと口、わざと乱暴に食べ、果汁《かじゅう》が口の端《はし》から首にたれ、胸まで流れてきた。半分食べると、もうのどまでいっぱいになって呼吸も困難になり、大きく口を開けてあえぐとのどをつまらせた。

エサをついばんでいた数羽のハクチョウがよたよたと中庭に入ってきた。草をいっぱい食べたハクチョウは首がふくれていた。細米は自分がハクチョウになった気がした。首をこわばらせたまま、手に残った食べ残しの無残なウリを見ると、ゆっくりと立ち上がった。

立ってから食べてもいいな、と細米《シーミー》は思った。腹はパンパンで、空気を入れすぎた風船のようだった。細米は心の中で思った。絶対に食べつくしてみせるぞ。さらに思った。紅藕《ホンオウ》がいたらおもしろいのに。あいつの目の前でウリをひと口も残さず、平らげてやる。最後の数口に取りかかり、カシャッという音が心地よくひびいた。手は汁《しる》でベトベトになり、指の間から流れてきて地面にしたたり落ち、アリがウロウロしながら、こちらの方に寄ってきた。

ウリはとうとう完全に消滅《しょうめつ》したものの、口の中にまだひとかけらあり、どうしても飲みこめず、しかたなく口にふくんでいるしかなかった。かべにはりついて立ち、両手で墜落《ついらく》しそうな腹をかかえ、まるで妊婦《にんぷ》のようだった。

母が帰ってきて、かごが空っぽなのを見るといぶかった。

「もうウリをとどけてきたの？」

細米は最後のひとかけらをやっと飲みこむと言った。

「とどけてない」

「じゃあ、ウリは？」

「全部食べた」

「なんですって？」

「全部食べた！」

細米は大きな声で言った。

「あいつになんか、くれてやるもんか！」

母は家にとってかえすと、ほうきか何かたたく道具を取りにいった。細米はまずいと思い、急いで腹をかかえて庭から逃《に》げ出し、走りながら大声で叫《さけ》んだ。

「あいつにだけはやるもんか！　やるもんか！」

3

細米の考えと行動はとつぜん少しおかしくなった。母の鏡で自分を映してながめるようになった。自分がどんな顔をしているかも知らず、どんな顔をしているのか見ようとも思わなかったのに、鏡に映った自分をそれが自分ではなく新しく知り合った友だちでもあるかのように、まじまじとながめるようになった。初めて鏡の中の自分を見たときは驚《おどろ》いた。これが細米か？　少し気恥《きは》ずかしくなった。鏡の中の子どもはアホみたいだった。白分の目が大きくて、瞳《ひとみ》はブドウのようでまつ毛は長いことを初めて知った。道理で母親が自分を叱《しか》るときに顔を指さして言ったものだ。「むだに大きな目をしてるんだから！」指で鼻をつまみ、牛の鳴き声をまねると鏡の中の彼もまねをして、頭を鏡におしつけてプッと笑った。笑いやむと、母親のクリームのびんからひとつまみすくった。鼻をつく匂《にお》いに鼻にしわを寄せ、それでも泥《どろ》でもこねるように顔にぬりたくった。家を出ると林秀穂《リン・シュウスエ》に出くわした。彼女はすぐに細米《シーミー》の、いつもは汗《あせ》くさい匂いのする体から濃《こ》い香料《こうりょう》の匂いをかぎつけた。おおげさに鼻をクンクンさせると、「細米、クリームをぬったでしょ」と言ったので、細米は逃《に》げ出し、香《かお》りだけが残った。梅紋《メイ・ウェン》がやってきた。林秀穂が言った。

「重大ニュースよ。おたくのクラスの男子がクリームをぬっているわよ」

「だれですか？」

林秀穂は遠くの細米の後ろ姿を指さした。

「細米よ」

梅紋は笑った。

その日の午後、朱金根《ジュウ・ジンゲン》が運動場の土の台に立ち、校庭にむかって大声で叫《さけ》んだ。

「みんな、早く来てみろよ！」

三、四人の子どもが教室からかけ出してきて、びっくりして足を止めると、引きかえしてきて教室にかけこんで叫んだ。

「みんな、早く出てこいよ！」

教室は大騒《おおさわ》ぎになり、廊下《ろうか》にかけ出す足音がひびいた。何を見るんだって？　細米さ。細米がバスケットボールのゴールのボードにはい上り、便所で便器にすわっているようにお尻《しり》をすっぽりとゴールに入れている。職員室の教師たちも外のバタバタいう足音をきいて、かけ出てきた。廊下《ろうか》から細米がバスケットのネットにすわっているのを見て笑うと、首をふった。

バスケットコートは人でいっぱいになり、稲香渡《タオシアンドゥ》中学の生徒だけでなく、騒《さわ》ぎに畑からかけつけた農民もいた。その光景に、細米は麦畑で露天《ろてん》映画の上映を見たときのことを思い出した。白いバスケットボードがスクリーンで、自分は映画の登場人物だ。下で見上げているのが観客である。そう思うと細米は晴れ晴れとした気分になり、興奮に酔《よ》いしれた。三年生の周金槐《チョウ・ジンクワイ》が大声で言った。

「細米、クソしてるのかい？」

ドッと笑い声が起こった。細米はお尻をネットにつっこんだまま、全神経を集中させる様子をして目玉は正面をむいたまま、ほっぺたをふくらませてみせた。クソしている姿そのものだった。下にいる人たちは静かに見守り、まるでこの世で一番高貴で崇高《すうこう》な大便をしているようで、それは歴史的瞬間《しゅんかん》で絶対にじゃましてはいけないかのようだった。何人かの男子が影響《えいきょう》されて、思わず細米《シーミー》と同じ格好《かっこう》を始めた。カラスが何羽か、細米の頭上を旋回《せんかい》している。やがて人々はがまんできなくなった。周金槐《チョウ・ジンクワイ》がまた大声で叫《さけ》んだ。

「細米、もうクソは出たのか？」

また大笑いがおこった。細米は両目を閉じて、ゆったりと息をはくと、両腕《うで》を伸《の》ばし尻《しり》をすぼめて、体をぴったりとバスケットボードにはりつけた。紅藕《ホンオウ》は本当にくさい臭《にお》いをかいだような気がして、体を横にむけると手で扇子《せんす》の形を作り鼻の前であおいだ。細米は両足を組むと腕を抱《だ》いて頭を持ち上げ、ネットの上に鎮座《ちんざ》して、心から誇《ほこ》らしく感じるスタイルを完成した。つづいて、今度は雑技*の開始である。ネットの上でさまざまな格好を決めた。ネットの上に立つと両手でネットのリングをつかんで体を虫のようにちぢめたかと思うと、パッとボードの裏に移った。女の子たちが悲鳴を上げた。みんながどよめいていると、またボードの裏から出てきた。そして、ネットの上に立つとだんだんとボードから体を離《はな》した。下をのぞく勇気はなく、目でチラリと下を見るとゆっくりと上着をぬいで、上半身裸《はだか》になった。腰《こし》は細くおなかはへこんでいて、何日もエサを食っていない犬のようで、肋骨《ろっこつ》の一本一本がはっきり見えた。そのまま立って遠くを見つめたまま、すべてを忘れ、だれも存在しないかのようだった。

部屋にいた梅紋《メイ・ウェン》は紅藕から報告を受け、急いで出てきた。職員室を通りすぎるときに梅紋は困惑《こんわく》して林秀穂《リン・シュウスエ》たち教師にきいた。

「どうして下りてくるように言わないんですか?」

林秀穂が言った。

「私たちの言うことなんかきくと思う? 下ろさせられるのはあなたしかいないわよ」

梅紋がふたたびふりむくと、細米は最後の演技をしていた。腰を曲げて手でしっかりとネットのリングをつかむと、腕で体を持ち上げて両足をネットから離した。それから、すっぽりとネットの中に入ると体はネットをくぐりぬけて落ちてきた。両手はまだネットをつかんでいて、体は柱時計の振《ふ》り子《こ》のようにゆれている。最後に歓声《かんせい》の中を細米は両腕を広げて落ち葉のように地上に舞《ま》い下りてきた。

4

細米は夢を見ることが多くなった。それらの夢はさまざまで、秋が過ぎると南へととんでいくツバメのように、現れては消えて細米《シーミー》の夜を独占《どくせん》した。仙人《せんにん》のように空をとんだかと思えば、深淵《しんえん》に墜落《ついらく》し、急降下するときは叫《さけ》び声を上げた。夢の中の風景は見たことのないものだった。夢の中の人はぼんやりとして定まらず、見たことのない顔もたくさん出現した。焦燥《しょうそう》にかられるような夢が多く、塀《へい》にすわっていて、とび下りようとすると下は波が逆巻いていたりする。あるいは、小便をがまんして便所をさがすのだが見つからず、林にかくれてほとばしっている最中に一瞬《いっしゅん》にして林が消えてなくなったり、何度もなぜだかパンツが見つからず、裸《はだか》で恥《は》ずかしくてたまらないのに身をかくすところもないとか、野犬に追いかけられて必死で逃《に》げるのだが、足に雑草がからまるというような状況《じょうきょう》がくりかえされた。目がさめると大汗《おおあせ》をかき疲《つか》れきって、ベッドに横たわり夜明けを待つのだった。

その日の夜の夢は非常に不思議で説明のしようがなかった。細米は一匹《ぴき》の魚になっていた。長い、鋭利《えいり》な長剣《ちょうけん》のような魚だ。初め、この魚は水がこわかった。水を飲んで目を白黒させて、水面に浮《う》かびあがろうとするのだが、水草の茂《しげ》みから泳ぎ出ることができない。緑色のシルクのような水草が水中にただよって、とてもきれいなのだが、恐《おそ》ろしいことに無限にその魚を取り巻いている。魚はとうとう力つきて水底の深みへと沈《しず》んでいった。水はますます冷たくなり、がまんできなくなる。水草がキラキラとゆらめいて、水底はきらめくような世界だった。

やがて、水が流れ出ていくのを感じ、日の光が近づいてきた。水はさらにきらめいて、日の光に金色に染まった。魚の腹は水草がたたまれてやわらかく折り重なった上にはりつき、骨は水面に出ていた。陽光が針のように体につきささるのを感じた。少しすると目もゆっくりと水面に出る。魚は岸を見た。岸にはたくさんの人がいて、朱金根《ジュウ・ジンゲン》も春柳《チュンリュウ》も草菊《ツァオジー》も周金槐《チョウ・ジンクワイ》も林秀穂《リン・シュウスエ》先生もいる。彼らの姿かたちは、塀《へい》にチョークでかいた絵のように雨風にさらされてダマになり、最後は雨水といっしょに流れてしまった。

水はサラサラと前へと流れていき、魚は追いかけていった。とつぜん、何かにさえぎられた。すぐに長い柵《さく》が見えてきた。魚の行く手をふさぐ柵だ。魚は水が柵のすき間から流れ出ていくのを見つめた。自分は水草の上に置かれている。この柵はどこかで見たことがあった。白くて、一本一本の柵のてっぺんは三角にとがっている。よく見かける柵よりもはなやかで、柵の上には小さな花が満開に咲《さ》いている。見たこともない鳥の群れが柵の上をとびかって、チチチチと鳴いてさわがしかった。

このあたり一帯の河にはいたる所にこうした魚をせきとめる柵があった。魚はだんだん呼吸ができなくなってきた。水草の上に横たわり、柵《さく》のむこうの水をながめていた。水は柵にさえぎられたせいで、前へは流れず、キラキラ光る水たまりを作っていた。「おれは干《ひ》からびて死ぬんだ」そう思うと魚はこわくなって、水草の上から弾《はず》みをつけてとび出した。魚は柵をとびこし、むこう側の水中に落ちた。

涼《すず》しい、というのが水中に落ちた瞬間《しゅんかん》の感覚だった。魚は水の中を泳ぎ、だんだんと落ち着きと力を取りもどした。だが、水がまた先ほどの動きをくりかえして後ろに引いていき、引けば引くほど速くなり、魚はさっきと同じように懸命《けんめい》に追いかけていった。

柵がまた現れた。まるで空中から落下してきたようだった。最後の水が柵のすき間からすべり出ていき、魚はまた水草の上におし上げられる。柵はまるで人にていねいにふかれたばかりのように真っ白で、陽光の下で一本一本が矢のようだった。魚はふたたびはねて、また柵のむこうの清水に落ちた。

それを何度かくりかえすと水はとつぜん河床《かわどこ》を離《はな》れ、巨大《きょだい》な白布のように風に吹《ふ》かれて天空へととんでいった。魚は泥《どろ》の中でのたうち、銀色の体が泥まみれになり、体が真っ黒になった。魚は絶望し、空を見上げて大きく口を開けた。

だが、魚はすぐに自分がふっと軽くなるのを感じ、興奮してとびはじめた。河岸沿いにとんで、大地の巨大なさけ目のようになった枯《か》れた河床をながめると、空高く昇《のぼ》りはじめた。畑と木々が見え、畑をとびこすときは人々がむらさき色の花を咲《さ》かせたレンゲソウのように、自分をあおぎ見ているのが見えた。一人の子どもが叫《さけ》んだ。「魚が空をとんでいる！」それから、魚は林の中をとんでいった。魚が枝と緑の葉の間をとぶのは最高の気分だった。まるで水草の中を泳いでいるのと同じか、それ以上だった。

巨大な白い布はますます高くとんでいく。魚はそのあとを追った。白い布が見えなくなり、白い雲が見えてきた。白い雲はジャガイモの形をしていた。青光りする稲妻《いなずま》に白い雲は湿《しめ》り気《け》をおびてきた。魚はポツリポツリとぬれはじめ、雲は雨となった。空中はキラキラする水滴《すいてき》でいっぱいになった。水滴が河床に落ちて、河はまた水が流れ出した。

魚が水滴といっしょに落下しようとすると、白い網《あみ》が地上から空中にたなびいてきた。雨粒が網の目をくぐって落ちつづけ、魚は網にとらえられた。網の上ではねて外に出ようとしたが、網は広く果てしなかった。何度かとんだがあきらめた。網の上に横たわるうちにねむってしまった。夢の中で魚は水を夢見た。やわらかい水草を夢見て、水の中を泳ぎ、水草の間を泳ぎまわった。水草はまるで人の髪《かみ》の毛のようだった。魚は美しい魚にもどっていた。

細米《シーミー》はあまい笑い声に目をさました。さめると水と水草と白い柵《さく》と自分がやせた魚であったこと以外、細部は何も思い出せなかった。

細米は夜は夢を見、昼はぼんやりと心ここにあらずで、町から買ってきた例の木で新作を彫《ほ》ろうとしたとき、彫りあやまってその作品を台なしにしてしまった。

5

その日の午後、一頭の牛が稲香渡《タオシアンドゥ》中学の運動場の隅《すみ》で草を食べていた。牛は大きな木にしっかりとつながれ、かぎられた範囲《はんい》の草しか食べられないでいた。秋が深まると、草はかむのに力がいり、味もなく、自由もないので、この牛はおもしろくなくて不機嫌《ふきげん》だった。何度か縄《なわ》をふりほどこうとしたが失敗に終わった。時々頭をもたげてはおもしろくなさそうに「モーモー」とほえると、その振動《しんどう》で木の葉がハラハラと落ちてきた。

「足の不自由な王《ワン》のところの大きな白牛が運動場で草を食《は》ってるぜ」

中一の男子の一人が小便をしながら、やはり便所で小便をしている男子たちに情報を伝えた。男の子たちは便所を出ると、またその情報をほかの子たちに伝え、あっという間に稲香渡中学の全員が、王の大きな白牛が運動場の隅で草を食っていることを知った。問題は牛が草を食っていることではない。牛が草を食うのを見たことがない者はいない。問題はその白牛がふつうの牛ではないということだった。

こんなに体格のいい、強そうな牛をだれも見たことがなかった。三年前、東の海辺から買ってきた牛で、この種の牛は小さいときから海辺で放牧され、海辺の葦《あし》を食べ波の音をきいて育ち、強健そのものだが人には馴《な》れなかった。ふつう牛を使う人はこの種の牛は使わず、西のもっと遠くまで行って、やや小ぶりで性格もおだやかな牛を買ってくる。力は海で育った牛よりもずっと弱いが、使うのに戦々恐々《せんせんきょうきょう》としないですむ。王がこの牛を買ってきたときは足は不自由ではなかった。牛も子牛で特別な所は見あたらなかった。だが、翌年になり、牛がどんどん大きくなると、この牛の並々ならぬ力の大きさが明らかとなり、同時にこの種の牛の強情《ごうじょう》さがはっきりしてきた。その日、朝から畑を耕していたときに、牛と王の関係は緊張《きんちょう》していた。牛は何度か強情をおこし、そのたびに王がムチで打って言うことをきかせていた。「この畜生《ちくしょう》めが！」王は口の中でたえずののしり、力いっぱい手綱《づな》をふるった。昼近くになって牛は小便をしたり大便をしたりして、働くのをいやがった。王は口でののしるのもめんどうになり、手にしたムチで怒《いか》りを表そうとした。十回ほどムチをふり下ろすと、牛はとつぜん、頭を低くして凶暴《きょうぼう》に犂《＊すき》を引っぱって走り出し、犂を支えていた王《ワン》をふりはらい、王は何度もたおれそうになった。王が大きな声で叫《さけ》んだ。「待て、こん畜生《ちくしょう》！　待てったら！」だが、「畜生」はさらに速く走った。王はとうとう追いつけなくなり、犂《すき》を投げ出すと両手でしっかりと手綱《たづな》をつかんだ。牛は鼻が痛くてたえられなくなり、立ち止まるしかなかった。牛は顔をこちらにむけるとこぶしほどもある大きな目で王をにらみつけた。王はその瞳《ひとみ》に挑発《ちょうはつ》と凶暴《きょうぼう》さを感じとった。この王は稲香渡《タオシアンドゥ》でも有名な強情者《ごうじょうもの》だった。畜生にバカにされてがまんできるはずがない。ムチを手の中へたぐると牛の正面に走り出た。牛の目の前を行ったり来たりしながら言った。

「畜生め、海から来たと思っていばるなよ。海から来たのがなんだと言うんだ？　海から来ようと牛は牛だ。このおれ様にたてつくつもりか？　よくもそんな態度がとれたものだ。おれ様をだれだと思っている？　稲香渡でも知らぬ者のないこのおれ様を、おまえごとき畜生が無視するとは！」

ムチが空中をしなり、ビュンと音をたてた。牛はおびえるどころか、頭をもたげてフンと鼻息をたてて、ベトベトした液体を雨のように王の顔に噴射《ふんしゃ》した。王の顔色は瞬時《しゅんじ》に青ざめると陰湿《いんしつ》になった。ムチを持ち上げると牛にふり下ろし、つづけざまに何度もふり下ろすと切歯扼腕《せっしやくわん》した。ムチをふるうときに王は両足をふみしめ、思いきり力をこめた。牛はしばらく打たれるままになっていたが、頭を低くしてまた突進《とっしん》してきた。王はあわててさけた瞬間、畑にひっくりかえった。牛は犂を引いたまま猛烈《もうれつ》な勢いで突進してきて、するどい犂の刃が黒い土をほりおこしながら王に迫《せま》ってきた。王は急いで横にさけたが、左足がさけきれずに犂の直撃《ちょくげき》を受け、血がほとばしり出た。人々がかけつけて王を病院に運んだ。退院後、王の足は不自由になった。王は家の裏の木につながれている牛を見た。何も言わずに家に引きかえすと王は言った。

「あん畜生め、二度と草を食《は》わせると思うなよ！」

それから五日間、牛は一本の草も食べられず、ひと口の水も飲めなかった。その日、王がまた家の裏に来ると、牛はひとまわりやせてフラフラと今にもたおれそうだった。王は牛に言った。

「畜生め、いいか、よくきけ。これからは二度とおれ様にたてつくなよ」

そう言うと家にもどって女房《にょうぼう》に言った。

「畜生にオカラをやれ。中に卵を六つほど入れてやれ」

それからは牛は王に服従したが、服従したのは王にだけで、ほかのだれにも自分をさわらせなかった。稲香渡の者は男も女も年寄りも若い者も、大きな白牛を見れば接触《せっしょく》をさけ、遠くによけるのだった。

何人かのこわいもの知らずの男子が少しずつ牛に近づいていった。その後ろを少し離《はな》れて大勢の男子がつづく。さらにその後ろに女の子たち。近づきながら包囲網《ほういもう》を形成したが、その包囲網はとても大きかった。教師たちも今日はひまなのか、あるいは生徒の安全を考《こう》慮《りょ》してか、次々と運動場にやってきた。牛は自分の周りの人たちに気づいていないようだった。周金槐《チョウ・ジンクワイ》が言った。

「こわがるな。つながれている」

度胸のある男子がさらに牛に近づいたが、かなり緊張《きんちょう》していて、いつでも逃《に》げられる態勢をとっていた。前の方の男子が数人、牛から十数メートルまで近づいたが、それ以上前に進む勇気はなかった。牛をからかいたいのだが、その勇気はない。後ろの方にいる男子は「行けよ。行けよ」と言いながら、自分は首をちぢめて遠くに立っている。

とうとう周金槐が竹ざおを手に、牛から二歩のところまで近よった。牛は彼らに気づくことなく、尾っぽをふりたくなったのか、パタンと尾をふると生徒たちが驚《おどろ》いて後ろにかけ出し、何人かがすっころんだ。女の子が叫《さけ》び声を上げ、中には泣き出す者もいた。牛はそれでもゆったりと草を食《は》んでいる。周金槐がまた牛に近よりはじめた。

牛はついに周囲の人間とこわいもの知らずの男の子たちが自分をからかおうとしているのに気づき、草を食むのをやめて頭を持ち上げると悠々《ゆうゆう》せまらずに立っていた。人間の群れはその場にかたまって後ろに退くことも前に進むこともない。牛もそこにかたまったかのようだった。

みんなは冒険《ぼうけん》しようとする欲求を失い、しばし観賞していた。牛の全身は真っ白で、皮《ひ》膚《ふ》は桃色《ももいろ》で二本の長い角があり、角は半透明《はんとうめい》で玉《ぎょく》のような光沢《こうたく》がある。角の先端《せんたん》はするどく、刀でていねいに削《けず》ったようだった。まつ毛は長く、目玉は褐色《かっしょく》で白目はやや薄《うす》桃色をおびている。四本の足は太くじょうぶで、尾も太くて長く、たえずゆれている。周金槐が言った。

「張《チャン》の所の小五子《シャオウーズ》が二黒子《アーヘイズ》とかけをして、こいつにまたがって一周できたら十元やると言ったけど、二黒子はその勇気がなかったんだ」

ずっと最前列にいた朱金根《ジュウ・ジンゲン》が言った。

「おれならやる」

みんなが吹《ふ》き出した。周金槐が言った。

「洟《はな》たれ、よく言うぜ」

「朱金根《ジュウ・ジンゲン》だ」

朱金根がすぐに訂正《ていせい》した。

「わかった、わかった。おまえは朱金根だ。だけど、おまえにできるか？　さわることもできないくせに」

「さわるぐらいできるさ」

「ウソつけ」

朱金根は木の枝を手に口の中で「さわるぐらいがなんだ」とつぶやきながら、牛に近よっていった。牛が急に頭をふった。朱金根はびっくりして逃《に》げ出し、靴《くつ》を片方落とした。朱金根が叫《さけ》ぶより早く、生徒たち全員がほぼいっせいに朱金根の調子をまねて叫んだ。

「靴！　靴！　おれの靴！」

運動場は笑い声に包まれた。土台の上に立って見物していた教師たちも思わず笑い出した。寧義夫《ニン・イーフー》はだれも牛にまたぐ勇気がないのを知ってて、わざと生徒たちをからかった。

「だれも乗らないのか？」

だれも返事をしない。ダメにした例の作品をどうしたらいいか、小屋でずっと相談していた細米《シーミー》と梅紋《メイ・ウェン》が外の騒《さわ》ぎに気づいて出てきた。細米は走ってくると、人の群れをおしのけ先頭に出てきた。寧義夫が大声で言った。

「だれか乗る勇気のあるやつはいるか?」

林秀穂《リン・シュウスエ》には細米と梅紋が小屋を出てきたそのとき、ある考えが浮《う》かんだ。自分でもどうしてそんな考えが浮かんだのかわからなかった。林秀穂は大声で言った。

「細米ならできるわ!」

細米は思わずあとずさった。林秀穂はあとずさる細米を見ながら、さらに大きな声で言った。

「細米よ!」

梅紋はすでに林秀穂のとなりに立っていて、腕《うで》で林秀穂の腕をつつき、それがかえって林秀穂のある種の欲望を強烈《きょうれつ》なものにした。林秀穂は梅紋をふりむくと意味ありげに笑い、また寧義夫や馮醒城《フォン・シンチョン》たちに目配せして、土台をとび下りると歩いていって細米の腕をつかんで言った。

「細米、勇気がないとは言わせないわよ」

生徒たちが、ワアーッとわいた。細米はこまって顔を赤くした。小屋をとび出してきたことを後悔《こうかい》した。林秀穂が小声で細米に言った。

「梅《メイ》先生も台の上で見てるわよ」

細米《シーミー》はうつむいた。馮醒城《フォン・シンチョン》が言った。

「細米、やれるのか、やれないのか。みんなに言えよ」

細米は目玉を端《はし》によせて、心配そうにほほえんでいる梅紋《メイ・ウェン》を見た。生徒たちがまたワアーッと叫《さけ》んだ。細米は人ごみの中を前に進み出た。生徒たちは道をあけて細米を通した。運動場はシーンと静まりかえった。梅紋は何歩か前に進み出ると、まっすぐ土台の端まで行った。

細米は人の群れから進み出ると、額には汗《あせ》が吹《ふ》き出ていた。歩く速度はゆっくりだったが一定だった。紅藕《ホンオウ》が叫んだ。

「細米、やめて！」

琴子《チンズ》が紅藕を引っぱった。細米の歩く速度が速まった。紅藕は人ごみの中、緊張《きんちょう》してだれかをさがしていたが、やっと梅紋を見つけると急いで彼女の方にかけていった。細米と牛の距離《きょり》がだんだん近づいてくると全員がかたずを飲んだ。自分たちが共謀《きょうぼう》したこの局面にどう落とし前をつければいいのか、わからなくなっていた。細米と牛との距離はわずか十数歩に迫った。紅藕は梅紋の腕《うで》をゆさぶった。

「引きかえすように言ってください。引きかえすように言って…」

細米と牛の間はもう七、八歩しかない。梅紋が叫んだ。

「細米!」

細米は立ちどまったが、ふりむかなかった。

「もどって!」

細米は逆に大またで牛に近づいた。もうすぐ牛のそばというときに、林秀穂《リン・シュウスエ》が数歩進み出ると、大声で叫んだ。

「細米! もどりなさい! からかったのよ! 本当よ!」

だが、その叫び声は細米の耳に入らないかのようだった。細米は夢遊病者のように自分でもなんだかわからない意志が働いたかのように、牛にむかっていき、牛からあと一歩という所で止まった。牛の息づかいがきこえ、牛の瞳《ひとみ》に自分が映っているのが見えた。形のいびつな男の子の姿で、頭の先とあごがとがり、二つの目がやたらと大きくなって映っている。

もうだれも細米を呼ばなかった。みんなは細米がバカになってしまい、ただ前に進む人形になってしまったように感じた。牛は威厳《いげん》をもって立ったまま、細米とむき合った。細米は牛の視線をさけ、牛をつないだ木の後ろへとまわった。体を横にむけると木が牛の視線から細米《シーミー》をかくした。細米はゆっくりとしゃがむと綱《つな》をといた。

みんながあとずさりしたが、細米が綱をたゆませずにかたく腕《うで》にからませるのを見ると退却《たいきゃく》するのをやめた。細米は手綱《たづな》を引いたまま、一歩一歩、牛に近づいていった。足が朱金根《ジュウ・ジンゲン》の靴《くつ》をふみ、上に放り上げると足でけった。牛はぼんやりと立ったまま、なんの反応も見せなかった。細米はあおむいて上を見上げた。一本の木の枝が牛の背の上の方に伸《の》びている。細米はしゃがむと勢いをつけてとび上がり、両手で枝をつかみ体をちぢめて枝にとび上がると、両足を広げて牛の背にとび降りた。その一連の動作は人々があっけにとられている間に、一気呵成《いっきかせい》になんのためらいもなく行われた。

牛は今度こそ本当に呆然《ぼうぜん》としたが、相変わらず立ったまま動かなかった。細米は高々と牛の背に乗ると、人々を見下ろした。朱金根が見えた。琴子《チンズ》が見えた。馮醒城《フォン・シンチョン》と林秀穂《リン・シュウスエ》が、梅紋《メイ・ウェン》と紅藕《ホンオウ》も見えた。梅紋はギュッと紅藕の手をにぎっていた。細米はまっすぐ背筋を伸ばした。

牛がとつぜん、あばれ出した。細米は牛の背にふして、しっかりとそのタテガミをつかんだ。牛は畑の方に走り出し、人々がサッとさけた。翹翹《チアオチアオ》が走ってきて、ワンワンと叫《さけ》ぶと牛のあとを追いはじめた。牛はせまいあぜ道を走りぬけると村の大通りに出た。くるったように走りつづけ、四つ足で地面をたたき、声はとどろき、季節が乾燥《かんそう》しているので泥《どろ》はすっかり粉々に塵埃《じんあい》となって舞《ま》いあがり、牛の背後で土ぼこりを上げた。

林秀穂の顔は真っ青になり、右手はかたく服の前をつかんでいた。梅紋は紅藕の手をつかみ、時間がたつにつれ、状況《じょうきょう》が逼迫《ひっぱく》してくるにつれ、その手はますます強くにぎりしめられた。紅藕は顔を梅紋の後ろにかくして、片方の目だけで牛の背の細米をうかがっていた。梅紋の手が冷たい水から取り出した氷のように冷たく、それにつかまれた自分の手は火のように熱く痛かった。

牛の走りと躍動《やくどう》は一つになっていた。頭を胸の方にかがめ、尻《しり》はたえず空中につきだされ、人々は細米が牛の背中から首と頭の部分にすべり落ちるのではないかと心配した。何度か牛の尻が波立つように持ち上がり、細米はゆさぶられてお尻が空と垂直になった。

ほとんどの間、細米は目をつぶっていた。小さいときに病気をしてズボンをぬいでお尻に注射されたときのように、母に打たれて体を横にしてニワトリの毛のハタキを受け止めたときのように。恐《おそ》れるでも恐れないでもなく、牛の背で思い出していたのはウリを二つ食べておなかがくちくなったときのことだった。

そのまま走りつづければ橋だった。牛が橋にむかっているとき、橋の上を二人の人が歩いていた。その二人は小山のような牛が突進《とっしん》してくるのを見て、驚《おどろ》いて逃《に》げるのも間に合わず、左右にとびのくと水の中に落ちた。細米《シーミー》は大きな水しぶきが上がるのを見た。

牛はどんどん遠ざかり、稲香渡《タオシアンドゥ》中学の教師と生徒、驚いた村人たちが次々と牛が走っていった方向にかけていき、大騒《おおさわ》ぎとなった。梅紋《メイ・ウェン》と紅藕《ホンオウ》は相変わらず土台に立っていた。残されたのは二人だけで、芝居《しばい》のエンディングのようだった。

音楽の旋律《せんりつ》が二度ときこえなくなったかと思うとまたきこえてくるように、牛の姿が堤《てい》防《ぼう》のむこうに消えて見えなくなったかと思うと、また現れ、しかも稲香渡中学にむかって走ってきた。

「もどってきたぞ！」

叫《さけ》び声が上がった。牛はまるで出し物をしているようだった。細米はまた学校と人々を見て、胸が熱くなり、涙《なみだ》がこみあげてきた。牛は運動場にむかって走り、人々がただちに退くと、ちょうどそのとき、紅藕が梅紋の手を放し、舞台《ぶたい》をとび下りて運動場へと走っていった。牛を止めようとするつもりらしい。

林秀穂《リン・シュウスエ》がとび出して、しっかと紅藕を抱《だ》きとめた。翹翹《チアオチアオ》が畑の中を走ってきて、牛の前にななめにとび出すと牛にむかってワンワンとほえた。牛は方向を変えて小河の方にむかい、河沿いに南へと走っていった。翹翹がまたななめに牛の前にとび出し、今度は成功して主人を苦境から救い出した。牛は犬がくるったようにほえるのを見て、凶悪《きょうあく》な形相でふりむこうと体を急に方向転換《てんかん》したので、細米はバランスをくずして牛の背から放り出され、河の堤防《ていぼう》に落ちると水の中に転げ落ちていった。

人々は細米の姿が牛の背中から消えたのにポカンとしていた。牛はひとりで畑の方に走っていった。人々は河べりに走っていった。そのとき、細米のか細い歌声がきこえてきた。小さいときに母親に教わった歌だった。

豆売りが街でかけ声をあげ
食いしんぼうのおばさんがきいた

まずぬれた髪《かみ》が見えてきて、つづいて全身びっしょりとぬれた細米が見えた。河からはい上がると両足を開いて岸に立ち、歌いつづけた。

買いたいけれど
腰《こし》には一銭《せん》もない
おねだりしたいけれど
隣人《りんじん》に笑われる
女の子が母さんと呼ぶ
豆売りに寝《ね》るための靴《くつ》がほしいかときけば？
うちには売るほどたくさんあるよ

梅紋《メイ・ウェン》はずっと土台に立ち、手も足もふるえていた。細米《シーミー》のその様子を見て、おもしろい歌を歌うのをきいて、土台のそばの木をかかえて笑いながら泣きはじめた。

＊　雑技　中国のサーカス。
＊　犂《すき》　牛にひかせて畑を耕す農具。

第六章　赤いひもを買って、姉さんがおさげを結《ゆ》う

1

稲香渡《タオシアンドゥ》の冬は、細かくやわらかな小雪で始まる。地面までは凍《こお》っていないので、雪は落ちるとすぐにとけてしまう。でも、そのあとの風が人々に確かに告げる。冬が来たと。いたる所、枯《か》れ葉と枯れ草、折れた茎《くき》や枝、木々の間で、かつて姿は見えずとも声をきいたカラスやカササギ、ジュズカケが枝でさえぎられないために、人間の視野にその姿をさらしている。

冬物の服のせいか、生活が落ち着いたせいか、梅紋《メイ・ウェン》は少し太ったようだった。青白かった顔色も冬の寒さに赤みがさして見える。その日の夕方はいつもと何も変わらなかった。梅紋と紅藕《ホンオウ》、琴子《チンズ》ら女子たちは、教室の入り口の空き地で石けりをして遊んでいた。そういうとき、女の子たちは梅紋を教師あつかいせず、自分たちの仲間とみなしていた。真剣《しんけん》

に夢中になって遊び、楽しんでいた。ときおり、いさかいもおこり、片方が「ずるい」と言えば、もう片方も「ずるい」と言いかえす。言い争う声が大きくなるとだれかが腹をたてて言う。「ずるいから、もう遊ばない」口ではそう言うものの、本当にやめる気はなく、ほかの者も相手がおこって帰ることはないとわかっているのだが、みんなでなだめすかす。「わかったから、わかったから」梅紋《メイ・ウェン》も紅藕《ホンオウ》たちと同じように言ったものだ。「もうあなたたちとは遊ばないわ」すると紅藕たちはすぐにやってくると、梅紋の腕《うで》をとって懇願《こんがん》する。「もうしないから、いいでしょ？」そうすると梅紋はまた遊びにもどる。この日は遊んでいると、琴子《チンズ》が言った。

「村長が来たわ」

村長はせかせかと学校に入ってくると、梅紋が紅藕たちと石けりをして遊んでいる方は見ずにまっすぐ職員室に行き、林秀穂《リン・シュウスエ》を見るときいた。

「梅先生はどこにいる？」

「あっちで紅藕たちと遊んでいます」

林秀穂は村長のかたい表情を見て、ききかえした。

「どうしました？　急ぎの用事ですか？」

村長は梅紋の方にむかいながらきいた。

「杜《ドゥー》校長は？」

「校長はたぶん家にいます」

村長の足音がバタバタとひびいた。林秀穂が職員室で宿題の点検をしている教師たちをふりむいて言った。

「何かあったみたいね」

林秀穂が村長のあとにつづき、ほかの教師たちも宿題を置いて追ってきた。村長は梅紋を見ると言った。

「梅先生、わしといっしょに杜校長の家に来てくれ。話がある」

梅紋は少し驚《おどろ》いて村長を見た。村長は梅紋がついてくるかどうかもかまわずに、さっさと前に立って歩きはじめた。梅紋は石けりに使う布の包みを紅藕の手に渡《わた》すと村長のあとを追った。村長は中庭に入ると細米《シーミー》を見つけて言った。

「細米、父さんは？」

「家にいる」

細米は家の方にむかって叫《さけ》んだ。

「父さん、お客さん」

杜子漸《ドゥー・ズージエン》が声をききつけて入り口に出てきたときには、村長はもう入り口に来ていた。

「何だい、村長？」

杜子漸はひと目で村長の様子がおかしいのに気づいた。村長はふりかえって梅紋《メイ・ウェン》が中庭に入ってくるのを見ると、すぐに杜子漸には答えずに、梅紋が近づくのを待ってから言った。

「実はな……」

村長は梅紋に言った。

「驚《おどろ》いちゃいかんぞ。なんてことはないのかもしれないのだから。さっき、*人民公社に電話がかかってきて、蘇州《そしゅう》から電話で梅先生に蘇州に帰るようにと言ってきたそうだ」

村長は梅紋を見ると、もう梅先生とは呼ばず呼び方を変えて言った。

「梅紋、父さんと母さんが蘇州に帰ってきたが、乗っていた汽船が事故をおこしたらしい……」

村長は梅紋の顔がさっと青くなるのを見て、言った。

「電話は父さんと母さんがどうなったかは言わなかった。ただ、助け出されたと。病院に運ばれたと言っていた」

村長は額の冷《ひ》や汗《あせ》をぬぐうと、細米《シーミー》の母親に言った。

「おくさん、急いで梅紋の荷物を作ってやってくれ。そんなにたくさんはいらん。数日したら、また帰ってくるんだから」

村長は椅子《いす》にこしかけるとタバコを一本取り出し、ふるえる手で火をつけて大きく一服吸った。庭先には林秀穂《リン・シュウスエ》や紅藕《ホンオウ》たちが立っていた。梅紋はくちびるをかすかにふるわせ、両手両足もふるえてきた。村長が言った。

「梅紋、そんなに心配しなくていい。蘇州の方は、はっきり言ったんだから。父さんと母さんは助け出されて病院に運ばれたと。急いで蘇州に帰って、見舞《みま》って、数日したら帰ってきて、また授業をするんだ」

梅紋の涙《なみだ》が鼻伝いに流れてきた。母が近よってきて、梅紋の肩《かた》を抱《だ》いた。

「だいじょうぶ、なんともないわよ」

河から水くみポンプ船の音がきこえてきた。村長が言った。

「早く用意して。ポンプ船を呼んだ。直接、県城《けんじょう》まで送るように。それから、明日の朝一番の長距離《ちょうきょり》バスで蘇州に行くんだ」

細米《シーミー》の母がすぐに梅紋《メイ・ウェン》を引っぱって彼女の部屋に行き、林秀穂《リン・シュウスエ》もつづいて手伝いにいった。ポンプ船が船着き場に止まった。だれも何も言わず、梅紋が仕度《したく》をして出てきて船に乗るのを待っていた。細米の母が出たり入ったりして、短時間で林秀穂といっしょに梅紋の荷物の用意をし、竹かごにアヒルの塩づけ卵や収穫《しゅうかく》したばかりのヒマワリの種などをつめた。人の群れが道を作って、梅紋をポンプ船まで送り出した。杜子漸《ドゥー・ズージエン》が言った。

「急いで帰らなくていいから。授業は代行の者にやらせるから」

細米の母は河べりで言った。

「早く中に入るのよ。河の上は風が強いから」

ポンプ船が動き出し、岸を離《はな》れると管が猛烈《もうれつ》な勢いで水をはき出し、船はおされてあっという間に去っていった。梅紋は船室に入らず、船の先首に立ったまま、ふりかえって岸を見つめて手をふった。船が遠ざかると村長が言った。

「校長、おくさん、本当を言うと梅紋の両親は亡くなったんだ。汽船は積載超過《せきさいちょうか》で、大きな河で大風が吹《ふ》き、ひっくりかえったそうだ。二人はもう何*も問題ないと宣告されて、山から釈放《しゃくほう》されたばかりだった。大喜びで蘇州《そしゅう》に帰る途中の事故だった……」

細米の母は遠ざかっていくポンプ船の方をながめると、涙《なみだ》をとめどなく流した。人の群れが去っても、細米はずっと船着き場のはね板に立っていた。ポンプ船が暮色に完全にとけるまでじっとすわっていた。河を霧《きり》がおおい、村と林をおおいはじめた。だれかが細米の腕《うで》をたたき、ふりかえると紅藕《ホンオウ》だった。紅藕がハンカチを差し出した。細米はかぶりをふったが、涙で視界がぼやけていた。

2

梅紋がいなくなると細米は授業をきく気になれなくなり、小屋に行って彫刻《ちょうこく》する気にもならなかった。時間は一日一日と過ぎていき、細米の梅紋への思いは一日一日とつのっていった。母も一日一日と指おり数えて言った。

「紋紋《ウェンウェン》が稲香渡《タオシアンドゥ》からいなくなって、もう七日になるわ」

その間、何の消息もなかった。母は時々、家の入り口に立って大通りをながめるとぶつぶつとくりかえして言った。

「帰ってきて。ここがあなたの家なのよ」

細米はもっと遠くの校門の外に出て、通りの入り口にすわってながめた。梅紋が稲香渡からいなくなって、細米がしたいと思う唯一《ゆいいつ》のことは通りをながめることで、通りの入り口で何時間もすわっていられた。稲香渡《タオシアンドゥ》中学の教師たちもだれも彼をからかわなかった。細米《シーミー》に付き合ってながめるのは翹翹《チアオチアオ》で、翹翹は細米のそばにすわり二本の前足を直立させて身じろぎもせずに、稲香渡へとつづく大通りをながめていた。紅藕《ホンオウ》もよくやってきて、細米に付きそっていっしょにながめた。だまって何も言わずにじっと見つめつづける。悲しみも憂《うれ》いもあせりも疲労《ひろう》もない。あるのはただ心の底からのなつかしさだけだった。

冬の畑は何もかもが止まったようで風車すらまわらなかった。牛は牛小屋で休み、船は河べりにつながれ、雲もなびかない。カラスもめったにとばず、昼間の大半の時間、首をちぢめてあぜ道に立っている。母が言った。

「紋紋《ウェンウェン》がいなくなってから十日になるわ」

細米が通りをながめる時間がさらに長くなった。稲香渡中学の教師が忠告に来ることもあった。

「細米、外は寒い。帰りなさい。もうすぐ帰ってくるよ」

だれが言おうとむだだった。稲香渡の人々はよくこんな光景を見た。男の子があぐらをかいて通りの入り口にすわり、静かに遠くをながめている。すわっている時間があまりに長いため、両足がしびれて、細米は立ち上がってもすぐには歩くことができなかった。紅藕が心配してきく。

「もう稲香渡には帰ってこないの？」

細米はそれには答えず、心の中で思った。

「きっと帰るさ」

紅藕は通りを見ながら細米をなぐさめ、自分をなぐさめるように言った。

「帰ってくるわよね。石けりも途中《とちゅう》のままだもの」

細米はうなずいた。

「明日には帰ってくるかしら？」

「明日帰らなければ、あさってがあるさ」

「あさって帰らなければ、しあさってがあるわね」

二人はすわったままそう言い合うと、まただまりこむのだった。

その日の夕暮れ、細米の視界に一人の人影《ひとかげ》が現れた。その人影が現れた瞬間《しゅんかん》、細米は電気に打たれたようになった。梅紋《メイ・ウェン》だとは信じられず、そのままそこにすわりつづけたが心臓は高鳴った。人影はますます大きく、はっきりしてきた。細米はがまんできなくなり立ち上がったが、すぐにはかけ出していかなかった。その人はだんだんこちらに近づいてくる。夕暮れだが、それが女の子であることはわかった。都会の女の子だけが歩く歩き方だ。それは梅紋《メイ・ウェン》がふだん歩く歩き方だった。

「そうよ！」

紅藕《ホンオウ》が指さして言った。紅藕の言葉が終わらないうちに細米《シーミー》はかけ出していた。足がしびれていたので足を引きずって走った。翹翹《チアオチアオ》がすぐあとを追う。細米はいつもの道を行かず、近道をしてその人にむかってかけていった。林を走りぬけるとき、枝が服を破り顔に切り傷を作った。紅藕があとから追いかけてくる。

「待って！　待ってよ！」

細米は息せききって走り、紅藕を遠く引きはなした。

「帰ってきた！　帰ってきたんだ！」

走りながら、心の中で叫《さけ》びつづけた。

その人が林の入り口までやってきた。細米は林をぬけるとき、足を地面に出た木の根に取られてつんのめり、なんとかバランスをとろうとしたが、結局転んでしまい、バタンとたおれた。

紅藕も林をぬけて、こちらにかけてくる。そのとき、だれかが「あら」と叫ぶのをきいたが、たおれて頭を打ってすぐには起き上がれないでいた。細米のききおぼえのない、でも梅紋の声によく似たきれいな声が耳にひびくのがきこえた。

「だいじょうぶ？」

目を開くと、両足が見えた。紅藕が走ってきて、呆然《ぼうぜん》としていた。梅紋ではなかった。細米が両腕《うで》で体を支えていると紅藕が走ってきて、その女の子といっしょに細米を助けおこした。細米は女の子を見ると顔を赤らめてうつむいた。女の子の後ろから荷物をかついだ子がやってきて、紅藕が呼んだ。

「毛頭《マオトウ》」

毛頭がきいた。

「なんで、ここにいるの？」

毛頭は女の子を見て、言った。

「従姉《いとこ》だよ。上海《シャンハイ》から遊びにきたんで、迎《むか》えにいったんだ。細米、顔から血が出てるぜ」

毛頭とその従姉がいなくなると、細米は道ばたにすわったまま帰ろうとしなかった。紅藕が立ったままくりかえし言った。

「帰ろうよ、帰ろうってば……」

また十日がたち、細米《シーミー》はとうとうその転んだ場所で梅紋《メイ・ウェン》を迎《むか》えることができた。梅紋は顔色が青ざめ、体もやせ細り、くちびるはひび割れて血の気がまったくなかった。おさげ髪《がみ》＊を白い布で包み、風があるので白布が風にただよっていた。稲香渡中学《タオシアンドゥ》にむかう間、梅紋は片手を細米の肩《かた》に置いていた。杜子漸《ドゥー・ズージエン》と細米の母と稲香渡中学の教師と生徒の全員が校門に立って待っていた。

3

梅紋は帰ってくると一週間たおれたきりだった。起きたいと思っても体が思うようにならなかった。梅紋は葦《あし》のようにやせ細り、布団《ふとん》をかけてもその下に人が寝《ね》ているようには見えなかった。細米の母は熱いタオルで梅紋の顔をふいて言った。

「無理に起きようとしなくていいわ」

梅紋は寝ていることにあきなかった。悲しみはだいぶうすれたが、ときおり何かにつき動かされて細く冷たい涙《なみだ》がハラハラと流れた。昼はずっと目覚めていて、夜もあまりねむれなかった。でも、あせることはなく昼間も夜も落ち着いていた。

青色の蘇州《そしゅう》を思い出しても、それは記憶《きおく》の中に遠ざかり、蘇州を思い出すとかすかに心は痛んだが深刻なものではなかった。朝、日の光が部屋にさしこむと、梅紋は窓の前の机の上の二つのものをじっと長いこと見つめた。一つは木で、一つは小さな精巧《せいこう》な箱だった。梅紋が水中からさらわれた遺品を受け取りにいったとき、かべの隅《すみ》にあったのがその木だった。明らかにそれは遺品とは思われず漂流物と思われていたのだが、とても質のいい木だったので拾い上げられたのだった。梅紋にはひと目見て、その木が父のものだとわかった。以前見たことがあるように思ったのだが、実は父が手紙に書いてきたのだった。それを梅紋は引き取ってきた。それは木というよりも鉄のかたまりと言ったほうが良かった。鉄色をして、鉄のように重く、日の光の下で鉄のような光沢《こうたく》を放っていた。小さな箱は梅紋が青瓦《あおがわら》の建物から取り出せた唯一《ゆいいつ》のものだった。それは父がヨーロッパを訪問したときに持ち帰った彫刻刀《ちょうこくとう》のセットで、父の最愛の品だった。

梅紋の女生徒たちはよく彼女の部屋を訪れた。ペチャクチャとクラスのことを報告し、学校のことや稲香渡のことを話した。梅紋はききながら時々ほほえむ。紅藕《ホンオウ》が言った。

「体が良くなったら、いっしょに石けりしようね」

琴子《チンズ》が言った。

「あのときの石けり、途中《とちゅう》だったもの」

紅藕《ホンオウ》も言った。

「あと二歩、残ってるわ」

梅紋《メイ・ウェン》は笑って、うなずいた。

細米《シーミー》の母も梅紋にいたれりつくせりだった。この数日間の細米の母の梅紋に対する憐憫《れんびん》はこれ以上はないというもので、それが稲香渡《タオシアンドゥ》の全教師と村民全員にも感染していた。梅紋は恥《は》じらいながらも素直《すなお》に細米の母の愛と世話を受け入れていた。

そして、郁容晩《ユイ・ロンワン》のハモニカだ。郁容晩は蓮池《はすいけ》から梅紋の部屋の窓の下へと移動してきた。夜遅《おそ》くまで稲香渡を離《はな》れようとはしなかった。郁容晩が帰っても、ハモニカの音はまだ残り、風のように梅紋の部屋の周りを徘徊《はいかい》していた。

細米は梅紋がたおれてから、ずっと梅紋の部屋に入らなかった。母親の顔色と機《き》嫌《げん》といそがしさから、梅紋の様子を感じ取っていた。その間、いつも家の敷居《しきい》にすわって白い柵《さく》を見つめながら、何か考えこんでいた。母がきいた。

「細米、なにをぼんやりしてるの？」

「母さん、湖の金の鯉《こい》はまだいるのかな？」

「いるだろうけど、減っただろうね。もう何年も見てないもの。おまえが八歳《さい》で病気したときに買ってきて以来だよ」

細米は覚えていた。八歳の年大病し、やせ細ってサルのようになり、ベッドから起きることもできなかった。母が鯉を買ってきてスープにした。不思議なことに、そのスープを何度かつづけて飲むと、体は日に日に良くなり、力が出てきた。母は言った。

「この魚は土地でもめずらしい魚なんだよ。父さんの話では、この湖にしかいなくてほかの所では見かけないそうだ」

細米はおぼろげにその魚のことを覚えていた。金色で口が上にはねていて、鼻の穴が四つあり、尾はすきとおってガラスのようだった。母はいそがしく、息子がなぜそんなことをきくのか考えもしなかった。細米も何をするつもりかを母に言わず、こっそりとあることを実行に移した。湖に金色の鯉をつかまえに行ったのだ。その魚こそが梅紋の体を回復させることができると思ったのである。細米は紅藕の家から魚網《うおあみ》を借りてきた。その日、夜が明けないうちに家を出ると、前の日に枯《か》れ草の山にかくしておいた網をかついで出発した。何歩か歩くとふりかえって、梅紋の部屋の窓を見た。翹翹《チアオチアオ》だけが細米が何をしようか知っているかのように、細米の前後を走って興奮しているようだった。夜のうちに大雪が降り、畑は一面が真っ白になっていた。

雪が足の下でサクサクと小気味よい音をたてた。少し歩くと耳が冷たくなり、帽子《ぼうし》を目深くかぶった。網《あみ》は長く、だんだん肩《かた》からずり落ちてきて、雪の地面を引きずった。何度も引き上げたが、またすぐにずり落ちてきて雪の上に落ちる。細米《シーミー》はめんどうくさくなり、そのまま雪を引きずって歩いた。雪の上を引きずった網が長い跡《あと》を作った。夏の晴れた夜空をほうき星が長い尾を引きずるように。翹翹《チアオチアオ》の熱い息が寒気の中で白い霧《きり》となった。

湖にやってきたとき、太陽が昇《のぼ》ってきた。細米は前の日に葦《あし》の原にかくしておいた小舟に網を投げ入れると、翹翹ととびのった。湖は薄氷《はくひょう》が張り、小舟が進むと割れて粉々になって音をたてた。秋の風は葦の花を吹《ふ》きとばし、一夜の大雪が新しく白い葦の花を咲《さ》かせたようだった。それも秋の花よりもっと大きくふさふさしていて、翹翹の尾っぽのようだった。細米が二本の櫂《かい》をこぐと、櫂が水面をたたくたびに薄氷が卵のからのように二つ穴を開け、さらに力をこめると舟首の氷がカシャカシャと割れて水底に落ちていく。細米は舟を湖の中央にこぎ出した。そこなら結氷していないから網を打てる。それに、金の鯉《こい》はたいてい深い水底にいるものだ。

陽光が湖を照らしだし、湖は金色に輝《かがや》き、目をさして痛いほどだった。小舟の動きが速くなった。氷が舟の後ろに残されていく。細米がふりむくと、岸辺の家や樹木ははっきりと見えるものの小さくなっていた。湖の中央に停泊《ていはく》した小舟は、岸から見ると舟ではなく、黒い弧線《こせん》に見える。翹翹が水面にむかってほえ、細米が体を旋回《せんかい》させて、陽光の下で花が満開に咲《さ》くように網を放り投げると、網は雨のようにパラパラと水中に落ちていった。細米は静かに待った。網が完全に湖の底に沈《しず》んだと思われるころ、網を引きはじめた。湖水は冷たく、びっしょりとぬれた網はトゲが生えたようで、細米は心臓までつきささるような痛みを感じた。手を何度もズボンでこすると、口元に持っていって息を吹きかけた。

最初の投げ網でとれたのは数匹《ひき》のフナだけで、細米はためらうことなく湖に逃《に》がした。そんな魚には用はない。ほしいのは金の鯉だけだ。細米は二、三時間も網を打っては引き、また打っては引くをくりかえした。すぐに金の鯉がとれるのを期待したが、そんなはずがないのはわかりきっていた。しんぼう強く、ねばらないといけない。湖までやってくるときにその覚悟《かくご》はできていた。疲《つか》れよりも寒いことがつらかった。帽子は深くかぶっていたが、両の耳が凍《こお》ってちぎれそうだった。両手はむらさき色にかたくなり、痛んでしびれた。氷片が湖の中心までただよってきて網といっしょに打ち上げられ、注意していないと手の指を切り、血まみれになった。初めは血を流す手を口にふくんで吸っていたが、そのうちにかまわなくなった。どうせすぐに傷は凍って血も流れなくなるのだ。

細米《シーミー》が網《あみ》を引き上げるのを待つ間、翹翹《チアオチアオ》は熱い赤い絹のようにやわらかな長い舌を出して、細米の凍《こお》った手をなめた。湖にはエビや様々な魚がいたが、金の鯉《こい》だけがいなかった。金の鯉は姿を消してしまったのか。細米は疑いはじめ、湖にいたのは本当に金の鯉だったのかとさえ思った。八歳《さい》のときに見たとは言え、人々もこの湖には金の鯉がいると言っていたけれども。

遠くから母の呼ぶ声がきこえてきた。すでに昼で、昼飯に帰るよう呼んでいるのだ。細米と舟は葦《あし》に何重にも包囲されていて、だれにも見つけられない。母の呼び声にも返事をしなかった。日がかげってきて光を失い、空と水の色も変化して、目にまぶしい明るい白だったのが灰白色《はいはくしょく》になり、太陽が昇《のぼ》る前の色調になってきた。水面に波紋《はもん》ができて、舟がゆれはじめた。北風が吹《ふ》いてきたのだ。葦の原がゆれ、体に積もった雪がポタポタと水中に落ちていく。細米は舟首にすわって、少しずつ暗くなっていく湖を見つめ、絶望感におそわれていた。

空に雪花が舞《ま》い、細くとがった霜《しも》がガラスの破片のようになり、すぐにまた豊かにふくらんだ毛糸玉のようになって舞い上がる。雪は細米の視界をさえぎり、小舟の周囲十数メートルは見えるものの、あとのすべては濃《こ》い大雪にかき消されてしまった。世界はまるでこの小さな天地だけになったようで、一艘《そう》の舟と網と一人と一匹《ぴき》だけになってしまった。翹翹があわてだし、空から落ちる雪花にむかってワンワンとほえはじめた。舟が白くなり、犬が白くなり、人も白くなった。

大雪は疲《つか》れきった細米をかえって刺激《しげき》し、体は極度な寒さから熱をおびてきた。網を投げる動作がまた生き生きと力強くなってきた。両足をふんばるとしっかりと舟首に立ち、網の縄《なわ》を腕《うで》に何重にも巻いて、両手でしっかりからめ持ち、体を旋回《せんかい》させて力を試《ため》してみる。ここだと思ったときに大きく旋回して、小さなキュッとしまった尻《しり》をひねって手から網を空にむかって放つと、水に落ちるときにシャーッと音をたてた。それから、じっと湖を見つめると、網が沈《しず》んでいく様子を感じることができた。網を上に引くときも細米の動作は軽やかで、リズムは一定だった。

だが、二十数回も網を投げると細米のやる気も減退しだし、むしゃくしゃしてきた。もう一度網を引き上げて、またもや二匹のフナを見たときは足をふみならし、腰《こし》をかがめてフナを一匹拾い上げると、ののしりながら思いきり力をこめて遠くに放り投げた。すると力があまって足をすべらせ体のバランスをくずして、もう少しで湖に落ちるところだった。残りの一匹は翹翹にやった。翹翹が片足でフナをおさえると、フナは尾をバタバタさせ、翹翹《チアオチアオ》はもう片方の足でフナが窒息《ちっそく》するまでおし殺すと、うまそうにたいらげた。

疲労《ひろう》と飢《う》えと手足の凍《こご》えと、さらに加えて焦燥感《しょうそうかん》とで細米《シーミー》の動きは形をくずし、網《あみ》を投げるときも何度やっても上手く広がらず、くしゃくしゃのままで水に落ちた。細米は湖にむかって叫《さけ》んだ。

「逃《に》げられると思うなよ！　おまえを捕《つか》まえるまでは絶対にあきらめないぞ。おとなしく網にかかりやがれ。おまえを捕まえられなければ湖で死ぬまでだ！」

そう言って、舟底をふみしだくと、ゴロゴロという雷《かみなり》の音が雪空にひびきわたった。細米は力をなくし、意志も失い、両手をかかえて舟べりに寄りかかった。翹翹がすぐさま寄ってくると温めてくれた。ぼんやりと空をあおぐと、雪が顔や体に落ちてくる。風はさらに大きくなり、舟がゆりかごのようにゆれて、細米は少しねむってしまい、短い夢まで見た。翹翹が細米の綿入れをかんで必死にゆり起こした。細米は頭を起こしてどんどん深い色になっていく湖を見つめて、口の中でつぶやいた。

「魚よ、たのむから引っかかってくれよ……」

翹翹がぴたりと寄りそう。細米は梅紋《メイ・ウェン》を思い出して翹翹を抱《だ》きしめると、その湿《しめ》った毛の中に顔をうめた。太陽はなく、空も薄暗《うすぐら》くなり、今が一日のうちの何時なのか判別がつかなくなっていた。もうすぐ夜だということだけはわかった。このまま横になってはいられないので、小舟のへりをつかんで力をこめて立ち上がった。細米が舟底に横たわっている間に舟首の網は凍《こお》っていた。網を動かすと氷がバラバラとくだけて落ちた。細米は網をこよってなんとか氷を取りのぞいた。

また網を放り投げる。いつの間にか雪はやんでいて、また太陽が出てきたが、もう葦《あし》の原の西にかかっていた。湖はだいだい色に変わった。葦の葉が落日の上でゆれるころ、細米は最後のひと網を投げ、ドタンと舟首にしゃがみこんだ。舟首はちょうど太陽を背にして、夕日が細米の顔をオレンジ色に染めた。

もうどうしようもなく、湖にむかって祈《いの》るしかなかった。細米はしゃがんだまま、目だけを異様に光らせていた。そうしていると、このまま舟首に凍りつくまでしゃがんでいそうだった。湖面はひと筋の波紋《はもん》すらない。翹翹が頭を低くして水面を見つめていた。細米は網に手をからめて、腕《うで》は力なくたらしていた。

翹翹が頭をまげて、両耳をピンと立てた。奇妙《きみょう》なものを見たからだった。網縄《あみなわ》の周りに細かな円形の波紋ができて、網縄がふるえているようだった――確かにふるえていて、ふるえはだんだんはげしくなり、円い波紋が銅板の大きさから焼餅《＊シャオビン》ほども大きくなった。

細米《シーミー》は頭を下げた。翹翹《チアオチアオ》が水面にむかってワンワンとほえはじめ、水の中にとびこもうとする様子を見せた。

ハッとして、ふりむいて翹翹が興奮しあせるのを見たが、何が起こったのかわからなかった。翹翹は舟首から舟尾までかけて、また舟尾から舟首までかけもどりながら、たえずのどからうなり声を上げている。細米は縄《なわ》の周りに円形の波紋《はもん》を見た。大きな魚が網にかかったのだ。だが興奮しなかった。ただの大魚はどうでもいいからだ。立ち上がるとゆっくり網を引きはじめた。

翹翹がほえながら、舟を行ったり来たりしてとびはねている。網を全部水面に引き上げたとき、ふと水中が金色に光ったような気がした。細米の全身がふるえだし、心臓はガタガタと鳴りはじめた。力が完全にぬけて、両足がふるえだし立っていられなくなると、それ以上は網を引っぱれなくなった。

翹翹が舟べりにはうと両足を水中に伸《の》ばし、やたらとかきはじめた。

「細米、どうした？　どうしたんだ？」

細米は心の中で自問した。

「落ち着け、落ち着くんだ」

なんとかふたたび力を取りもどそうとした。

水中に残っていた網がとつぜん、はね上がると水しぶきを上げた。目の前で何度も金色の閃光《せんこう》がひらめくと、細米はなんとかふるえるのをおさえ、腕《うで》に力がみなぎってきた。だが、すぐには網を引かず、大きく息をして新鮮《しんせん》な空気を吸うと、さらにいっそう力をたくわえた。力を把握《はあく》しきると、ゆっくりと最後の網をたぐりよせた。大きな金色の魚が水面に姿を現し、湖はその瞬間《しゅんかん》、あたり一面がはなやいだ。

翹翹もほえるのをやめ、とびのくと、細米が網を引く場所をゆずった。

「あいつだ。あいつだ。あいつが現れた。あいつが来たぞ。とうとう姿を現した……」

魚を見つめ、胸の中を温かいものがかけめぐった。魚は静かに網の中に横たわっていた。

細米はいきなり網を引いて舟に引き上げた。魚がついに反応してはねだし、網はかさのように広がったりちぢんだり、また広がったりした。魚がまたとびはねたとき、細米は舟底に突進《とっしん》し、体ごと魚をおさえこんだ。疲《つか》れきり、陶酔《とうすい》して、細米は両目を閉じた。

「おまえ、本当に力があるなあ。とべ、とべったら。とんだってこわくなんかないからな……」

細米は魚がおとなしくなるまで、ずっとおさえつづけた。

半時間ほども過ぎたとき、細米《シーミー》をさがしにきた母と紅藕《ホンオウ》が、遠くの雪道を網《あみ》を背負ってやってくる彼の姿を見つけた。腕《うで》に二メートル以上ある縄《なわ》を巻きつけ、縄の端《はし》に金色の鯉《こい》を引きずっていた。鯉は細長く、じょうぶで弾力《だんりょく》があった。雪道をすべると金色の光が周りの白い雪をそっと照らしだした。

4

冬休みになる三週間ほど前、梅紋《メイ・ウェン》はついにベッドから下りて歩けるようになった。やせて目の周りにうっすらと隈《くま》ができ、目はよけいに大きく見えて、異常に輝《かがや》いていた。ぺらぺらの紙のように教室の外を歩いていると、生徒たちは教室の出口と窓におしよせて声もたてずに見守った。

梅紋は外の湿《しめ》った空気を吸い、冬の日の光を感じると、体はまだ衰弱しているものの明らかに自分が回復しつつあると感じ、血がみなぎり、力がふたたび体に注入されるのを感じた。梅紋は感謝した。稲香渡《タオシアンドゥ》のすべての人たちと生命の強靭《きょうじん》さと自分に対する愛に感謝した。人々の素朴《そぼく》でまじりけのない目を見ると、心があまずっぱくなった。梅紋の心は感じやすく、愛情深くなっていた。空をとぶハトの群れにも、雪の大地をかけるヤギにも、枯《か》れ草の山のそばでエサをついばむスズメにも、綿畑の中をサッと走って逃《に》げるウサギにも感動した。そして自分に言いきかせた。

「早く良くなるのよ。早く治るのよ」

教壇《きょうだん》を思い、細米の彫刻《ちょうこく》を思い、郁容晩《ユイ・ロンワン》のハモニカの音にこめられたなぐさめと思いやりを思い、まだ途中《とちゅう》のままの石けりを思った。極度の悲しみと底なしの絶望と呆然《ぼうぜん》とするような巨大《きょだい》な空白から、だんだんとぬけだしていった。冬休みの一週間前、梅紋は教壇に立った。

冬休みが始まった。梅紋は蘇州《そしゅう》にはもどらなかった。蘇州河を見るのがこわかった。両親と歩いた横丁のすみずみを見るのがこわかった。なによりも、あの温かかった、今はもう人手に渡《わた》った青瓦《あおがわら》の建物に帰るのがこわかった。やっとのことで悲しみから立ち上がった梅紋には、ふたたび悲しい記憶《きおく》に落ちこむ勇気も力もなかった。稲香渡を離《はな》れがたかった。稲香渡だけが悲しみを忘れさせてくれ、稲香渡だけが梅紋を解脱《げだつ》させ、楽しい気持ちにさせてくれた。

冬休みになり、教師たち全員が学校を去って家に帰り、稲香渡中学に生徒が一人もいなくなっても、梅紋は残っていた。にぎやかだった学校がガランと静まりかえっていた。細米の一家が校内にいるかぎり、さびしくなかった。細米《シーミー》一家といる時間が長くなると、家に帰ったような気がし、どこか遠くから帰ってきたような気さえした。冬休みになる前は感じなかった、のんびりとした温かさと家族といるような親しみを感じていた。

　細米の母は、梅紋《メイ・ウェン》に蘇州《そしゅう》に帰って冬休みと*旧正月を過ごすよう言うどころか、梅紋が残ることを心の底からねがった。旧正月まであと半月になると、細米の母と梅紋は年越《としこ》しの仕度《したく》にいそがしくなった。二人は町に旧正月の食べ物や爆竹《ばくちく》、そのほかの用品の買い出しに行き、いっしょに布団《ふとん》の洗い張りをし、家を大そうじし、餅《もち》つきをした。いそがしくしているうちに、梅紋の顔は血の気を取りもどしていた。

　ほかの田舎《いなか》の子どもたち同様、旧正月前は細米にとって一番楽しいときだった。授業もなく、宿題もなく、このときだけは思うぞんぶん遊びまわり、いたずらをし、多少行きすぎても大人たちはもうすぐ旧正月なので大目に見てくれる。時々は梅紋と母を手伝うこともあったが、思いは野原や村で過ごすことにあり、何ひとつきちんとやりきれないので、とうとう母は腹をたてて「いいから、もう行きなさい」と言った。そういうとき、梅紋は額の汗《あせ》をふきながら、細米を見て笑うのだった。

　だが、毎日決まった時間だけは、細米は絶対におとなしく例の小屋にいなければならなかった。その時間は梅紋もずっと付き合った。じっと彫刻刀《ちょうこくとう》の運びを見つめ、ときには注意をした。多くの場合、細米にむやみやたらに彫《ほ》らせず、手をとめて道理を説いた。かつて両親が自分に語り、自分が改めて理解した道理だった。泥《どろ》の中をはしゃぎまわるのが好きな田舎の子に芸術を語るのは、ぜいたくなことのようだったが、この荒《あ》れた時代にへんぴな田舎の小屋で、蘇州からやってきた娘《むすめ》によって確かに語られたのだ。それはあの時代の奇跡《きせき》だった。細米にむかって、田舎の人の生活とまったく無縁の道理を語るとき、梅紋もかつての日々にもどっていた。細米に理解できたかときいたことはなかった。細米のとまどい、言葉少ない、でもキラキラと輝《かがや》く目に、自分の言葉がその荒削《あらけず》りの純真な心にしみこんでいくのを感じていた。自分は今、奇跡を起こしているのだ。

それは梅紋が蘇州以外で過ごす、初めての旧正月だった。

旧正月まであと数日というころ、杜子漸《ドゥー・ズージエン》は稲香渡《タオシアンドゥ》で一番いそがしい人となった。稲香渡の人たちはみんな一枚から数枚の、杜子漸が書いた*対聯《ついれん》をほしがった。彼は書道が得意だった。その毛筆の字はだれに習ったこともなく、どんな*字帖《じちょう》を模写したこともなく、純粋《じゅんすい》に自分の心のおもむくままに書いた字だった。村一帯が杜子漸の字で飾《かざ》られた。旧正月前の数日間は、杜子漸にとってもっとも輝かしい、最も誇《ほこ》らしい日々だった。人々が買った赤い紙を次々と持ってくると、それぞれの家の状況《じょうきょう》とはり出す位置に合わせ、一心不乱に書きつづける。朝から深夜まで書いた。杜子漸《ドゥー・ズージエン》には毛筆の先の毛がバラバラになると口にふくんでひねる習慣があった。そのため、くちびるは一日じゅう、墨汁《ぼくじゅう》で真っ黒になっていた。

梅紋《メイ・ウェン》はよくとなりに立ってながめ、杜子漸がなめらかに筆を書きおこし、字が一字一字、見事な筆さばきで書きあげられるのを見ると、心中賛美をおしまなかった。同時に、細米《シーミー》は父親の血を受けついでいるのだと思った。杜父子の魂《たましい》と血には、ある種の芸術と通じるものが秘《ひ》められていた。

細米の母は、毎年けっして他人には任せられない作業に取りかかった。家族のために新しい服と靴《くつ》をこしらえるのである。そして、大晦日《おおみそか》には全員がパリッとした姿になる。今年、母が一番心をくだいたのは、梅紋の服と靴だった。母は梅紋のような都会の娘《むすめ》がどんなふうに装《よそお》うのかもかまわず、ひたすら田舎《いなか》の娘の服装《ふくそう》に従って梅紋を飾《かざ》ることにした。一か月以上も前から、こっそり服をぬいはじめた。彼女の裁縫《さいほう》の腕前《うでまえ》はこの地方でも有名で、梅紋を恥《は》ずかしくなくおめかしさせることには自信があった。素朴《そぼく》な布ながら自分が設計したスタイルと色の組み合わせなら、きっと梅紋に似合いの服を作ることができる。

靴も田舎の人の靴そのもので、自分が好きな花の刺繍《ししゅう》をほどこした。服と靴を作りおえても試着させることはなく、絶対にぴったりだと信じていた。大晦日の晩に初めて取り出すのである。できあがった服と靴は用心深く行李《こうり》の中にしまわれた。きれいな靴の中敷《なかじ》きも入れておいた。靴下も丸めて靴箱の中に入れた。あとは大晦日を待つばかりだった。

ところが、陰暦《いんれき》の十二月二十七日に杜子漸は緊急《きんきゅう》の電報を受け取った。彼の姉、つまり細米の伯母《おば》が秦州《しんしゅう》で亡くなったのだ。祝日の気分も一瞬《いっしゅん》にして吹《ふ》きとんだ。杜子漸は三歳《さい》で両親を失い、この姉が育ててくれたのである。たった一人の姉でもあった。急いで葬儀《そうぎ》にかけつける仕度《したく》を始めた。一刻の猶予《ゆうよ》もならない。

「なんてこと」

細米の母は涙《なみだ》をぬぐいながら、急いで仕度を始めた。心配なのは梅紋のことだった。年《とし》越《こ》しだというのにと、気がふさいだ。梅紋はなぐさめながら、細米の仕度を手伝った。ところが、杜子漸は言った。

「細米は家に置いていく」

母も細米に言った。

「今年の年越しは二人で過ごすのよ」

一つ一つ細米《シーミー》に言いきかせた。

「紋紋《ウェンウェン》が楽しく過ごせるようにするのよ」

5

二人きりの学校はさびしいほど静かだった。郁容晩《ユイ・ロンワン》は蘇州《そしゅう》に帰り、紅藕《ホンオウ》は家の手伝いにいそがしくて、めったに学校には来れなかった。ほとんどの時間を梅紋《メイ・ウェン》と細米は梅紋の部屋か細米の家で過ごし、めったに校内を歩くこともなく、祠《ほこら》にはさらに寄りつかなかった。*古い記憶《きおく》でいっぱいの祠を前にすると、とても受け止められない重みを感じ、顔を上げて正視するのも恐《おそ》ろしかったからだ。寒い冬の年の瀬《せ》、祠は森閑《しんかん》として、なぞめいた老人がひとり言を言っているかのように孤独《こどく》だった。細米と梅紋はこの世に二人きりで取りのこされたようで、二度と離《はな》れられない気がしていた。

夜になると二人はいっしょに過ごし、寝《ね》る時間になるとそれぞれの部屋にもどっていった。大晦日《おおみそか》の晩、紅藕の家からたくさんのごちそうがとどけられたが、細米に紅藕の家で年を越《こ》すようにとは言わなかった。このあたりの風習で、大晦日の夜は必ず家にだれか一人残って家を守り、たがいの家を訪問し合わないというしきたりがあったからだ。

杜子漸《ドゥー・ズージエン》が細米を残したのも、おそらくそのせいだっただろう。

午後、梅紋と細米は早くからいそがしくしていた。祝日の手順を細米はしっかり頭にたたきこんで、そのとおりに行い、それもきちんと大人のようにとり行ったので、梅紋は驚《おどろ》くと同時におかしくてならなかった。香《こう》をたき、紙を燃やし、ロウソクをともして先祖を祭り、すべては父と母が家にいるときのように行い、たまにまちがえるとこう言った。

「そうじゃない。もう一度やりなおそう」

そう言って、やりなおす。その表情は真剣《しんけん》そのもので、神聖な雰囲気《ふんいき》にあふれていたが、心の中では遊戯《ゆうぎ》のような楽しさも感じていた。

夕方になると雪が降ってきた。雪が降ると、よけいに年末らしいものさびしさと神聖さを感じた。二人は対聯《ついれん》をはりはじめた。例年は細米と杜子漸とでやる仕事を、今は細米と梅紋とで行っている。中庭の門、家の戸、部屋のとびら、窓、ブタ小屋とニワトリ小屋にまではり、長さも幅《はば》もいろいろで、それぞれにふさわしい美辞麗句《びじれいく》が書かれていた。はるのは細米が主で、梅紋は助手をつとめた。細米が梅紋に指図した。

「後ろに二歩下がってながめてみて。真ん中になってる?」

梅紋が後ろに下がって、じっと目をこらすと、左右を見て言う。

「真ん中よ」

あるいは、手で指図する。

「少し高い」

「低すぎるわ」

「もう少し左に」

「もうちょっと右に寄って」

梅紋《メイ・ウェン》の部屋の入り口に春聯《＊しゅんれん》がはられるとめでたい気分になり、ぐっと温かくなった気がした。それでもまだはっていない対聯《ついれん》が山ほどあった。杜子漸《ドゥー・ズージェン》は毎年大晦日《おおみそか》には稲香渡中学《タオシアンドゥ》のすべての戸に対聯をはりだすのだった。

「はる？」

梅紋はややうんざり気味の細米《シーミー》にきいた。

「はる！」

細米は元気をふるいおこした。教室という教室、職員室、教師の宿舎の戸に対聯をはっていった。雪花の舞《ま》う稲香渡中学に喜びと厳粛《げんしゅく》さがみなぎった。二人があとずさりして学校全体を視界におさめると、赤い対聯の一つ一つが雪の中でひときわ鮮《あざ》やかにエネルギーに満ちて見えた。梅紋は初めて見る壮観《そうかん》な様子と広々とした年末の雰囲気《ふんいき》に思わず感動を覚えた。今宵《こよい》の稲香渡中学は二人の祝日であり、広い学校に二人しかいないので、盛大に祝わなければならない。二人はとつぜんかけ出し、はしゃぎだした。

爆竹《ばくちく》も鳴らさなければならない。細米は待ちきれなくなり、梅紋にきいた。

「先に鳴らす？」

「いいわ。鳴らしましょう」

細米は三メートルほどの竹ざおに爆竹をつり下げると梅紋に渡《わた》して、自分は線香で導火線に火をつけると、爆竹がパチパチと鳴りはじめた。紙切れが舞い、煙《けむり》がもうもうとして、硫黄《いおう》の臭《にお》いがたちこめた。つづいて細米は二重の爆竹に火をつけた。バンというものすごい音とともに雪空に噴射《ふんしゃ》し、空中でまた大きな音をたてた。こうして細米は稲香渡の祝日の幕を切って落とした。朝からずっと翘翘《チアオチアオ》は興奮してはねまわっていたが、このときばかりは音に恐《おそ》れをなして、それでいて興奮して中庭の門の外にかけ出すと、とびはねながら大声でほえた。細米は全部で五つの二重爆竹に火をつけ、十の巨大《きょだい》な爆発音《ばくはつおん》が天地にひびきわたった。

それから二人は年越《としこ》しの料理にとりかかった。今年の料理の準備はすっかりできていた。

何をどう作るか、細米《シーミー》の母が出かけるときに一つ一つ言いふくめていったので、二人は言われたとおりに忠実に作った。細かい点は細米は手ぬきをしたかったが、梅紋《メイ・ウェン》がゆるさなかった。暗くなると雪はますます強くなり、ますます寒くなった。梅紋が提案した。

「私の部屋で食べましょう。私の部屋なら七輪をおこしているから温かいわ」

細米はうなずいた。柵《さく》のあちら側とこちら側で料理を手渡《てわた》していき、すぐにテーブルいっぱいの料理が梅紋の部屋に運ばれ、酒とさかずきも運んできた。母が「お屠蘇《とそ》を必ず飲むのよ」と言いおいていったからだ。

「全部そろったわ」

梅紋が柵のむこうにいる細米に言った。

「早くいらっしゃいよ」

細米は逆に家にとってかえした。梅紋がきいた。

「何をしているの？」

少しして、細米が両手にそれぞれ燭台《しょくだい》を持って出てきた。燭台には長い大きなロウソクがついていて、黄金色の炎《ほのお》がチラチラしていた。まだ風が吹《ふ》いていないので、細米が動いても炎は雪の中でなびきながらも消えず、優雅《ゆうが》にゆれていた。細米は燭台を持って、大雪の中をゆっくりと進み、梅紋はその姿に魅入《みい》ったまま、すべてを忘れて柵のこちら側でじっと見つめていた。燭台が白い柵を越《こ》して梅紋の手に渡された。燭台をせまい部屋に運び入れ、テーブルの上に置くと、梅紋の部屋は温かな気分に包まれた。かべの隅《すみ》では炭火が赤く燃えて寒い夜に暖かさをかもし出している。淡《あわ》い黄色をした練炭の一つ一つが活力を感じさせ、きれいに見える。

梅紋はさかずき二つに酒をそそぐと、さかずきをあげた。

「さあ」

細米は少し恥《は》じらってさかずきをあげた。梅紋は手にしたさかずきを軽く細米の手のさかずきにぶつけると言った。

「新年おめでとう」

細米は恥ずかしくて何も言わなかった。梅紋は女の子みたいだと思った。

細米にとって初めての酒だった。ひと口飲んだだけで、酒がのどを通るときに熱い炎に焼かれたように感じた。梅紋は飲めるらしく、細米が気づかないうちにさかずきの酒を飲みほすと、また酒で満たした。そのとき、村のあちこちから爆竹《ばくちく》の音がきこえてきて、初めはまばらだったのがだんだんとひんぱんになり、最後は豪雨《ごうう》のように芭蕉《ばしょう》の畑に集中して、人々を興奮させた。梅紋《メイ・ウェン》はまたしてもさかずきを飲みほした。それ以上飲まないように言うべきかどうか、細米《シーミー》は迷った。

ごちそうをもらっておなかいっぱいになった翹翹《チアオチアオ》も、二人の間で椅子《いす》にすわらせてもらっていた。そこにすわって梅紋を見たり、細米を見たりして、今夜の二人を見あきることがなかった。

梅紋は少し酔《よ》ったらしく、目を細めて焦点《しょうてん》が定まらなくなってきた。梅紋が窓の外を見ると、雪は本降りになってきた。外は風が吹《ふ》いてきた。稲香渡《タオシアンドゥ》の校庭はあちこちに木があり、枯《か》れ枝が雪におしつぶされて耐《た》えられなくなっていたところに、大風が吹いたために次々と枝が折れて、バサバサと爆竹《ばくちく》とききまちがう音をたてはじめた。風が吹き出し、少しすると風の吹きすさぶ音もしてきた。

「ラジオでは今夜は暴風雪になると言っていたわ」

梅紋は不安と恐怖《きょうふ》が入りまじったように外を見た。

ご飯を食べ終えると二人は片づけを始め、やはり柵《さく》のむこうとこちらで手渡《てわた》し合って、テキパキとあっという間に食器を台所に運び入れた。

細米は母の言いつけを思いだし、おくから行李《こうり》を持ってくると梅紋に渡した。

「新しい服と靴《くつ》だよ」

梅紋は受け取ると言った。

「先におくの部屋に行ってて。少ししたら呼ぶから、そしたら出てきて」

そう言うと部屋に入っていった。細米はおくの部屋に入らなかった。風の音が大きくて、梅紋の呼ぶ声がきこえないと思ったのだ。梅紋は新しい服と靴を身につけると、鏡に映してからとびらを開けて、細米を呼んだ。

「細米、入ってきて」

明かりの下で細米は梅紋を見た。

「似合う?」

細米はうなずいた。

夜も深まった。細米は思った。もう寝《ね》ないと。明日は早起きして爆竹を鳴らすのだから。

細米が部屋を出ようとすると、とつぜん、梅紋が呼びとめた。

「細米」

細米がふりかえって梅紋を見た。

「夜は寒いから、ちゃんと布団《ふとん》をかけて寝るのよ」

細米はうなずくとおくに入っていった。そのとき、裏の窓がバタンと音がして、何かが窓ガラスにぶつかったようで、梅紋《メイ・ウェン》はハッと緊張《きんちょう》するとまた叫《さけ》んだ。

「細米《シーミー》！」

細米は立ちどまって、ふりむいた。翹翹《チアオチアオ》がどうしたのか、とつぜん、中庭にとび出していくと、夜空にむかってほえだした。梅紋は柵《さく》の横に立ったまま、ふりむいて裏の窓を見てから、細米に言った。

「なんだかこわいわ」

細米もどうしていいかわからず、風と雪の中につっ立っていた。裏の窓がまたガタンとひびいた。細米はすぐに門をとび出すと、梅紋の部屋にかけこんで、急いで後ろの窓の下にかけよった。顔を窓にはりつけて外をのぞいたが、大風にゆれる竹林以外は何も見えなかった。細米が出ていこうとすると梅紋が言った。

「ここで寝《ね》て。棚《たな》にもうひと組新しい布団《ふとん》があるから、それをあげる。あなたはおくに寝て。私は手前に寝るわ。あなたは頭をむこうに、私はこっちにするのよ」

かべの隅《すみ》では七輪の新しい練炭が燃えさかり、一つ一つが今にもとけそうだった。

6

新年の初日、稲香渡《タオシアンドゥ》の子どもたちは家で過ごさず、朝、スープ団子を食べるとはりきって家を出て、一軒《けん》一軒新年のあいさつに行く。道を行くのは真新しいきれいな服を着た男の子と女の子ばかりで、大人は一人もいない。大人は家で新年のあいさつに来る子どもたちを待っていて、午後の三時か四時ごろになってからたがいの家にあいさつに行くのだ。梅紋は細米に言った。

「あいさつに行ってきて。私は家を見ているから」

カボチャのタネ、ヒマワリのタネ、かき餅《もち》、ポップライス、砂糖菓子など、すべて細米の母が早くから準備していたものだ。梅紋はそれらを皿や缶《かん》やザルに入れて、子どもたちがあいさつに来るのを待った。

家を出ると、細米はほうっと息をはいて雪道をかけ出していった。翹翹も雪道をうれしそうにかけていた。すぐに細米はあいさつの群れに入っていった。

まずは伯父《おじ》の家に行ったが、紅藕《ホンオウ》もすでに家を出て細米の家に行っていて、二人は行きちがいになった。伯父、伯母《おば》にあいさつをして贈《おく》り物をもらうと、すぐに子どもたちの隊列に加わり、村の横丁に入っていった。そこらじゅうが雪にうまり、その上をふみしめると気持ちが良かった。子どもたちはあいさつをするかたわら、たがいに雪を投げつけ合って、はしゃいだ。細米《シーミー》は校長の息子であり、彼自身も人好きがするので、贈《おく》り物をもらうとき、いつもほかの子よりも良いものを多目にもらう。細米のポケットは全部すぐにいっぱいになった。

昼近くになって、細米は道で紅藕《ホンオウ》と出会った。紅藕は女の子の中で一番人気があった。毎年の年始まわりで紅藕は一番たくさん贈り物をもらう。ポケットを今にもはちきれそうにして立っていた。ナツメがいくつか雪の上にこぼれたが、それが美しいので紅藕はあえて拾わなかった。

男の子たちが来たので、細米は急いで彼らの仲間になり、いっしょにいなくなった。紅藕が後ろから大きな声で叫《さけ》んだ。

「細米、家に帰ってポケットの中のものを置いてくるから、待ってて！」

細米はふりむかず、男の子たちと雪道をかけ出し、タネやポップライスを地面にまいた。

学校が始まるまであと一週間というとき、細米は紅藕の家に行く途中《とちゅう》で小七子《シャオチーズ》に出会った。正確に言うと、小七子が細米が歩いてくるのを見つけて、道の入り口で待っていたのである。翹翹《チアオチアオ》がワンワンとほえた。翹翹の小七子に対する態度は非常に敏感《びんかん》で、遠くに小七子を見ただけで警戒《けいかい》の声を発する。どうしても小七子のそばを通らなければならなくなると、おびえと憎《にく》しみに満ちた様子になる。歯をむき出し、体をかがめ、全身の毛を逆立て、目の玉がとび出しそうになってのどからうなり声を発すると、小七子をじっと見ながらゆっくりと横をすりぬけていく。細米は思った。翹翹はあの暴風雨の晩に小七子のことを記《き》憶《おく》に深く刻みつけたのだと。

細米は小七子がいなくなってから通りすぎようと思った。小七子ともめたくなかった。稲香渡《タオシアンドゥ》のすべての大人たちと同様、両親も細米に「あの子からは離《はな》れているように」と言った。稲香渡のすべての子どものように、細米も少し小七子がこわかった。小七子には理《り》屈《くつ》がとおらず、残酷《ざんこく》ですらあったからだ。しばらく待っても小七子がいなくならないので、しかたなく腹をくくって歩いていった。

小七子が奇妙《きみょう》な笑い方をした。翹翹は細米の後ろについて、家にかけもどりたかったが主人を置いていきたくなかった。のどからうなり声をたてると目は警戒の色丸出しになっていた。小七子は木に寄りかかり、両足を交差させて自分の前を通りかかった細米にきいた。

「どこに行く？」

細米は相手にせず、ひたすら道を歩いた。小七子は木から離れると、道の入り口に横むきに立って、断固とした様子で細米《シーミー》の行く手をふさいだ。小七子《シャオチーズ》は細米をしばらくねめつけてから、また笑うと大きな前歯が二つ、にくにくしげにとび出した。

細米はすぐさま、あの夜の梅紋《メイ・ウェン》の部屋の後ろの窓に何かがぶつかった音のことを思い出した。翹翹《チアオチアオ》が小七子にむかってワンワンとほえたてた。小七子はにくにくしげに足でけるまねをした。翹翹の目をにらみつけ、ぶち殺すことができないのを残念がっているふうだった。翹翹と同じく、小七子もまたあの暴風雨のことをうらみに思っているのだった。翹翹が自分の手から逃《に》げだしたことをずっと忘れず、何かし残した気分でいるのだった。翹翹は二歩、後ろに退くとうなった。

小七子は細米を見すえ、いやらしい表情をおしかくして、ひわいな言葉をひと言はいた。細米は腰《こし》をかがめて、地面からレンガを拾うと小七子にむかって歩き出した。小七子はそれを見ると、すぐさま撤退《てったい》した。だがあわてて逃げ出すでもなく、細米と一定の距離《きょり》を保ちつつ、歩きながらハハハハと笑いつづけた。細米はレンガを持ったまま、これもすぐにとびかかるでもなく、空までついていくぞといわんばかりに、一歩一歩、小七子についていった。

細米の耳には何の音もきこえず、小七子のハハハハという笑い声だけがきこえ、細米の目には何も映らず、小七子の恥《はじ》知らずな顔だけが映っていた。レンガをにぎったまま、小七子についていった。何の考えも浮《う》かばず、頭は煮《に》えたぎる血でクラクラしていた。小七子をぶっ殺してやりたいという思いだけがあった。ぶっ殺す！

小七子は退却《たいきゃく》しているように見えたが、内心は何か悪だくみをしているようだった。翹は小七子のたくらみを見ぬいたのか、前に走り出てくると細米にむかってほえ、明らかに細米を阻止《そし》しようとしていた。そして、そのときの細米には方向転換《てんかん》は考えられなかった。行け！　行け！　行くんだ！

大通りを通りぬけ、あぜ道を二本行き、小河の河べりを通り、また大通りをすぎ、綿畑を二枚行きすぎ、小高い丘《おか》を越《こ》え、墓場を通りぬけて、村を離《はな》れると、めったに人のやってこない荒野《こうや》にやってきた。遠くに風車が冬の暗い空の下に立っている。

小七子は細米との距離が開きすぎたと思ったのか、細米のレンガなど目に入らないように、悠然《ゆうぜん》と道ばたで小便をした。とっくに枯《か》れた草むらに、尿《にょう》が白い泡《あわ》をたてた。小七子はその白い泡につばをはきかけ、細米が近づいてくるのを見ると、ズボンをたくしあげながら歩き出し、何歩か進んでからふりむいて細米を見た。小七子は風車の前で立ち止まった。細米をここまで引き寄せたのだった。

野風車だった。稲香渡《タオシアンドゥ》の人々は、村から遠く離《はな》れた野原に作られた風車を、野風車と呼んだ。ここは土質のあまり良くない土地で、一定の季節に水を引く必要があった。ここの河はほかの河とつながっていないよどんだ河だった。水を吸い上げる機械船もここには来れないので、風車が作られたのだった。荒《あ》れ地なので風をさえぎるものがなく、風車も非常に荒々《あらあら》しく、風が強くて幌《ほろ》が風でいっぱいになると、風車は八枚の幌のすき間が見えなくなるほど旋回《せんかい》して、大きな円柱体になる。稲香渡の人たちは、幽霊《ゆうれい》が動かしていると言った。野風車ときくと、稲香渡の子どもたちはぶるっと身ぶるいをした。風車が強く回転して、部品がこわれる恐《おそ》れがあるため、風車がまわる季節には見はる人が必要だった。大風が吹《ふ》くと風車がすさまじい勢いで回転するため、見はり人は一、二枚の幌か、幌の半分以上を落とした。風車のすぐ近くには、見はり人の小屋があった。小七子《シャオチーズ》は風車のもっとも高い中軸《ちゅうじく》の後ろにいた。

細米《シーミー》がレンガを手にやってきた。手に汗《あせ》をかいても、すぐにレンガに吸収され、汗でレンガの色が変わっていた。小七子の顔は中軸にかくれ、ときおり、ハハハと笑っていた。

細米はとつぜん、稲香渡中学が小七子を退学にしたときのことを思い出した。こいつは女性教員の宿舎の裏窓の後ろにかくれ、教師が入浴するのをのぞき見して見つかり、学校を退学になったのだった。退学を申しわたされた日、小七子は傷つくでもなく、大騒《おおさわ》ぎをするでもなく、上半身裸《はだか》で家からスツールを持ってきて、職員室から始まって、ずっと校庭の入り口まで小便をかけてまわった。細米は稲香渡中学のすべての教師と生徒たち同様、永遠にあの長くてまがった邪悪《じゃあく》な小便の軌跡《きせき》を忘れることはない。

細米はまた数歩近づいた。小七子は顔を風車の中軸にかくすこともなく、細米の燃えたぎるような視線に自分の顔をさらした。細米はレンガをふりあげ、全身の力を手に集中させ、思いきりレンガをぶつけた。薄黒《うすぐろ》い陰湿《いんしつ》な顔がサッと中軸の後ろに引っこんだ。レンガは中軸の端《はし》っこを削《けず》り、木片を削り取った。薄黒い陰湿な顔がゆっくりと出てきた。細米は空っぽの手で立ちつくし、力を使い果たしたかのようだった。虚脱感《きょだつかん》さえ覚えて、両足がガクガクふるえた。小七子が近よってきた。

翹翹《チアオチアオ》がとびかかると、小七子の足にかみついた。小七子は分厚い綿入れズボンをはいているので、翹翹の牙《きば》はズボンをつき破って肉に達することができない。小七子は足をふりあげて翹翹の腹をけった。翹翹はけとばされて、空中で悲鳴を上げると地面にたたきつけられた。小七子は細米にむかってニヤリとすると、細米の顔を一撃《いちげき》した。細米はふらふらとたおれた。小七子が腕《うで》をふりおろしてきた。翹翹が地面からはい上がると、小七子の注意が細米《シーミー》にむけられているすきに後ろからとびついてきた。そのときは翹翹《チアオチアオ》はできるだけ頭を低くして、小七子《シャオチーズ》の綿入れズボンにおおわれていないくるぶしをねらった。小七子が叫《さけ》び声を上げた。細米が翹翹に叫んだ。

「逃《に》げるんだ！　早く！」

だが、このときの翹翹の頭にはあの暴風雨の夜のトウモロコシ畑、葦《あし》の原での追いつ追われつした血で血を洗う関係しかなく、小七子のくるぶしをかんだまま放さず、長年の痛めつけられたうらみの記《き》憶《おく》と格《かく》闘《とう》していた。

「翹翹、逃げろ！　早く逃げるんだ！」

小七子はしゃがむと、細米が自分にむけて投げつけたレンガを拾った。歯ぎしりしながら、まだ地面から起き上がれない細米をチラリと見ると、とつぜん向きを変えて思いきりレンガを翹翹の頭に打ちおろした。翹翹は音もたてずに小七子の足元にくずれ落ちた。小七子のくるぶしから血が流れ出し、翹翹の頭からも血が流れ出た。小七子の血はどす黒く、翹翹の血は真っ赤な鮮血《せんけつ》だった。

小七子はレンガを離《はな》さず、明らかにもう一度翹翹をなぐろうとしていた。今日こそは暴風雨の夜の決着をつける気なのだ。細米はすでに地面から起き上がっていた。小七子は細米を見ると、足元で寝《ね》ているような翹翹を見て冷笑した。むこうをむいて、しゃがみこんでレンガをふりあげると、翹翹の頭めがけてふりおとそうとしたとき、細米は風車の幌《ほろ》の下から棒を引きぬくや、小七子の背中めがけて思いきりふりおとした。

小七子は自分の血と翹翹の血で湿《しめ》った地面にたおれた。細米は近づくと、小七子の横から翹翹を抱《だ》き上げ、涙《なみだ》を流しながらふるえる声で翹翹の名を呼んだ。翹翹は両目を閉じ、おなかの皮を上下させて苦痛にあえいでいた。細米は翹翹の頭をそっと自分の肩《かた》にのせると、両手で抱きかかえて家に帰りはじめた。意識を失った翹翹は、それでも感覚だけはするどかった。必死で目を開くと小七子の姿がぼんやりと見えた。翹翹はしっかり見ようとするのだが、はっきりと見えない。細米に注意をうながそうとするが、思いに反して力がまったく出ない。翹翹はただぼんやりと、小七子の影《かげ》が細米に一歩一歩近づくのを見ているしかなかった。細米は手で翹翹の毛をなでて、口の中でつぶやきつづけた。

「翹翹、家に帰ろう。家に帰るんだ」

翹翹はとうとうはっきりと、小七子が棒をふりあげて小走りに走り、凶悪《きょうあく》な顔で細米におそいかかってくるのを見た。心の中は猛烈《もうれつ》にあせりながら、動くことも声を上げることもできない。

「翹翹《チアオチアオ》、帰ろう。家に帰ろう……」

翹翹の目が恐怖《きょうふ》に見開かれ、口はちょうど細米《シーミー》の肩《かた》のところにあった。体に残されたすべての力をふりしぼり、口を開けると細米の肩にかみついた。そのとき、細米は風車小屋の入り口近くを歩いていた。肩の痛みにふりむくと、小七子《シャオチーズ》がこん棒をかかげて自分から六、七歩の所に立っていた。細米はもう逃《に》げる余裕《よゆう》がないので、急いで翹翹を小屋の入り口に置くと、手で小屋の上からこん棒を引きぬいた。こん棒をふりあげる間もなく、小七子のこん棒がふりおろされた。サッとさけると、小七子のこん棒は地面に打ちおとされ、ガシッという音がして二つに割れた。細米がこん棒をふりあげると、小七子は風車の下に逃げ出した。細米が追いついたとき、小七子はまた幌《ほろ》の下からこん棒をぬきとっていた。つづけて二人は風車の下を追いかけ、体をかわし、細米が旋盤《せんばん》にはい上ったかと思うと今度は小七子が旋盤にはい上り、二人は旋盤をめぐってグルグルまわりはじめた。風車の骨、車軸《しゃじく》、幌、旋盤…風車全体が二人の死闘《しとう》に参加したようだった。少なくとも幌はこん棒に打ちやぶられた。こん棒もどんどん短くなり、二人の距離《きょり》もどんどんちぢまった。細米はもう小七子が少しもこわくなくなり、小七子はもう大人と言っていいことも、自分はまだ子どもで小七子のような残忍《ざんにん》さを持ち合わせていないことも忘れていた。ただ、細米には小七子にはおよばない機転があった。車骨も車軸も幌も旋盤も細米の味方をした。それらは細米を守り、小七子はなかなか細米をやっつけられなかった。細米が手にした最後のこん棒が、ついに小七子にふりおろされたが、小七子が手にしたこん棒に吹《ふ》きとばされた。細米は後ろに退いたが、車骨にさえぎられた。車骨の下にもぐりこんで、小七子のこん棒をさけようとしたが、間に合わない。小七子がおそいかかってきて、こん棒を細米めがけてふりおろし、細米がさけるとこん棒が肩を強打した。鈍《にぶ》い痛みとともに目の前が真っ暗になった。車骨に寄りかかってたおれないようにしたが、結局は地面にもんどりうってたおれた。

小七子は手にしたこん棒を投げ捨てると、細米のえり首をつかみ、地面から引きずり上げた。細米の片腕《かたうで》がだらりとたれた。小七子は細米の額に一撃《いちげき》を食らわし、細米はまたたおれた。細米は冷たい地面に横たわり、鼻から流れ出る血までが冷たく感じられた。小七子はそばに立っていて、細米から見ると門とびらのように高く、薄《うす》く、顔は変形して、あごと鼻の穴がやたらに大きく見え、前歯は犬の牙《きば》のようだった。小七子は寒いのか、全身をふるわせていた。細米はもう動けず、小七子のしたいようにするしかなかった。目にはかすかに許しをこう色がなくもなかったが、非常に平静だった。やがて、疲《つか》れきった細米は目を閉じた。小七子《シャオチーズ》は細米《シーミー》の足を何度かけったが、それほど強くはなかった。細米が目を開いたとき、小七子はもういなかった。興奮のせいか、小七子は幌《ほろ》を一枚ずつはがしていた。三枚はがし、四枚目も半分はがしたところで、滑車《かっしゃ》がギギギと音をたてた。風がかなりあるのに風車は旋回《せんかい》しない。太い麻縄《あさなわ》で骨がしばられているので動きようがないのだ。小七子は残った幌もはがしはじめた。八枚の幌は大きな八枚の帆《ほ》のように風をはらんだ。風車は骨ばってやせ衰《おとろ》えた病人のようだったのが、とつぜん、威風堂々《いふうどうどう》とした、全身に力が満ちあふれた巨人《きょじん》となった。冬の風車に命はなく、死んでいる。だが、今、この風車はエネルギーがみなぎっていた。縄にしばられて、全身からギギギギとしばりあげられた人間の関節のような音をたてていた。小七子は旋盤《せんばん》にはい上がり、中軸《ちゅうじく》にしがみついて、風車のてっぺんへと登っていった。細米はだまって小七子を見つめ、小七子が何をしようとしているのかわからずにいた。

小七子は風車のてっぺんにはい上がった。それから、ゆっくりと立ち上がった。ズボンのひもをほどくと、ハハハハと笑い出した。しばらく笑ってから、大声で言った。

「杜細米《ドゥー・シーミー》、よくきけよ。おれはおまえの親父に退学させられたんだ。四年前の五月十四日の午前十時、おれが稲香渡《タオシアンドゥ》中学を退学になったのは、おまえの親父が宣告したからだ」

小七子の声はふるえだし、うううという泣き声になった。その泣き声は傷を負った野《や》獣《じゅう》が草むらからしぼり出す悲鳴のように凄惨《せいさん》だった。細米はふと小七子がかわいそうになった。小七子はいきなり泣きやむともう叫《さけ》ぶことはなく、うつむいて相変わらず地面に寝《ね》たままの細米を見ると、小便を始めた。初め、尿《にょう》はまっすぐだったが、すぐに風に吹《ふ》かれはじめた。細米の顔に注がれたときはポツポツと雨粒になっていた。寝ころがったが雨粒は追ってくる。細米は風車をしばる縄を見た。はっていって縄をほどこうとするが、がんこな吹《ふ》き出物のようでまったくほどけない。小七子は全稲香渡人が驚《おどろ》く膀胱《ぼうこう》の持ち主で、ためこんだ尿を放出すると河が作れるほどだった。小七子は思いや感情をよく放尿で表現し、悪らつな品行も放尿をとおして表された。どこかで何かし終わると、小七子はいつも小便をした。量が多いだけでなく、力があった。細米が自分の射撃範囲《しゃげきはんい》からぬけ出たと知ると、空を見上げ、頬《ほお》をふくらませ、腹をパンパンにすると、尿が強力になり遠くまで達し、細米の頭に降りかかった。

小七子は風車のてっぺんで、興奮して大声で笑った。細米は顔の小便をふくと、必死で指から血が出るまで吹き出物をほどいたが、ほどくことはできなかった。絶望しかけたとき、細米は翹翹《チアオチアオ》を見た。翹翹が斧《おの》をくわえてヨロヨロと歩いてくる。斧は風車の番人が風車小屋に置いておいたもので、風車がバランスを失ったり、幌《ほろ》がどうしてもはがせないときに、縄《なわ》を断ち切るためのものだった。翹翹《チアオチアオ》はよたよたと歩いてくると、何度もたおれては起き上がった。生まれたばかりで、まだ歩けない小犬のようだった。のどのおくを鳴らしていた。細米《シーミー》は泣きながら翹翹にむかってはっていった。小七子《シャオチーズ》の尿《にょう》がしつこくあとを追いかけてくる。細米はとうとう斧《おの》をつかんだ。高々と斧をふりあげると縄にふりおろした。縄はきつくしばりすぎて、細米が斧でスパッと断ち切ると、ムチのように空中にしなり、ヒュッという音をたてた。風車がガタンと音をたてて大きくふるえると、縄をとかれた馬のように回転しはじめた。

小七子が絶叫《ぜっきょう》して、もう少しでてっぺんから落っこちそうになった。すぐにはいつくばると、両手でしっかりとてっぺんの横棒に虫けらのようにしがみついた。天地が逆さまになり、小七子はギュッと両目を閉じて、大声で叫《さけ》んだ。

「杜子漸《ドゥー・ズージエン》、杜細米《ドゥー・シーミー》、稲香渡《タオシアンドゥ》のやつらは全員、みんな死んでしまえ！」

大風が吹《ふ》いて、力をたっぷりたくわえた野風車は冬の荒野《こうや》であばれまくった。

「助けてくれ！」

小七子はとうとう風車のてっぺんで泣き出した。ぬれそぼった細米も泣きながら、血みどろの翹翹を抱《だ》き上げ、ヨロヨロとふりかえりもせずに家に帰っていった。

＊人民公社　かつての中国独自の社会の末端《まったん》組織で、行政と生産を管轄《かんかつ》した。

＊問題ない　文化大革命中、自由主義的思想傾向《けいこう》があると政治的問題があるとされて、農村や僻地《へきち》の収容所に送られ、強制労働に従事させられていた。

＊白い布　家族が亡くなって喪《も》に服すとき、遺族は白い布で頭をおおい、白い布で作ったうわっぱりを着る。

＊焼餅《シャオピン》　小麦粉をといて焼く、甘《あま》くないクレープのような主食。

＊旧正月　旧暦《きゅうれき》の正月。中国では今も正月は旧暦どおりに迎《むか》えるので、たいてい二月初旬《しょじゅん》が正月で、学校もその少し前に冬休みに入る。中国でもっとも重視される祭日。

＊対聯《ついれん》　赤い大きな短冊の紙にめでたい言葉や詩の文句を書いて、戸の両側などにはる。

＊字帖《じちょう》　書の名家の字を印刷した見本帖。

＊古い記憶《きおく》でいっぱいの祠《ほこら》　祠には一族の先祖代々の位牌《いはい》と家系図がしまわれている。

＊　春聯《しゅんれん》　対聯《ついれん》は結婚式《けっこんしき》などの祝い事にもはるので、旧正月（春節）にはる対聯は春聯とも言う。

第七章　おさげは長く、おさげは短く

1

梅紋《メイ・ウェン》は、実は悲しみからぬけ出してはいなかった。あの悲しみからは永遠にぬけ出すことはないだろう。もともと傷つきやすいのに、今はもっと傷つきやすくなった。雨風の日に、ずっととんでいたハトが、羽をぐっしょりぬらして蓮池《はすいけ》に落ちたのを細米《シーミー》が拾ってくると、梅紋がどうしてもと引き取り、やわらかいタオルで包んで羽毛の雨水を吸いとった。ハトはおびえて梅紋を見つめて、全身をふるわせていた。梅紋はなぐさめた。

「天気はもうすぐ良くなるわ。良くなったら、放してあげるからね」

何日も雨がつづき、梅紋はハトを自分の部屋に引き止め、エサと水をやって誠心誠意世話をした。天気が良くなると、放すのが惜しくなった。やっと決心して放してやったが、心配でならなかった。どこにとんでいったのだろう？　どこが家なのだろう？　とぶ雲を見ては胸を痛め、落ち葉を見ては胸を痛める。夜、生まれたばかりの村の赤ん坊《ぼう》の泣く声が遠くからきこえてきても胸を痛めた。

郁容晩《ユイ・ロンワン》はひんぱんに稲香渡《タオシアンドゥ》中学にやってきた。だが、彼のハモニカの音はかつて蘇州《そしゅう》河の欄干《らんかん》や稲香渡中学の蓮池《はすいけ》のそばで吹《ふ》いていたときの魅力《みりょく》を失ったようだった。ハモニカが鳴ってもかつてのように耳にしみじみとしみいり、魂《たましい》にひびくことはなくなり、どこか遠くで鳴っているような、それも大風の日に鳴っているようで、梅紋《メイ・ウェン》の耳にとどいたときは大風に吹き消されてしまったかのようだった。梅紋はただ自分の悲しみに沈《しず》み、終わることのない思いにひたっていた。かつてあんなになぐさめたハモニカの音は、こうしてなんとなく吹きとばされて、果てしない暗闇《くらやみ》の中にただよっていった。

蘇州にもどっている間に生徒たちの勉強にはかなり遅《おく》れが生じ、帰ってきてからもぼんやりとしていたので、中間試験での梅紋の受け持ちクラスの成績は非常に悪かった。ここの学校の試験は二つある。一つは学校独自の試験で、「小試験」と呼ばれる。もう一つは地方の試験で「大試験」と言う。地方の試験というのは、このあたりの地方の何十校の学校がいっせいに受ける統一試験である。梅紋が担任するクラスは、この地方の試験でビリから二番目だった。

夜、明かりが消えてから、細米《シーミー》は父と母が長いこと試験のことを話しているのをきいた。母が心配してきく。

「上の方は紋紋《ウェンウェン》に教師をやめさせないわよね？」

「なんとも言えないな」

「試験がちょっとまずかっただけでしょう？」

「そもそもがむりやり教師にしたわけだからな。このポストをねらっている者は少なくないんだ」

「次をがんばれば平気よ」

「おまえが言っても、どうにもならない」

「だれが言えばいいの？」

「おれでもない。上の方だ」

「じゃあ、あなたから早く上の方に話して」

「話してないと思うのか？」

「上の方は何て言ったの？」

「何と言ったかって？　何も言わないさ」

「何も言わないなら、問題ないということでしょ」

「何も言わないから、問題なのさ」

「つまり、紋紋《ウェンウェン》は本当に教師をやめさせられるってこと？」

「わからん」

「本当にそうなったら、どうするの？」

「………」

「とにかく、あの子に野良仕事はむりよ。あんな子に畑仕事させようなんて、よくも考えたものだわ。だれが考えたのか知らないけど、あの子たちをここによこして苦労させるなんて」

「バカなことを言うものじゃない」

「何がバカなことなの？」

「バカなことにきまっているだろう」

「とにかく、梅紋《メイ・ウェン》に野良仕事はさせられないわ。私が養うわよ。あの子を一生養うわ」

母はベッドの中で声をおしころして泣いた。父がうんざりしたように言った。

「夜中になにを泣いているんだ。まだ教師をやめたわけじゃないだろう？」

「だったら、約束して」

「約束できるか？」

「明日、上の方に言ってきてよ！」

「おまえに言われるまでもないさ」

母は次第に落ち着きを取りもどした。父は寝《ね》がえりを打つと、ため息をついて言った。

「今度はしっかり試験で点を取らないと」

細米《シーミー》はねむれなくなった。重苦しい気持ちになり、呼吸するのすら苦しくなり、起き上がるとそっとドアを開けて庭に出た。翹翹《チアオチアオ》が走ってきて、足元にまとわりついた。細米が一生懸命《いっしょうけんめい》に看病して元気を取りもどしたのは奇跡《きせき》と言って良かった。母が言った。犬には九つの命があると。あれ以来、翹翹と細米は前にもまして離《はな》れがたい仲になった。

細米は低い生《い》け垣《がき》の下にやってくると、白い柵《さく》の方を見た。梅紋の部屋の明かりはとっくに消えていた。だが、梅紋はまだ寝ていないと思った。ベッドに横たわり、考えごとをしているのだ。自分が大人だったら良かったのにと思った。大人なら、梅紋をなぐさめられるのに。助けてあげられるのに。せめて自分が女の子であってもいい。女の子なら、そばに寄りそい、話をしてあげられる。紅藕《ホンオウ》たちと梅紋とは話しつくせないほどのないしょ話があり、教室でも、歩きながらも、便所に入ってまで話をしている。

初春の夜はまだ寒かった。

2

五月にまた数学の地方試験が行われる。

梅紋《メイ・ウェン》はまだつねに感傷にじゃまされて、注意力をクラスのことに集中できなかった。悲しみからのがれられない状態からぬけ出そうと努力するのだが、思いがゆれ動くのを徹底的《てってい てき》に阻止《そし》することは不可能だった。どうしてもなにもかも忘れて、両親の追憶《ついおく》と追憶がもたらすぬくもりと悲哀《ひあい》とにひたってしまう。夜もねむらず蘇州《そしゅう》のことを思い、父と母と暮らした家のことを思った。少し赤みを取りもどした顔色も、終わることのない思慕《しぼ》の念に蒼白《そうはく》と疲労《ひろう》の色に変わった。人々の関心と思いやり、優《やさ》しさがいったんは梅紋を思慕の苦痛から救いだし、顔色はまた少しずつ赤らんできたが、すぐにほんの小さなことに触発《しょくはつ》されて、そうした思いにおちいってしまう。心のおく底にかくされた痛みが、ちょっとしたことでほとばしり出てくるのだった。

そうした悲哀に対抗《たいこう》しようとして、梅紋はよけいに疲労困憊《こんぱい》した。

教壇《きょうだん》に立っていても、よくぼんやりとしてしまい、目の前の子どもたちが見えなくなり、目に映るものは一面の空白になった。体はずっと虚弱《きょじゃく》だったが、教師、とくにやんちゃざかりの中学生を管理する教師にはかなりのエネルギーが必要だ。心身の疲労のために多くのことに真剣《しんけん》に立ちむかうことがむずかしかった。梅紋の受け持ちクラスは集中力をなくし、だらけていた。

試験が近づくにしたがい、梅紋はしきりと緊張《きんちょう》するようになり、恐怖《きょうふ》すら感じるようになった。でも、整然とした、一分一秒を争う臨戦態勢《りんせんたいせい》になることもできなかった。細米《シーミー》の母をはじめ、杜子漸《ドゥー・ズージエン》、稲香渡《タオシアンドゥ》中学の教師たちの全員が彼女のことを気にかけていた。

来週の火曜日の午前中に地方試験は実施《じっし》される。細米の頭にある考えが浮《う》かんだ。そのことで細米の目にはあせりと奇妙《きみょう》な色が浮かんでいた。考えごとのために言葉数も少なくなり、いつも一人でいた。草山の後ろで、林のおくで、人のいない所ならどこだろうと、細米はこっそりと考えごとをしていた。その考えのせいで、緊張し、興奮し、ドキドキしていた。そういうときはキョロキョロと周りを見まわし、だれかに自分の考えを見ぬかれでもしたかのようだった。

細米は試験用紙をぬすみ出そうとしていたのである。

考えがきまると、父親がズボンにさげているキーチェーンをじっと観察しはじめた。父親は稲香渡中学《タオシアンドゥ》の校長で、この地方の学校のまとめ役でもあった。毎回の試験では、父親が教師たちを取りまとめて試験問題を作成させ、自分が試験用紙の保管の責任を負っていた。試験の当日、各学校の教師は無作為《むさくい》に編成されて、ここに試験問題を取りにきて、それぞれ指定された学校に行き、同一時間帯に生徒に問題を配布し、監督《かんとく》をつとめる。厳粛《げんしゅく》かつ緊張《きんちょう》する一日であり、すべては完全に秘密裡《ひみつり》にとり行われた。杜子漸《ドゥー・ズージエン》は長いこと、この地方の取りまとめ役をしていた。地域の教師たちの自分に対する無上の信頼《しんらい》を、杜子漸はこの上なく誇《ほこ》りに思っていて、任務は細心かつ厳重《げんじゅう》に行われ、これまで何の落ち度もなかった。こういうときはその任務の権力と義務のため、杜子漸は稲香渡中学の校長ではなかった。

細米《シーミー》は試験問題が父親の校長室の鍵《かぎ》のかかる金庫に入っていることを知っていた。父親が歩くとそのキーチェーンが腰《こし》で光って、魅惑的《みわくてき》な音をたてた。試験問題を運び出す前のこの期間、キーチェーンは一日二十四時間、父とともにあり、稲香渡中学のだれにもふれるチャンスはなかった。秘密と栄誉《えいよ》と恥《はじ》の鍵なのである。

細米の心にも目にも、そのキーチェーンしかなくなった。何を考えてもキーチェーンのことだけになり、目に入るものもキーチェーンだけになった。細米にはどうしたらその鍵を取れるのか、わからなかった。翹翹《チアオチアオ》は細米の思いを知っているのか、これもまたよく頭をかしげて杜子漸の腰の鍵を見つめていた。杜子漸は毎日昼寝《ひるね》をする習慣があり、何があろうと変わることはなかった。それが細米にとって絶好のチャンスだった。

昼食を取ると杜子漸の表情にはけだるさが表れる。まず、あくびをし、つづけて両手で顔をこすりはじめる。もう少しがんばろうと試みるのだがむだだった。ねむけがおそってきたら、ベッドに入るのが一番だった。食後は教師たちとおしゃべりしようと思ったのだが、がまんできなくなり、もごもごと言った。

「ダメだ。少しねむらんと」

細米が待ちのぞんだときがやってきた。

杜子漸は部屋に入るとドアを少しだけ開けて、たおれこんで寝てしまった。

細米は部屋で心ここにあらずで新しい作品の彫刻《ちょうこく》をしていたが、注意力はまったく彫刻刀の上にはなかった。父親の部屋の動静に耳を澄《す》ませ、鍵を絶対に取るぞと決意していたが、一体いつ手を下せばいいのか、見当がつかなかった。彫刻刀がかたい木の上ですべり、もう少しで手を切って、木によけいな刀傷のあとをこしらえるところだった。

父親の部屋からいびきがきこえてきた。母は祖母の家に行っていて、翹翹《チアオチアオ》以外には目がなかった。この機会をのがすわけにはいかない。父親のいびきの音は弱から強になり、抑揚《よくよう》と停滞《ていたい》とで非常にリズミカルだった。細米《シーミー》はそっと手にした彫刻刀《ちょうこくとう》を下ろすと、ぬき足さし足で父親の部屋の入り口へとやってきた。教師たちも昼寝《ひるね》をしていて、生徒たちはまだ学校にもどってきておらず、学校は静まりかえっている。桐《きり》の木に止まった小鳥たちだけが鳴いていた。

細米は父親の部屋の入り口で聞き耳を立てると、また離《はな》れていった。玄関《げんかん》で外の様子を見ると、校庭にだれもいないのを確かめて引きかえしてきた。父親の部屋の入り口に立つと心臓の鼓動《こどう》が速くなり、小鼓《こつづみ》のようにトントンと鳴りだした。いびきの音と心臓の音がまじりあい、部屋じゅうにひびいていた。そっと部屋のドアをおした。ドアがギィーと音をたてた。

大きく口を開けて息を止めると、またドアを開けた。きわめてゆっくりと、翹翹が一匹《ぴき》やっと通れるだけのすき間を開けるのに、人の一生分の時間をかけた気がした。すき間を通して、父が顔をこちらにむけて横むきに寝ていて、ズボンがベッドの頭にかかっているのが見えた。

翹翹はずっと細米にくっついたまま、鳴き声ひとつたてなかった。細米はしゃがむと翹翹の頭をなで、それからベッドに干してある父のズボンを指さした。翹翹は細米の手の甲《こう》をなめると、細米ののぞみとねがいを託《たく》され、ドアのすき間から父の部屋にもぐりこんだ。細米はすき間にはいつくばると翹翹をじっと見つめていた。翹翹の動きはほこりが床《ゆか》に落ちたぐらい何の音もたてなかった。ふりむいて細米をチラリと見ると、耳を何度か折りまげ、それからゆっくりと立ち上がると、前足をベッドにかけた。

父のいびきはますます大きくなった。翹翹はいびきに驚《おどろ》くと少しビクッとして、しばらく前足をベッドにかけたまま動こうとしなかった。細米は翹翹に目くばせして、早く口を出すよう祈《いの》った。翹翹はついに口でズボンにかみついた。注意深くズボンを引きずりおろし、しんぼう強く引っぱった。そのときの翹翹は犬ではなく、細心な人間のようだった。

ズボンはゆっくりとすべり落ちた。細米の心もゆっくりと沈《しず》んでいく。

ズボンはウエストの所の重みのせいで、ベッドを越《こ》えるときにがさっと落っこちて、ウエストにかけられた鍵《かぎ》とベッドがぶつかり、ガチャンと音をたてた。

父のいびきが一瞬《いっしゅん》、止まった。細米は目を閉じた。父はねむりから完全にさめることはなく、必死で目を開けて翹翹を見ようとした。翹翹はさすがに犬で、父の視線は無視してズボンをくわえたまま出口へと引きずった。

父はぼんやりと興味深く見つめていた。ズボンが少しずつベッドから遠ざかっていこうとするのを見ると、ベッドの端《はし》に体をずらし、腕《うで》を伸《の》ばしてズボンをつかんだ。

「おい、何をする気だ？」

父は改めてズボンをベッドのヘッドボードにかけた。翹翹《チアオチアオ》は尾っぽをふって、ヘッドボードの上のズボンを見つめていた。父はそれ以上、翹翹をかまう気はなく、またねむりつづけた。いびきがふたたびひびき出し、翹翹はまた元の動作をくりかえしはじめた。結果はさっきと同じだった。ズボンのウエストの部分はベッドを越《こ》すときにズボンごと床《ゆか》に落ちて、鍵《かぎ》がガチャンと音をたてた。父はまた目をさまして、目を細めて翹翹のいたずらを見つめた。ズボンが自分の手のとどかない所に引きずられていきそうになると、また腕を伸ばしてズボンをつかんだ。

翹翹はおもしろいことにズボンをかんだまま放そうとしない。父が思いきり引っぱると、ズボンが床に落ち、父が大きな声を上げた。

「細米《シーミー》！」

細米はビクッとして返事をした。

「はい」

「犬をつれ出せ！」

細米はしかたなく、翹翹に手招きをし引っぱり出そうとした。だが、翹翹は承知しない。尾っぽをゆらし、両目はじっとズボンを見つめている。

「きこえないのか、犬を引きずりだせ！」

細米はしかたなくドアを開けると、翹翹を父の部屋から引きずりだした。細米と翹翹がドアの外に出ていくとき、父がぶつぶつ言う声がきこえた。

「おかしな犬だ。なんだっておれのズボンにそんなに興味があるんだ？」

翌日は日曜日で、細米にまた絶好のチャンスが訪れた。父がズボンをぬいで、蓮池《はすいけ》のあぜに置き、短パン一丁で蓮池に入ったのだ。

毎年この時期になると、父は数日おきに蓮池に入る。蓮のつるが泥《どろ》の中でからみ合い、蓮の頭がウナギの頭のように蓮池の端のかたい泥の中にもぐりこむので、池に入って手さぐりでさがしあてて、蓮の頭を池の中央におしやらなければならないのだ。父が一度池に入れば、四時間は出てこないことを細米はよく知っていた。

父のズボンが五月の日の光に照らされ、キーチェーンが陽光の下にあらわになって、キラキラと光っていた。細米《シーミー》は草むらで虫をつかまえているふりをしながら、目をたえずキーチェーンの方に泳がせていた。うまい考えが浮《う》かばず、自分に腹をたてていた。空の色が暗くなり、雨が降り出しそうだった。とつぜん、考えが浮かぶと細米は急いで家にかけもどり、かさを持ってまっすぐ蓮池《はすいけ》へとかけていき、走りながらかさを開いた。細米は堂々と父のズボンの前まで来ると、父に背をむけてしゃがみ、自分と父のズボンをかさでおおった。

杜子漸《ドゥー・ズージエン》がきいた。

「かさなんか持って、何をしている?」

細米はズボンの腰《こし》から鍵《かぎ》を外しながら言った。

「父さん、もうすぐ雨が降るから、かさでズボンをかくしているんだよ」

村の農民がちょうど蓮池でタニシをとっていて、言った。

「校長、お宅の息子は親思いだねえ」

杜子漸は腰を伸《の》ばすと笑った。細米は鍵をポケットにしのばせると、まだ夢中で遊んでいるふりをして、鼻歌を歌いながらゆっくりと蓮池を離《はな》れていった。父の視界からそれたと思うと急いで職員室に走った。

職員室には一人の教師もいなかった。細米は父の部屋のドアの鍵をよく知っているので、ひと目でドアの鍵を見つけ出した。さすがに少しあわてて、手はぶるぶるふるえ、何度もはずしてようやく鍵を鍵穴にさしこんだ。ドアが開くと、細米はふりむいて周りを見わたし、そっとドアを閉めた。翹翹《チアオチアオ》は職員室の入り口に立って、耳をピンと立てたまま、じっと周囲に耳を澄《す》ましていた。

細米はたった十五分で、一枚の試験用紙を胸にかくし入れた。もう一度、棚《たな》の鍵を閉めて、ドアを開け、頭を出して様子をさぐると、さっとしのび出てふたたびドアの鍵を閉め、それから犬といっしょに蓮池へと走った。なるべく早く鍵を父のズボンにもどさなくてはならない。だが、細米の予想に反して、父は今日は蓮池にそんなに長いことどまらず、すでに岸に上がっていた。細米が鍵をもどす前に、父はかさの下のズボンをつかみ、河べりに足を洗いにいった。

細米はポケットの中で鍵をにぎり、どうしていいかわからずにいた。

杜子漸は河べりにすわって足の泥《どろ》を洗っていて、ズボンは丸めてそのすぐかたわらに置いてあった。細米は何もついていないベルトを見た。杜子漸はズボンをはき、ベルトをしめたときに何か欠けているような気がして、少し変な顔をしたが、明確な意識にはならず、そのまま岸に上がった。細米《シーミー》は生きた心地がしなかった。杜子漸《ドゥー・ズージエン》は中庭に入ろうとして、何気なく腰《こし》のベルトに手をやり、とうとう鍵《かぎ》がベルトにないことに気がついた。あわてててベルトをさぐると、ふりかえって足元を見て言った。

「鍵がないぞ」

細米はポケットの中で手に汗《あせ》をかいた。手を出して鼻の下に置いて匂《にお》いをかぐと、強烈《きょうれつ》な金属の臭《にお》いがした。杜子漸はあわてて河べりへと歩いていったが、鍵がないので、また蓮池《はすいけ》の方へと歩いていき、細米を見るときいた。

「父さんの鍵を見なかったか？」

細米はかぶりをふった。杜子漸はさっきまでズボンを置いておいた草むらの中をさがしまわった。細米も急いでやってくると、いっしょに鍵をさがすふりをした。翹翹《チアオチアオ》も草むらの中をかぎまわった。細米は父に背をむけてさがす間に、鍵をそっと草むらの中に落とし、そのままさがしつづけるふりをしながら、だんだんと離《はな》れていった。杜子漸がふりむいてこっちにさがしにくると、翹翹がちょうど草むらの中に鍵を見つけてワンワンとふた声叫《さけ》ぶと、鍵をくわえて杜子漸の方に走っていった。

3

細米は紅藕《ホンオウ》を訪ね、二人はこそこそとしばらくの間、何やら相談をしていた。翌日、細米と紅藕はふた手に分かれ、クラスの男子と女子にひそかに例の試験問題の内容を、トイレや竹林や学校前の畑の中のいたる所でこっそり伝えていった。クラスじゅうがアリのように頭をつき合わせて行ったり来たりして、何も知らない人が見ると何をしているのかといぶかられただろう。細米と紅藕はみんなに念をおした。

「全部正解しないで、わざと何題かまちがえること」

それから問題を解いた。たがいに答えを見せ合って、午前中でクラス全員がすべての問題の正しい計算と正解を把握《はあく》しおわり、みんなはたまらなく興奮した。

試験当日、試験場の雰囲気《ふんいき》に試験監督《かんとく》をつとめたとなりの学校の年配の先生は、大いに感動するとともに驚《おどろ》いた。試験問題を配るや、監督が問題を読み上げる前にスラスラとペンを動かす音がして、クラスの五十数人全員が一人として考えこむ様子もなく、悩《なや》む様子も見せず、全員が勝算ありといったふうに落ち着きはらって、ひたすらペンをにぎって顔をうめ、試験問題の上をひたはしり、その光景たるや大水が天から降ってきて川となり、前へ前へとおし寄せていくかのようだった。教室は黒い頭以外は紙の上を走るサラサラというペン先の音しかきこえなかった。その情景と雰囲気《ふんいき》は実に感動的で、ふるえを覚えるほどだった。時間が半分ほど過ぎると、洟《はな》たれこと朱金根《ジュウ・ジンゲン》が手にしたペンを置き、両腕《うで》を伸《の》ばすと痛快そうにあくびを一つして、試験問題を折りまげ、周りの同級生を見ると、解答用紙を手に教壇《きょうだん》の方に歩いていった。その様子はリラックスしきって得意そのものだった。

試験監督《かんとく》の先生は腕時計を見ると、思わず心配そうに朱金根にきいた。

「もう一度、見直しをしなくていいのかね？」

朱金根は答えた。

「必要ありません」

そう言うと、鼻歌を歌って教室を出ていった。先生が教室の入り口に行って、声をかけた。

「きみ、まだ試験をしているんだから、静かにしなさい」

朱金根はようやくその下手くそな歌をやめた。細米《シーミー》は腹の中で思いきりののしった。

「洟たれのバカ野郎め！」

ほぼ半分の生徒がすでに問題を解き終わっていた。細米と紅藕《ホンオウ》はしきりに目くばせをして、みんなにがまんするように、あわてて提出しないように合図した。そこで、解き終わった生徒たちも自分をおさえるしかなく、しばらくは席にすわっていた。でも、結局は何人かががまんできずに解答用紙を提出した。提出しない者もじっとすわっていられず、耳をかいたり頬《ほお》づえをついたり、体をゆすったりしていた。細米だけが精神を集中した様子で、見る人には問題がむずかしすぎて解きあぐねているように見えた。

残り時間あと三十分になると、答案提出者が殺到《さっとう》し、みんなは次々に立ち上がると教壇にむかっていった。試験監督の先生は一人一人から受け取るのがむずかしくなり、しかたなくみんなを一列に並ばせた。細米、紅藕とあと三、四人の生徒だけがまだ席にすわってねばっていた。実際はとっくに解答し終わっていたのだが。

細米は最後に答案を提出して教室を出た。そのころにはクラスのほぼ全員が大喜びで校庭をかけまわり、得意満面の様子だった。朱金根は細米を見るとかけよってきて、興奮して言った。

「細米、おれ……全部できた!」

細米がにらみつけた。

「本当だよ！　全部正解した！」

細米《シーミー》は朱金根《ジュウ・ジンゲン》のえり首をつかむと、そのままトイレの横の竹林に引きずっていった。

「細米、何するんだよ？　何なんだよ？」

朱金根はわけがわからずにきいた。竹林に着くと、細米はきいた。

「さっき、何と言った？」

「全部正解した」

「だれが全部正解しろと言った？」

「おれが自分で全部正解したのさ」

細米はこぶしをふりあげると、朱金根の顔を一撃《いちげき》した。朱金根は後ろにたおれると竹を何本かおしたおし、すぐに竹の反動ではねかえった。細米はまた朱金根に一発見舞《みま》った。朱金根は鼻から血を出して、何も答えられなかった。朱金根は泣いて言った。

「試験で一度も全問正解できたことなんかなかったんだよ。やっと初めて全問正解できたのに、なぐるなんてひどいよ！」

「バカか！」

細米は朱金根を置きざりにして竹林を出ていった。朱金根は泣きながら叫《さけ》んだ。

「一度ぐらい全問正解したっていいじゃないか！」

細米はもどっていって、もう一発食らわしてやりたいと思ったが、あきらめた。

「どうしてだよ！」

朱金根は竹林にすわりこむと、細米にむかって大声で叫んだ。

「終わりだ」

細米は心の中で言った。あとのことは考えるだに恐《おそ》ろしかった。

二日後、稲香渡《タオシアンドゥ》中学二年の解答用紙が採点されはじめると、採点者たちは疑問をいだき、半分終わったところで採点を中止した。事情は明らかだった。カンニングが行われたのだ。すぐに杜子漸《ドゥー・ズージエン》の知るところとなった。杜子漸は答案を確認にきて、朱金根の解答用紙が整然としていて、全問正解なのを見るや、すぐに結論を下した。問題用紙は百パーセントもれていたのだ。理由は簡単だ。朱金根は中二の中でもきわめつきの劣等生《れっとうせい》で、満点のはずがないからだ。杜子漸は言った。

「これらの答案用紙は封印《ふういん》してくれ」

各校各学年の採点もとりあえず中止された。

杜子漸は重大な責任を感じた。各手順を検討してみるに、ことは自分が試験問題を保管していた間に起こったとしか考えられなかった。だが細かく思いかえしても、一体どの段階で失策があったのかがわからず、疑わしい点は何も見つけられなかった。あの日、試験問題が鍵《かぎ》のかかるスチール棚《だな》に入れられ、試験監督《かんとく》の先生が試験問題を受け取るまで、入り口の鍵も棚の鍵も自分の腰《こし》から離《はな》れたことはなく、あの日、草むらで鍵を落としたのもほんの短い時間で、どこにも疑いの余地はない。どう考えてもわからず、杜子漸《ドゥー・ズージエン》は梅紋《メイ・ウェン》に言った。

「きみのクラスの生徒全員に、教室にもどるよう言ってくれ」

梅紋は自分のクラスの試験に問題があったことをすでに知っていた。真っ青な顔で生徒たちを見つめる目には羞恥《しゅうち》のほかに深い深い失望があった。どの角度から考えても自分にはもう教師の資格はないとしか思えなかった。短い教師生活に終止符が打たれるのだと思った。杜子漸は教室に入ってきて教壇《きょうだん》に上がると、生徒たちを見下ろして言った。

「おまえたちは恥《はじ》知らずだ！」

全員がうなだれ、朱金根《ジュウ・ジンゲン》だけが顔を上げていたが、視線はきょときょとしていつでも逃《に》げ出そうとしているコソ泥《どろ》のようだった。杜子漸には中二の全員がグルであることがひと目でわかった。

「だれがやった？」

答えはなかった。杜子漸は大声できいた。

「だれがやった！」

だれも答えない。杜子漸はもう一度、大きな声をはりあげた。

「だれの仕業《しわざ》だ！」

横に立っていた梅紋の胸がギュッとえぐられ、両手が思わずブルブルとふるえだした。恐《おそ》ろしい沈黙《ちんもく》の中、細米《シーミー》がフラフラと立ち上がった。

「おれです……」

4

その後を梅紋は心配でたまらず見守っていた。細米が立ち上がった瞬間《しゅんかん》、梅紋はすぐにその動機を理解した。梅紋の心はカッと熱くなり、同時に心の中で叫《さけ》んだ。

「なんてバカなの！」

杜子漸は教室を出ていったきり、何事もなかった。見たところ、おこっている気配すらなかった。昼ご飯もいつもどおりに一家でかこみ、杜子漸と細米はすぐ近くにいたが、何の発作も起こさなかった。だが、細米《シーミー》の母親と梅紋《メイ・ウェン》は食べたようではなかった。細米はうつむいてご飯を食べ、ときおりチラッと杜子漸《ドゥー・ズージエン》を見上げる目には恐怖《きょうふ》の色がかくれていた。杜子漸がご飯を食べ終わって、スープをすするゴクッゴクッという音がひたすら恐《おそ》ろしげにきこえた。

その後の午後中は何事もなく過ぎていった。だが、そうであればあるほど、梅紋はことの恐ろしさを感じずにはいられなかった。梅紋の視野にはいつも細米がいた。つかず離《はな》れず細米についていざるをえなかった。ずっと守られていた人間が、今度ばかりは守る側の人間になった。その転換《てんかん》は、まさに細米が立ち上がったあの瞬間《しゅんかん》に、あっけなく行われたのだった。蘇州《そしゅう》から稲香渡《タオシアンドゥ》に帰ってきて以来、梅紋の体は虚弱《きょじゃく》になっていたが、今の梅紋は神経の緊縮《きんしゅく》により、精力旺盛《おうせい》になっていた。自分で自分をふるい立たせずにはいられなかった。

放課後になり、学校は静まりかえった。杜子漸はずっとだまりこくったまま、家の籐椅《とうい》子《す》にすわっていた。夕日が西の窓から部屋の中にさしこみ、杜子漸の冷ややかな顔を照らした。細米が中庭に入ってきた。梅紋もあとについて入ってくる。細米が家の中に入っていくのを見て、止めようとしてためらったときには、細米はもう家の中に入っていた。梅紋が入り口を入ろうとしたとき、杜子漸が戸口に現れ、すぐにバタンと戸を閉めてしまった。梅紋は「校長！」と叫《さけ》んで、呆然《ぼうぜん》と閉じられたドアを見つめていた。中からは何の物音もしなかった。梅紋が戸をたたいても返事はなく、家の中にはだれもいないようだった。梅紋はくるりと戸外にかけ出して大声をあげた。

「師母《シームー》！　師母！」

細米の母がちょうど野菜の入ったかごをわきにかかえて、菜園から帰ってきた。梅紋はおおあわてで言った。

「校長が細米を打ってるんです」

細米の母もあわてて家へとかけ出しながら言った。

「打って当然よ。死ぬほど打てばいいのよ」

中庭をぬけ、かたく閉められた戸にむかって大声で叫んだ。

「気がすむまで打ちなさいよ、死ぬほど打てばいいんだわ！」

またしばらく沈黙《ちんもく》があったと思うと、とつぜん、細米の耳をつんざくような悲鳴がきこえてきた。梅紋が両手で戸をたたいた。

「校長、校長……」

涙《なみだ》がどっとあふれてきた。

杜子漸《ドゥー・ズージエン》は革《かわ》ベルトをつかみ、ふだんの品の良さをかなぐり捨てていた。怒《いか》りと憤《いきどお》りをぶちまけて、凶暴《きょうぼう》そのものだった。とびらをしっかり閉めているので、部屋の中は真っ暗で、杜子漸の両目が怒りにギラギラ燃えて、それは恐《おそ》ろしげだった。細米《シーミー》は背中を革ベルトでたたかれて、火が燃えるような激痛を感じた。部屋の隅《すみ》にかくれると、ブルブルふるえて父親を見上げた。杜子漸が歩いてくると、また革ベルトをふりあげた。細米は恐れおののいて空中の革ベルトを見つめた。杜子漸が思いきりベルトをふりおろした。細米は腕《うで》の肉がさけたように感じ、「痛い！」と叫《さけ》ぶと、かべの隅にうずくまった。梅紋《メイ・ウェン》が激しく戸をたたいた。

「校長、校長……」

細米が小さくうめいた。母が戸に思いきり体をぶつけて叫んだ。

「やめて！　やめて！」

手は涙をぬぐっていた。紅藕《ホンオウ》が細米を訪ねてきて、細米が杜子漸に家の中に閉じこめられて打たれていることを知ると、くるりと身をひるがえし、職員室にむかい遠くから叫んだ。

「だれか来て！　細米がおじさんに打ち殺されちゃう！」

先生たちはそれをきくと、すぐさま細米の家の中庭に走ってきた。少しすると、庭は人だかりでいっぱいになった。全員が次々と家の中の杜子漸にむかって叫び、今度ばかりは大目に見るよう、手かげんするよう懇願《こんがん》した。

杜子漸はまったくきき入れず、ひたすら息子をなぐりつづけた。自分の息子が彼の全人生の潔白《けっぱく》と誇《ほこ》りを台無しにし、洗い落とすことができない恥辱《ちじょく》にまみれさせたのだ。杜子漸にできることは、なぐることだけだった。その欲望は枯《か》れ木に火がついたように、彼の胸の中で燃え上がった。鍵《かぎ》をなくしたベルトをふるって、遠慮会釈《えんりょえしゃく》なくなぐりつづけた。息子の上げる凄惨《せいさん》な悲鳴もなんら憐憫《れんびん》の情を引きおこすことはなく、かえって火に油を注いだようにさらにムチ打ちたいという欲望を刺激《しげき》した。暗闇《くらやみ》の中で汗《あせ》だくになった杜子漸は、まったく自分をおさえられなくなっていた。そのとき、稲香渡《タオシアンドゥ》の教師と生徒たち、稲香渡の農民たちが杜子漸を見たら、それがふだん目にしている杜子漸だとはとても信じられなかっただろう。

細米の体は傷だらけになっていた。その叫び声とうなり声は、父親がムチふるう音が大きくなるにつれて、逆に弱まっていった。父親のベルトから逃《に》げようともしなくなり、隅っこにうずくまると両手で頭をおおっていた。庭では人々の声がますます大きくなっていった。梅紋《メイ・ウェン》、紅藕《ホンオウ》、細米《シーミー》の母がひっきりなしに戸をたたきつづけた。馮醒城《フォン・シンチョン》が両手でみんなに静かにと合図をすると、家の中にむかって言った。

「杜《ドゥー》校長、杜校長、きこえますか。どうかおねがいです。ベルトを下ろしてください。細米はまちがいをおかしました。でも、考えてみてください。あの子はまだ子どもなんです。あの子がどんな子か、みんな知っています。あの子はいい子です。みんなに好かれる子です。稲香渡《タオシアンドゥ》の男も女も大人も子どもも、あなたの息子をきらいな者は一人もいません！」

「おれの息子だ？　これがおれの息子だと言うのか？」

杜子漸《ドゥー・ズージエン》はそう自問すると、怒《いか》りの火はますますおさえがたくなり、ベルトをふりあげて、また猛然《もうぜん》とふりおろした。細米の悲鳴は大きくはなかったが、心がはりさけるようだった。馮醒城が訴《うった》えかけるように叫《さけ》んだ。

「杜校長、杜校長……」

杜子漸がまったく反応しないとみると、馮醒城は顔色をあらため、後ろに数歩引き下がると両のこぶしをふりあげて、切歯《せっし》扼腕《やくわん》して大声で叫んだ。

「杜子漸、よくきけ！　いますぐ上層部に告発するぞ！　私の教え子に暴力をふるったと！」

「暴力？　暴力なら暴力でいいとも！」

杜子漸はまたベルトをふりおろした。梅紋がガタンと敷居《しきい》にしゃがみこむと、両手をドアに置いて滂沱《ぼうだ》と涙《なみだ》を流した。

「校長、梅紋です。きいてください。細米は私のためにやったんです。悪いのは私です。どうか私に辞職をお命じください。明日から、二度と教師はしません。おねがいです、細米を許してください、許してください、おねがいです……」

紅藕が泣き、大勢が泣いた。杜子漸はだんだんとベルトを持った手を下ろし、疲《つか》れきって籐椅子《とういす》にうずくまると、暗い中でその目には涙が光っていた。

5

翌日の朝早く生徒たちが登校してきても、梅紋は朝食に姿を見せず、細米の母は変だなと思い部屋をノックしたが、ドアには鍵《かぎ》がかかっていた。細米の母は職員室に行き、林秀穂《リン・シュウスエ》たちに梅紋先生を見なかったかときいた。だれも見ていなかった。林秀穂たちも変だなと思い、学校じゅうをさがしまわった。どこにも梅紋の姿は見つからなかった。彼女のクラスの生徒たちは、いつもこの時間には梅《メイ》先生は教室に自分たちの朝自習を見にきているると言うが、今日は姿を見ていなかった。細米《シーミー》の母は学校の外に行き、村の人たちに梅紋《メイ・ウェン》を見なかったかきこうとした。橋のたもとで村長に会ったのできいた。

「うちの紋紋《ウェンウェン》を見かけなかった?」

村長は言った。

「見たよ」

「どこで?」

「どこに行ったのか、知らないのか?」

「知らないわ」

「もう教師はやらない、農作業にもどると言っていた。今朝早く、村はずれの工具置き場に来たんだ。十キロ先の金家港《ジンジアわん》で大河を掘《ほ》り、うちの村にも五十メートルほどかかることになってな。村で四十人ほどの人手を出すことになっていたんだが、梅紋がどうしても参加すると言ってきかず、二、三時間前に船で大河の工事現場に行ったよ。あんたらも知っているものとばかり思った」

細米の母は引きかえすと、その知らせを杜子漸《ドゥー・ズージエン》と稲香渡《タオシアンドゥ》中学の教師たちに知らせにいった。すぐに稲香渡中学にそのニュースがかけめぐった。

「梅紋がいなくなった。もう教師はしないらしい」

全身青あざだらけの細米が河べりにやってきてすわりこみ、じっと河の水をながめていた。紅藕《ホンオウ》がやってきて、河べりにいっしょにすわりこんだ。五月の河の水は澄《す》みわたり、両岸のポプラや風車や村が逆さに映っている。浅瀬《あさせ》の葦《あし》がもう生い茂《しげ》り、咲《さ》いたばかりの葦の花がやわらかに風にそよいでいる。鳥たちが河の上空をとびかい、河のむこうの風車のてっぺんで歌っていたかと思うとこちらの木の枝で歌っていた。紅藕は細米の顔と腕《うで》にかすかに浮き出た傷あとを見て、きいた。

「痛い?」

細米は首をふった。

「彼女をさがしにいこうよ」

細米がうなずく。

「歩いていく、それとも舟に乗っていく?」

「金家湾へは水路が近いよ」

「あっちに舟はあるけど、体じゅう傷だらけで舟がこげるの?」

「こげるさ」

「いつ行く？」

「いますぐ」

二人は舟に乗った。細米《シーミー》は動かないうちは傷はたいしたことないと思ったが、櫓《ろ》をこぎだすと筋肉と骨が痛みだし、傷あとは針をさされたように痛く、引きさかれたような痛みにおそわれた。櫓を置いたとたんに顔にあぶら汗《あせ》が浮《う》かんだ。紅藕《ホンオウ》が艫縄《ろなわ》をとくと舟はゆっくりと岸を離《はな》れた。細米はゆっくりと舟の方向を調整した。朱金根《ジュウ・ジンゲン》が岸に姿を現して、きいた。

「細米、紅藕、どこに行く？」

紅藕が言った。

「梅《メイ》先生をさがしに行くの」

細米が言った。

「お袋たちには言うなよ。みんながおれたちをさがしだしたら、答えればいい」

朱金根が答えた。

「わかったよ」

稲香渡《タオシアンドゥ》の人たちが気がつかないうちに、細米は舟をこぎ出して、金家湾《ジンジアわん》へ行く広い水路に入った。川風は強く吹《ふ》き、細米の頭髪《とうはつ》と服を吹き上げた。紅藕は舟首にひざをかかえてすわり、水面を見つめていた。ときおり、ふりむいて細米を見る。ズボンも上着もつんつるてんだった。また背が伸《の》びたのだ。

午後四時ごろ、二人は金家湾に着いた。舟を係留して荒《あ》れ地をしばらく歩くと、細米と紅藕は大河の工事現場に到着《とうちゃく》した。ここで十キロほどの長さの大河が掘《ほ》られる。人々は頭も尾もない長い龍《りゅう》のように、えんえんとつづく荒れ地で働いていた。あちらこちらに掘っ建て小屋があり、炊事《すいじ》の煙《けむり》が立ちのぼり、号令の笛の音が鳴っていた。二人は人の群れの間を通って、稲香渡の人たちがいる地点をたずねて歩いた。稲香渡の人たちを見つけたのはすでに夕暮れ近かった。稲香渡の人たちが驚《おどろ》いて言った。

「どうやって来たんだ？」

細米も紅藕もそれには答えず、ひたすら人ごみの中に梅紋《メイ・ウェン》をさがした。国民《グオミン》という名の若い農夫が泥《どろ》をかついで「えっさえっさ」と細米のそばを通りかかった。

「細米、ちょっと別れただけでもう恋しくなったか？」

細米は相手にしなかった。紅藕がふりむくと国民をにらみつけた。草凝《ツァオ・ニン》、柳暁月《リュウ・シャオユエ》ら数人の女の下放《かほう》青年たちも大河掘《ほ》りに参加していて、細米《シーミー》と紅藕《ホンオウ》を見つけると遠くで叫《さけ》んだ。

「梅紋《メイ・ウェン》、だれが来たと思う？」

そして、どういうわけか、みんなで細米を見て笑った。細米と紅藕がついに梅紋を見つけると、梅紋は歯を食いしばって泥《どろ》をかつぎ、泥かつぎの大群の中にいた。青白い顔は息をこらえてむらさき色になり、髪《かみ》の毛は汗《あせ》でぐっしょりとぬれ、頬《ほお》にへばりついていた。髪の毛にかくれた両目はきっと足元の道を見つめていた。道はこぼれた泥でぐちゃぐちゃにぬかるんでいた。梅紋は叫び声をきいて顔を上げ、細米と紅藕が自分にむかって歩いてくるのを見て、びっくりしていた。紅藕が前を、細米が後ろを歩き、梅紋のそばへとやってきた。

「どうしたの？」

梅紋は天秤棒《てんびんぼう》を下ろすときいた。二人とも返事をしなかった。少しして、紅藕が近よると両手で梅紋の肩《かた》と腕《うで》をかかえ、何度もゆすって泣き出した。梅紋の目は細米を見つめると、紅藕を抱《だ》きよせた。

「どうしたのよ？　どうしたの？」

紅藕が言った。

「私たちと帰ろう」

梅紋は笑った。

「バカ言わないの。私はもう先生じゃないのよ」

「帰ろう」

紅藕は相変わらず梅紋の腕をゆさぶっていた。梅紋は自分を見上げている紅藕の顔をのぞきこんで、言った。

「二人とも早く帰りなさい」

紅藕が言った。

「梅紋が帰らないなら、私たちも帰らない」

それから細米と紅藕は梅紋から離《はな》れると、小高い土の上にすわりこみ、根っこが生えたように微動《びどう》だにしなくなった。暗くなり、梅紋が二人を見たときには小さな二つの影《かげ》が見えるだけだった。細米と紅藕はじっと梅紋を見つめていたが、見つめるうちに人影がゆれ動き、どの影が梅紋だかわからなくなったが、人の群れの中にいることだけは確かだった。

作業終了の号令が一、二キロごとに鳴りひびき、工事現場は夜のとばりがおりて休戦となった巨大《きょだい》な戦場のようだった。梅紋《メイ・ウェン》が近づいてくると、二人をつれて小屋の中でもっとも大きな食事をする小屋に案内した。工事現場は大人ばかりだったため、二人も子どもが来たのでみんな大喜びで、お碗《わん》と箸《はし》、家から持ってきたアヒルの塩づけ卵などを取り出し、二人にたくさん食べるように言った。食事が終わると寝《ね》る所の仕度《したく》だった。国民《グオミン》がお碗を手にわざときいてきた。

「細米《シーミー》、おまえはどこに寝るんだ?」

年かさの農夫が言った。

「国民、子どもをからかうものじゃない。細米はおれの寝床《ねどこ》にいっしょに寝ればいい」

細米と紅藕《ホンオウ》はそのまま工事現場で二日過ごした。梅紋に忠告する人がいた。

「梅さん、二人をつれて帰りなさい。あんたが帰らないとこの子たちは帰りそうにないから」

細米と紅藕は梅紋の手助けにはならず、毎日、小高い山にすわったまま、とくにあせるでもなかった。河を掘《ほ》る仕事は農作業の中でもとくにきつい仕事で、梅紋の体は虚弱《きょじゃく》なので一日の仕事が終わるとへとへとに疲《つか》れはてた。それでも彼女は歯を食いしばって耐《た》えた。たった二日で河は形と深さができ、さらにかついで土手ができるとよけいに力が必要とな

った。この日、梅紋は油缶《あぶらかん》ほどの大きさの泥《どろ》を二つかついで、ふらふらと土手を上ってい
て、足がツルッとすべるぬかるみをふんで転んでしまい、天秤棒《てんびんぼう》ごと転がり落ち、顔がく
だけたレンガの角にぶつかり、人に助け起こされたときは頬《ほお》に血がしみ出ていた。細米と
紅藕が高台からとんできた。梅紋は二人に笑いかけた。
「平気よ」
細米と紅藕はもうすわって見ていられなくなり、梅紋が天秤棒をかついで土手を上ると
きは前後に立って支え、一人は前のかごの縄《なわ》を引っぱり、一人は後ろのかごの縄を持ち上
げた。梅紋が何度も小声でささやいた。
「放して、放してよ。みっともないわ。笑われるわよ」
細米と紅藕はようやく手をゆるめると、また高台にすわって見つめていた。夜、紅藕が
梅紋の服を着替えるのを見ると、その肩《かた》は天秤棒にすられて破け、服が血で染まっていた。
この日、稲香渡《タオシアンドゥ》から大勢の人が来た。細米の母、杜子漸《ドゥー・ズージエン》、林秀穂《リン・シュウスエ》たち先生と十数
人の生徒たち、ひげ面《づら》の村長もいた。そのとき、梅紋はちょうど天秤をかついで必死で坂
道を上っていた。細米の母がかけより、胸を痛めて見守るがどうしていいやらわからず、
梅紋の汗《あせ》でぬれた髪《かみ》の毛を手でかきあげてやった。梅紋は細米の母を見ると、「師母《シームー》」と

せなかった。

ひと言声をかけた。細米《シーミー》の母は梅紋《メイ・ウェン》の肩《かた》から天秤《てんびん》を受け取ろうとしたが、梅紋はそうさせなかった。

「自分でかつげます」

だが、細米の母にはあらがいきれず、結局は天秤を手渡《てわた》した。細米の母は土をたおすと天秤棒をわきに置き、梅紋には何も言わずに小屋に入って梅紋の荷物を片づけはじめた。

林秀穂《リン・シュウスエ》ら女の教師たちも寄ってくると、「梅紋」あるいは「梅先生」と声をかけ、それ以上は多くを言わなかった。馮醒城《フォン・シンチョン》ら男の教師たちもやってくるとうなずいてあいさつし、それから人々が河を掘《ほ》るのを見つめて、言った。

「ずいぶんと長い河だな」

村長が言った。

「梅紋、杜《ドゥー》校長たちと帰りなさい」

「いやです！」

「どうしてだ？」

村長は言った。

「帰って、しっかり教えるんだ」

女の子たちが口々に言った。

「梅先生、帰ろう。梅先生、帰ろう」

細米の母が梅紋の荷物を肩にかつぎ、手にさげて歩いてきた。

「強情《ごうじょう》はってないで、帰るのよ」

草凝《ツァオ・ニン》たちも歩いてくると、梅紋の肩をゆさぶった。

「行こう」

目は涙《なみだ》でいっぱいだった。杜子漸《ドゥー・ズージエン》が歩いてくると人々は道を開けた。問題漏洩《ろうえい》の件は上に反省文を提出し、この地域のすべての教師に深々とあやまった。杜子漸はまっすぐ梅紋の前に来ると言った。

「早く帰りなさい。林先生がもう何時間もきみの代講をしているんだ」

梅紋はとつぜん、がまんできなくなり、大泣きに泣き出した。

第八章　姉さんは花のよう

1

稲香渡《タオシアンドゥ》の深夜は本当の深夜だ。四方は田畑に河、風があるときは風の音だけ、風がないと何の音もせず、木も水も葦《あし》も風車も舟も穀物倉庫も村も静まりかえっている。また以前の様子にもどり、毎日、深夜になるとカンテラが稲香渡中学をぬけ、田畑をゆれて村の大橋のたもとへとやってくる。そして、カンテラは橋のたもとの木にかけられる。

細米《シーミー》は幹に寄りかかってすわっている。しばらくすると梅紋《メイ・ウェン》が、紅藕《ホンオウ》かほかの女生徒にともなわれて村の同級生の家から出てきて、こちらに歩いてくる。翹翹《チアオチアオ》が耳を立てて細米のそばにしゃがんでいる。送る者、迎《むか》える者、きめたわけでもないのに、何のもれもない暗黙《あんもく》の了解《りょうかい》がそこにはあった。

このころの梅紋には一つの思いしかなかった。クラス全員の成績を引き上げること。細米の彫刻《ちょうこく》すら、しばらくの間は忘れていたほどだ。自分の授業は言うまでもなく、ほかの先生が彼女のクラスの授業をするときも、ほかにやることがなければ必ず教室の後ろにすわり、宿題の添削《てんさく》をしながら授業を受ける子どもたちを監督《かんとく》していた。どんなことも見のがさなかった。座標点《ざひょうてん》一つも演算の過程も真剣《しんけん》そのものでできいていた。子どもたちも協力的だった。みんな梅紋が大好きなので、自分の学習が梅紋の足を引っぱることを恐《おそ》れ、梅紋が二度と自分たちの教師になれなくなることを恐れたのだ。

夜、こちらの横丁からあちらの横丁、この家やあの家を出入りして、あるいは教科書の文章を暗記するのをきき、数学の問題を解くのを見た。知らないうちに夜はふけていて、ハッと橋のたもとの木の下で細米と翹翹が自分を待っていることを思い出し、橋へと歩いていくのだった。明かりはアーモンド大の大きさで黄金色だった。明かりがゆれると梅紋と細米と翹翹の影《かげ》はどんどん長く伸《の》びて、道に映り、畑に映り、林に映った。

期末試験で、梅紋のクラスは一気に全校で上位五番になった。中三の一学期が終わるころにはクラスの成績は第二位に上昇《じょうしょう》した。杜子漸《ドゥー・ズージエン》は喜び、細米の母も喜び、稲香渡の先生たち全員が喜んだ。梅紋の体も完全に健康を取りもどし、気分も良くなり、顔にも赤みがもどり、かつて瞳《ひとみ》につねに刻まれていた悲しみもかすかに感じられる程度になり、瞳や眉間《みけん》には快活さが浮《う》かぶようになった。冬休みの間、梅紋《メイ・ウェン》は細米《シーミー》と例の小屋にこもって過ごす以外の時間は、読書をするか、細米の母と家事をするかで、朝はいつも九時、十時まで寝《ね》て、ようやく起き出してきた。冬休みが終わると太ってさえいた。ときには胸がしめつけられて窮屈《きゅうくつ》に感じ、両頰《ほお》を赤らめて思わずうつむくのだった。食事のとき、細米の母がしきりに梅紋の茶碗《ちゃわん》におかずを取り分けると、梅紋は言った。

「師母《シームー》、私、もう十分太っていますから」

細米の母は言った。

「少しぐらい太っていたほうがかわいいのよ」

春になり、天気はゆるみだしたかと思うと急に暖かくなった。梅紋が綿入れをぬぎ、セーターだけになったとき、いかにも年ごろらしい健康な体つきになっていた。おだやかな太陽のもとで女の子たちと縄《なわ》とびや石けりをして教室に入ってくると、子どもたちは色白の肌《はだ》に赤みがさし、すっととおった鼻筋に汗《あせ》をかいているのを見た。かすかに息を切らすとセーターの下の胸のふくらみが起伏《きふく》して、日の光の下で風にそよぐ池の水のように鼓動《こどう》していた。相手は子どもたちとはいえ、梅紋はふと羞恥心《しゅうちしん》を覚えるのだった。

女の子や男の子たちも、太陽がきらきらと光り万物が成長する季節に、青春の息吹《いぶき》と池のあぜの草木のような生命力を感じさせた。授業中は熱気にあふれ、日の光が窓をとおして入ってくると、子どもたちの体から立ちのぼる汗《あせ》が入りまじった匂《にお》いが薄《うす》青色の煙《けむり》のようにただようのだった。授業が終わると子どもたちは教室をとび出し、春の光にとけこみ、はしゃぎ、声をかけあい、校内は冬の生気のない静けさとはまるでちがっていた。

梅紋はこの季節の男の子と女の子、とくに女の子を見るのが好きだった。紅藕《ホンオウ》がそでの短い赤い上着に、丈《たけ》の短い黒いズボンをはいて梅紋の前に立つと、梅紋は思わず両手で紅藕の両頬をはさみ、それから少し力をこめて紅藕のくちびるが水面に浮《う》かんできて息をする魚のようになると、やっと力をゆるめるのだった。稲香渡《タオシアンドゥ》の女の子たちはみんなかわいらしいと思った。十三、四歳《さい》のいかにも娘《むすめ》らしい様子をしていた。水辺で育ったせいか、一人一人がみずみずしい輝《かがや》きに満ち、髪《かみ》は黒く、瞳《ひとみ》も黒くて、くちびるは赤く、歯が真っ白だった。

この辺の家は女の子に短めのぴちっとした上着を着せることを好み、ズボンは逆にぶかぶかで、彼女たちの体つきを強調して見せていた。梅紋は彼女たちが三々五々、いっしょになって自分の前を歩いていくとかわいらしくてたまらず、いくら見ても見あきることがなかった。

そして、女の子たちもまた梅紋《メイ・ウェン》のことが大好きだった。彼女たちはこっそり言ったものだ。

「大きくなったら、梅先生みたいにきれいになれたらいいな」

女の子たちは梅紋が非の打ちどころなく美しいと感じていた。姿かたちだけでなく、その手つき、笑顔、声までが美しいと思った。梅紋といっしょにいるのが好きで、しょっちゅう梅紋を取りかこんでいた。そばにいる男の子たちは彼女たちの笑い声をきくたびに何がそんなにおかしいのか、不思議でならなかった。

梅紋は自分が蘇州《そしゅう》の娘《むすめ》であることをほとんど忘れていた。

2

天気は日一日と暖かくなり、セーターも着ていられなくなり、シャツ一枚とズボン一枚でもすぐに汗《あせ》ばむようになった。

麦は鳥の体毛のような緑色になり、麦の穂《ほ》は麦芒《ばくぼう》がかたく針のように立って日の光に反射していた。水辺にも畑のあぜ道にも様々な色の花が咲《さ》いていた。藤《ふじ》の花、サルスベリ、エノコログサ、ダイコンの花、タンポポ、エンジュ、柳《やなぎ》、あらゆる草木が暖かい空気の中で思いきり成長していた。

その日の午後の最後の二時間は体育だった。体育といっても実際は子どもたちが好きなように遊ぶだけだ。男の子はバスケットボール、女の子たちは梅紋といっしょに空き地で縄《なわ》とびをし、長い縄を二人の女の子が力いっぱいまわして、そのほかの子は梅紋を先頭にいろいろなとび方をした。梅紋も今日は無我夢中で縄とびに興じ、はらりと落ちた髪《かみ》の毛が汗で額にはりつき、汗水は服をとおしてしみだしていた。女の子たちもそんな梅紋に夢中になり、とうとうしまいにはみんな疲《つか》れて動けなくなり、全員がわきにとびのいて、梅紋がひとり軽々ととびつづけるのを見つめていた。縄と地面がゆれてほこりが巻きあがり、梅紋の足元を煙《けむり》が立ちのぼっているようだった。梅紋は紅藕《ホンオウ》たちにいっしょにとぼうと手招きしたが、紅藕たちは梅紋を見ていたかったのでとばなかった。紅藕がときには入って いって、梅紋と一対一で歌いながらとんだが、すぐにやめるとさっとひいて縄から出て、ほかの子たちといっしょに梅紋が一人とぶのを見つめた。女の子たちは拍子《ひょうし》をとって拍手《はくしゅ》をしはじめ、梅紋はそれに励《はげ》まされてますます高く軽やかにとび、五線譜《ふ》に躍動《やくどう》する音符のようだった。梅紋もついに動けなくなり、足で縄をふむと女の子たちを見ながら、胸に手を当てて軽くたたいた。

こちらの縄《なわ》とびは終わったが、あちらの男子たちはまだバスケットボールをしていた。細米《シーミー》はボールをゴールにシュートするととつぜん、今日は日直で宿題帳を集めて梅紋《メイ・ウェン》の部屋にとどけなければならないことを思い出した。教卓《きょうたく》の上に宿題帳が乱雑に重ねられ、何冊かは床《ゆか》に落ちていた。細米は宿題帳を一冊一冊きちんとそろえると、両手でかかえて梅紋の部屋へとむかった。ノートを高く積み上げているので、ゆっくり歩いているのだが宿題帳の山はゆらゆらとゆれた。うつむいてあごでしっかと宿題帳をおさえ、両目をグルグルさせて前へと歩きつづけた。林秀穂《リン・シュウスエ》が見て言った。

「細米、二回に分けて運べばいいでしょ」

細米は頭を動かすわけにいかず、ただ目の玉を目の端《はし》に動かすと林秀穂をチラリと見て、もごもごと言った。

「無理です」

林秀穂は細米が腰《こし》をまっすぐ伸《の》ばし、おなかをつき出して大儀《たいぎ》そうに歩いていくのを見て、妊婦《にんぷ》が歩く姿を連想して笑ってしまった。

細米が梅紋の部屋の入り口に来ると、ドアは閉まっていた。手を出してノックできないので、しかたなく足の先で軽くドアをけり、何も返事がないので、梅紋は紅藕たちと別の所に行っているのだろうと思い、体を横にして少し力を入れて肩《かた》でドアにぶつかると、ドアはすぐに開き、光がサッと部屋にさしこんだそのとき、細米は梅紋の悲鳴をきいた。細米の目が部屋の光線になれたとき、細米は自分が見た光景に呆然《ぼうぜん》と立ちつくした。

梅紋がたらいの中に立っていた。たらいのそばの木の椅子《いす》にふんわりと梅紋の服が置いてあった。たくさんの朝露《あさつゆ》のような水滴《すいてき》が体からしたたり落ちてたらいのお湯の中に音をたてて落ち、雨が降った直後の蓮《はす》の葉にたまった雨水が風がそっと吹《ふ》いて蓮の葉が巻きあがり、一連の水の粒となって池の中に落ちていくように、その音は静かにゆったりとつづいていた。おそらく、かんぬきの締《し》まりがあまかったのだろう。梅紋の両目は恐怖《きょうふ》と羞恥《しゅうち》でいっぱいだった。

十四歳《さい》の細米は完全にほうけていて、目の前が真っ白だった。あごはまだギュッと宿題帳の山をおさえつけていた。細米は梅紋の声をきいた。

「出ていって……」

その声は、はるか遠くから、トウモロコシ畑を越《こ》えて、大きな河を越えて伝わってきたように、ふるえながら細米の耳にとどいた。

「早く行って……」

細米《シーミー》は雷《かみなり》に打たれたように知覚を失っていた。

「早く行ってよ、どうして出ていかないの……」

あたりは万丈《ばんじょう》の深淵《しんえん》のような静けさにおおわれた、永遠に忘れられない午後であった。すべてが死にたえたかのように、この世の万物が石と化したように、時が永遠にとまって凍結《とうけつ》していた。細米はまた梅紋《メイ・ウェン》の声をきいた。かすかな泣いているような声だった。

「行って、行って……」

細米は両手にかかえた宿題帳をバタバタと音をたててたおすと、まるで建物が暴風雨に瞬時《しゅんじ》に倒壊《とうかい》して瓦《かわら》がかたむいてすべり落ちたように落ちていった。つづいて、細米がきびすを返してドアの外にとび出すと、たった一人で大勢に追いかけられる逃亡犯《とうぼうはん》のように、くるったようにかけ出していった。紅藕《ホンオウ》が見かけて、大声で叫《さけ》んだ。

「細米、どこに行くの？」

紅藕の声がきこえたような気はしたが、きこえなかったような気もした。走って、走って、だれもいない所に、荒《あ》れ果てた所へとかけていった。

3

空がだんだん暗くなってきた。細米の母が中庭を掃《は》きながら、ぶつくさ言っていた。

「あの子ときたら、またどこに遊びにいったんだか！」

ただ、細米が帰ってこないことは日常茶飯事になっていたので、細米の母もさして気にもかけず、自分の仕事に没頭《ぼっとう》していた。梅紋は何も言わずに細米の母の仕事を手伝っていたが、暗くなるにつれてだんだんと不安になってきた。仕事をすると言っても、心ここにあらずだった。中庭はすでに細米の母によって掃き清められたのに、梅紋はまたほうきを手に掃きにいった。細米の母が言う。

「もう掃いたわ」

梅紋にはきこえない。細米の母がさらに大きな声で言う。

「もう掃いたわよ」

梅紋はハッとして、細米の母が何を言っているのかがわかると、うつむいてきれいになった地面を見つめて、消え入りそうな声でつぶやいた。

「もう掃き終わったのね」

ほうきを置いて、細米の母が縄《なわ》に干した洗濯物《せんたくもの》を取りこむのを手伝い、胸いっぱいに洗濯物をかかえると大きな柳《やなぎ》のかごにむかっていった。服をかごに放りこみにいくのだが、歩くうちに水を張ったたらいにむかい、きれいになった洗濯物《せんたくもの》をかかえていることを忘れ、また汚《よご》れ物のように服をたらいに投げこんでしまう。ほぼ毎朝、梅紋《メイ・ウェン》は細米《シーミー》の母の洗濯を手伝っていて、一家の服は彼女が責任をもって水につけ、細米の母によって一枚ずつ洗われ、最後は二人でいっしょに縄《なわ》に干されていく。細米の母は梅紋が服をかかえたまま、かごにむかわずたらいにむかっていくのを不思議に思い、声をかける前に梅紋が服をたらいに放りなげてしまったのを見た。細米の母は、プッと吹《ふ》き出した。

「服をどこに置いたのよ？」

梅紋は下を見ると舌を出して、いたずらが見つかった子どものようにそこに立ったまま動かなくなった。空は真っ暗になった。杜子漸《ドゥー・ズージエン》が帰ってきていた。

「細米は？」

細米の母が答える。

「知るもんですか。どこかで遊んでいるんでしょ。死ぬまで遊ぶつもりなのよ」

夕食の時間になった。細米の母はおかずを並べると言った。

「待つことないわ。遊ばせておけばいい」

梅紋は食べる気になれず、食卓にすわると始終入り口に目をやっていた。夕食を食べ終わり、食器を片づけはじめると、細米の母もとうとうしんぼうできなくなり、中庭に出て大声で呼んだ。

「細米！」

そして校門を出ると裏の村に歩いていった。梅紋と翹翹《チアオチアオ》が後につづく。道行く人とすれちがうと細米の母がきく。

「うちの細米を見かけなかった？」

みんなが見ていないと答える。母は内心あせりはじめる。

「どこに行ったのかしら？」

そして、のどをかぎりに叫《さけ》ぶ。

「細米！」

梅紋も胸の中で何度も何度も叫んでいた。

紅藕《ホンオウ》が叫び声をききつけて家の中からかけ出してくると言った。

「おばさん、細米を見たわ。あっちにかけていったわよ」

紅藕はむこうの畑を指さすと言う。

「どこに行くのときいたけど、言わなかったの」

そこで、細米《シーミー》の母は身をひるがえすと畑にむかって叫《さけ》んだ。

「細米！」

畑は森閑《しんかん》としていた。杜子漸《ドゥー・ズージエン》と林秀穂《リン・シュウスエ》たちも学校から出てくると細米の母の方にやってきて、村人たちもかけつけてきた。

「あの子ったら、どこに行ったのかしら？」

細米の母は心配になってきた。

「もうこんなに暗いのに。いつも遊んで時間を忘れても、呼べば返事ぐらいしたのに」

杜子漸が紅藕《ホンオウ》にきいた。

「細米を見かけたのは何時ごろだね？」

紅藕は少し考えて言った。

「最後の授業が終わって少ししたころ」

人々は夜のとばりが落ちた道に立ち、人が通りかかると親しかろうとそうでなかろうときいた。

「細米を見なかった？」

「十三、四歳《さい》の男の子を見かけなかった？」

朱金根《ジュウ・ジンゲン》たちもかけつけてきて、杜子漸がきくとバスケットコートを立ちさってからはだれも見ていないと答えた。細米の行き先をあれこれ推測したものの、どの推測にも根拠《こんきょ》はなかった。紅藕と朱金根たちは大人たちが議論していると、入ってきて自分たちの見方を述べたり、くるりとふりかえって畑にむかって大声で呼んだりした。

「細米！」

梅紋《メイ・ウェン》はギュッと紅藕の手をつかんで、河岸を歩き、あぜ道を歩いた。紅藕はしきりと細米の名を呼び、呼び疲《つか》れるとほかの人に呼ばせた。紅藕は梅紋に言った。

「細米が今日あっちにかけていったとき、なんだか変だった。後ろからだれかに追いかけられているみたいで、遊びにいく感じではなかったわ。逃《に》げていくみたいだった」

紅藕は梅紋の手がとても冷たいと思った。

夜が深まり、人々はそれぞれのルートで稲香渡《タオシアンドゥ》中学にもどったが、持ち帰った知らせは同じだった。細米を見つけることはできず、今日の午後、見かけたと言う人もいなかった。細米の母が泣き出した。梅紋は近よると細米の母の手をつかんで言った。

「師母《シームー》、細米はきっと無事です。何かあるはずがありません」

その声は低く低くなった。

「わかっています、なんでもないって……」

紅藕《ホンオウ》も泣いた。男たちは気を落ち着かせると言った。

「われわれのだれも思いつかないような所に行ったんだろう。あんな大きな子に何があると言うんだ。何もあるはずがない。もう少しすれば、ひょっこり帰ってくるさ」

大人たちは相談すると、次の捜索《そうさく》を開始した。今回はかなり遠くまで出かけた。十キロ近く離《はな》れた、細米《シーミー》の家のいくつかの親せきを訪ねた。明け方の三時か四時ごろに、人々はまた稲香渡《タオシアンドゥ》中学にもどってきたが、持ち帰った知らせは同じだった。細米は見つからず、見たと言う人もいなかった。このころには人々は疲《つか》れきり、朱金根《ジュウ・ジンゲン》は草むらでねむりこけていた。杜子漸《ドゥー・ズージエン》が言った。

「みなさん、ありがとう。ひとまず解散して、夜が明けたらまた考えよう。たいしたことはないと思う」

みんな、解散した。梅紋《メイ・ウェン》は疲れてはいたが、その場を去ろうとせず、細米の母のそばに付きそっていた。

「もう遅《おそ》いわ。寝《ね》なさい。死にっこないわ。死んだほうがいいぐらいよ。生まれてからこのかた、人に心配ばかりかけて、私も父親も疲れきってしまったわ。寝なさい。寝て……」

梅紋は細米の家を出ても自分の部屋には帰らず、ひとりで学校を出ていった。戸外で翹翹《チアオチアオ》が畑にむかってほえていた。夜景色の中、梅紋は夜風に吹《ふ》かれて前の方を見やったが、田畑は真っ暗で何も見えず、心配とさびしさと悲しみに心がふさがった。涼《すず》しい風が頬《ほお》にそよぐと胸がすっぱいものでいっぱいになり、目からは涙《なみだ》があふれてきた。いったい、どこに行ってしまったの？　梅紋が疲れきって、あぜ道にすわりこむと、あたりは麦畑だけで麦が風にサーサーと音をたててゆれていた。顔を上げて空を見ると細い三日月が西に沈《しず》むところで、これまでのいろいろなことが頭に浮《う》かんできた。そのほとんどが細米に関することだった……。

ふと梅紋の胸が動き、すっと立ち上がった。あの年、細米が自分をつれて葦《あし》の原の見晴し塔《とう》につれていったことを思い出した瞬間《しゅんかん》、とつぜん、細米が今どこにいるか思いついたのだ。梅紋は断定した。きっと、あそこだ。遠く河べりにむかって走り出すと、野原の泥《どろ》道《みち》はデコボコで足を取られ、何度も転びそうになった。河辺で小舟を見つけたが、河の水は膨張《ぼうちょう》していて思わずおじけづいた。そのとき、翹翹が梅紋の足元にかけてきた。翹翹は立ち上がって湿《しめ》った舌で梅紋の冷たい手をなめると、先に舟にとびのった。梅紋はもうこわくなかった。舟に乗ると葦《あし》の原の深みにむけてこぎ出した。見晴し塔《とう》が見えかくれしてくると、梅紋《メイ・ウェン》は興奮し、さらに急いで舟をこいだ。岸に着かないうちに翹翹《チアオチアオ》がひらりと舟首から岸へととび移った。すでに主人の匂《にお》いをかぎつけたようで、梅紋を置きざりにすると、葦の原をぬけて見晴し塔へとかけていった。

細米《シーミー》は見晴し塔の階段の一番上にすわっていた。昨日の午後、家からとび出して林と桑《くわ》畑《ばたけ》とコーリャン畑をぬけると、舟をこいで葦の原に入り、それからずっと見晴し塔の上にかくれていたのだった。昨日の午後はそこにすわり、今もそこにすわっていた。そうしてすわったまま、目はぼんやりと前を見つめ、心は空っぽのまま、そこにかたまってしまったかのようだった。

翹翹がかけよってくると、肩《かた》にはい上ったり、胸の中にもぐりこんだり、手をなめたり頬《ほお》をなめたりして、頭もしっぽもゆらして口の中でグルグル音をたてた。細米は翹翹を抱《だ》きしめると涙《なみだ》がワッとあふれてきた。梅紋の足音がきこえてくると、頭を翹翹の毛の中にうめた。

「みんながさがしていたのに……」

梅紋が細米の横にすわった。

「帰りましょう」

細米は首をふった。梅紋が細米の片手をつかんでにぎった。その手はものすごく冷たく、かすかにふるえていた。梅紋はそっと細米の頭をなでた。髪《かみ》の毛は夜露《よつゆ》にひと晩ぬれて湿《しめ》っていた。梅紋は薄《うす》いセーターをぬぐと細米の体にかけた。細米がとつぜん、ワーワーと大泣きを始めた。梅紋が細米を胸にかきいれて、しっかと抱きしめた。細米は梅紋の胸の中で嗚咽《おえつ》した。

「おれは小七子《シャオチーズ》とちがう……」

細米は顔を深く翹翹の毛の中にうめた。

「バカなこと言って」

梅紋はさらにきつく抱きしめた。

菜の花が咲《さ》きそろう季節だった。夜風が露にぬれた菜の花の香気《こうき》を畑の方から運んできて、葦の原では菖蒲《しょうぶ》や葦の花や苔《こけ》や水草の匂いといっしょになって、二人を取りまき、ただよっていた。なぜかわからないが、梅紋もまた声を上げずに泣き出した。

「家に帰りましょう、家に帰りましょう……」

涙がポタリポタリと顔をつたって流れ落ちてきた。夜明けが近づき、河の水は朝もやに染まり、だんだんオレンジ色に変わってきた。朝とぶ鳥が半分明るく半分暗い空の下をとびながら、ときおり長くのばした鳴き声をたてて、キラキラと輝《かがや》く水の珠《たま》のように空中から落ちてきた。

4

日々は流れる水のごとく、人々のそばを、心の上を、そっと流れていく。あっという間にこの学期も半ばとなり、空が暗くなろうとするころに郁容晩《ユイ・ロンワン》がやってくると、蓮池《はすいけ》のそばの木に寄りかかっていた。ハモニカの音がきこえてきた。細米《シーミー》にわからなかったのは、夜になってすぐ、郁容晩はハモニカを少し吹《ふ》いただけでやめてしまったことだ。細米は郁容晩が行ってしまったのだと思い、ねむってしまった。だが、夢の中でまたかすかにハモニカの音がきこえてきた。ハモニカの音は遠く、おぼろげに、とぎれとぎれにきこえてくる。細米は寝《ね》てはさめ、さめては寝て、それが夢の中できいたのか、確かにきいたのかはっきりしなかった。

翌日、母が父にこう言うのをきいた。

「あの人、ひと晩じゅう、夜が明けるまで吹いていたわ」

細米は梅紋《メイ・ウェン》を見たとき、病気なのかと思った。ひと晩で梅紋の顔は青白くなり、目には困惑《こんわく》と悲しみの色があり、気だるそうだった。細米の母がきいた。

「どこか具合悪いの？」

梅紋はかぶりをふった。それから三日つづけて、いずれも暗くなりかけるころ、郁容晩は時間どおりに蓮池のあぜに姿を現し、それも毎日同じ様子だった。夜になったばかりのころは静かでまるでいないかのようで、夜中過ぎるとハモニカの音が鳴りはじめて、日の出までつづいた。

梅紋の様子は一日また一日とぼんやりとしてきて、人も一日一日と憔悴《しょうすい》していった。細米は何があったのかわからず、たえず大人たちの顔色をうかがっていた。父と母が何か気がかりなことがあるようなのに気がついた。

その日、細米が放課後、家に帰ると、両親と梅紋が家の中にすわり、何か話し合っているようだった。細米はカバンを例の小屋に置くと、すぐに出てきて耳をそばだてた。母が言った。

「あの人と蘇州《そしゅう》に帰りなさい。草凝《ツァオ・ニン》たちなんか、帰りたくても帰れないのよ」

父が言った。

「きみの家はきみ一人しかいないから、帰る条件がある。帰って良いと言われたのだから、いっしょに帰りなさい。めったにない機会だ」

母が言った。

「帰りなさい。稲香渡《タオシアンドゥ》が恋《こい》しくなり、細米《シーミー》が恋しくなり、私や父さんが、この家が恋しくなったら、会いにくればいいわ」

父が言った。

「子どもたちのことは心配いらない。私がなんとかする。安心して行けばいい」

梅紋《メイ・ウェン》は何も言わなかった。母が言った。

「もうじゅうぶん、苦労したわ」

そう言うと、小声で泣き出した。

「帰りなさい。私の言うことをきいて、帰るのよ」

梅紋は依然《いぜん》として何も言わないまま、立ち上がると細米の小屋の方に歩いてきた。細米は梅紋の目が赤くなっているのを見た。梅紋がきいた。

「カンテラは?」

「かべにかかってる」

「油は入ってる?」

「入れた」

「かさはふいた?」

「まだ」

「私がふくわ」

「おれがふくよ」

細米はゆずらなかった。夕食を食べると梅紋はいつものように村に出かけた。細米の母は梅紋が蘇州《そしゅう》に帰る用意を始めた。

翌日、細米の母は河べりに葦《あし》の葉を取りにいった。チマキを作って、梅紋に道中食べるのに持たせるためだ。稲香渡の風習だった。家族が旅に出るときはチマキを包むのだった。

だれかが見て、きいた。

「おくさん、葦の葉で何を作るんだね?」

「梅紋が行くから、チマキを包むのよ」

「本当に行くのかい」

母はため息をついて言った。

「本当に行くのよ」

相手はなぐさめて言った。

「梅《メイ》さんはきっとおくさんに会いにくるよ」

お昼に梅紋《メイ・ウェン》はしばりあげた葦《あし》の葉を見て、きいた。

「師母《シームー》、今ごろ葦の葉をとって、何を作るんですか?」

「あんたにチマキを包むのよ」

梅紋はそれをきくと細ひもを持ってきて、葦の葉をていねいにしばると軒下《のきした》につるした。ここらの家はしばらく使わない葦の葉を軒下につるすのだった。細米《シーミー》の母が追ってきた。

「紋紋《ウェンウェン》、あんた……」

梅紋はこちらをふりむいた。

「私は行きません」

5

その日の晩、郁容晩《ユイ・ロンワン》は来ず、それからも来なかった。稲香渡《タオシアンドゥ》の人たちはおそらく永遠にあの心ゆさぶるハモニカの音をきくことはないだろう。

毎日、梅紋は心ここにあらずといった風情《ふぜい》で何かを待っているようで、目にはかくしきれないぼんやりとしたあせりの色があった。

夜の蓮池《はすいけ》は郁容晩が来ないせいで、とてもさびしく感じられた。この数年、稲香渡中学にとって、この蓮池はこの世でもっとも幸福な池だったと言ってよく、一年じゅう四季折々、姿かたちの良い男性がここで美しいハモニカを奏《かな》でていた。春夏秋冬、小さな蓮がおずおずと葉をとがらせるころも、緑の蓮の無数のかさが風にそよぐころも、冬の池に氷が張って折れた蓮根《れんこん》だけが残っているころも、ハモニカの音は夜になるといつも鳴りひびいていた。この数年は池に魂《たましい》が宿ったようで、蓮の花も一年ごとに美しく咲《さ》きほこるようになっていた。池もそれにこたえて、静けさと温かさと慰《なぐさ》めをもたらした。

けれども、このときから池の清水に二度とその人影《ひとかげ》を見ることはなくなり、ハモニカの音がきこえることもなくなり、ただ空っぽの池の景色が見えるだけだった。梅紋はただの夢だったかのように二度と蓮池に行かなくなったが、その夢は今もただよっていた。約一週間が過ぎたころ、梅紋が細米に手紙を渡《わた》した。

「あの人に渡して」

細米は手紙を受け取ると歩き出した。

梅紋《メイ・ウェン》が呼び止める。

「どこに行くか知ってるの?」

「知ってる。燕子湾《イエンズわん》」

細米《シーミー》は出かけた。早歩きで、ほとんど小走りだった。それが大切な手紙であると細米にはわかっていた。手紙が呼ぶ声さえきいたような気がするのに、手紙の内容を想像することはできなかった。細米はあせり、不安にすらなった。この手紙が、もしかすると郁容晩《ユイ・ロンワン》と出発の時間を約束するものかもしれないと思いあたったとき、細米はとつぜんつらくなり、心にぽっかりと穴が開いたようになった。両足も急に力が入らなくなり、歩みがだんだん遅《おそ》くなってきた。

手紙はずっしりと重くなり、細米のポケットは破れそうだった。年寄りが稲《いね》をのせた車を引いて苦労して坂を上ってくると、細米を見て息を切らして言った。

「坊主《ぼうず》、わしを手伝って少しおしてはくれぬか」

細米は年寄りをチラリと見ただけで相手にしなかった。年寄りは頭をふって汗《あせ》をはらうと言った。

「少しおしてくれ、いいだろう?」

細米がめんどうくさそうに答えた。

「手紙をとどけにいくところなんだよ」

そう言うと、車の横を歩きすぎていった。年寄りは細米の後ろ姿を見ながら首をふった。

細米が燕子湾に着いて、郁容晩がどこにいるかきくと、その人は言った。

「三日前に蘇州《そしゅう》に帰ったよ」

細米は意味がわからず、ボーッと相手を見つめていた。

「都会に帰ったのさ。もう二度と来ないよ」

細米はポカンと立ちつくし、長いこと見知らぬ燕子湾を見つめていた。帰り道、細米の手はずっと手紙をつかみ、手の冷や汗で手紙の封《ふう》がぬれて破けそうだった。五月の空は金メッキをかけたように明るく、一対のカササギが美しく着飾《きかざ》ってチチチと林の間をとびかっていた。細米の心はとつぜん明るく晴れてきた。ゆっくり歩いていたのが早足になり、次に走り出して、さらには走りながらとびはねだした。

エンジュの木の枝が横につき出しているのをとびこし、両手で枝をつかむと道を歩きながらふりまわし、両腕《うで》が疲《つか》れてようやく手をゆるめると枝を投げ捨てた。しばらく行くと、おおいをとりはらった風車を見つけ、周囲を見まわしてだれもいないのを確かめると、とびついて風車の幌《ほろ》を一枚ずつ下に下ろし、幌が下がるギギギギという音をきくとたまらなく興奮してきた。さっきまでグルグルとまわっていた風車が河辺に硬直《こうちょく》していた。

細米《シーミー》が出発するときはどこかに出かけて姿の見えなかった翹翹《チアオチアオ》が、細米が帰ってくると道のむこうから迎《むか》え出た。二人はしばらくふざけ合うと、いっしょに帰り道を歩き出し、細米がはしゃぐのに合わせて翹翹もふざけまわっていた。岸辺にはポンポン船が停泊《ていはく》していて、大砲《たいほう》のような鉄の管を伸《の》ばしていた。細米は頭を鉄の管におし入れると叫《さけ》んでみた。

「細米！」

鉄管の中でウワンウワンという音がした。管は水中に通っていて、そのウワンウワンと管内で反響《はんきょう》する音には水の音もまじっていた。鉄管の中で「紅藕《ホンオウ》」と叫ぶと、またウワンウワンという声がきこえた。つづいて、細米は鉄管から頭を出すと、鉄管に石を放り投げはじめた。石は下へとはずんでいき、鉄管とぶつかってカタンというかわいた音をたてて、その耳に心地よい音は新しい楽器がふえたかのようだった。細米はおもしろくなり、石をたくさん拾って次々と投げてあきることがなかった。とつぜん、船倉から大男がとび出してきて、細米にむかって大声でわめいた。

「小僧《こぞう》、何をしている！」

細米はびっくりすると、あわてて犬を引っぱってほうほうの態《てい》で逃《に》げ出した。少し行くと細米はまた例の車をおす年寄りが坂道を上るのに出くわした。細米は急いで近よると力いっぱい車をおして坂を上っていった。年寄りは車をとめると不思議そうに細米を見た。細米は年寄りに手をふると、もと来た道を歩きはじめた。歩くと言っても歩いているようではなく、酔《よ》っぱらいのようにふらふらと歩いていた。家からあと一キロほどのところまで来ると、くるったようにわめきはじめ、走り出した。高い橋を通りかかってもおとなしく渡《わた》ることはなく、ふりかえって翹翹を見ると橋の真ん中でトンボ返りを打ち、目がまわったのか、片方の足が橋板をすべり出て、体がバランスをくずして橋の下へと落ちていった。そこを汽船が通りかかった。

細米が「わあ」と叫んでなんとか起き上がると、汽船のてっぺんにすわっていた。翹翹はワンワン叫んでいたが、とび下りる勇気がなく、汽船が橋の下を通りすぎようとすると思いきってとび、汽船の頂上にとびうつった。空は高く、水は満々と流れていく。汽船は青い河の水をかき分けて進み、船尾は白い波がわきあがって、ナシの花の大群のようだった。遠くの河湾《わん》で汽船の汽笛が鳴り、その音は人を興奮させた。細米は立ち上がり、さわやかな風を受けて両腕《うで》を伸《の》ばすと晴れた青空を見上げ、大声で叫び出した。

黄梅の季節は雨がしとしと
弟が姉さんにみのかさを送りとどけ
みのかせをあぜ道に置いて
びっしょり雨にぬれて帰る
家に帰る　家に帰る
ふりむくと姉さんが雨の畑の中にいる……

6

その後、梅紋《メイ・ウェン》は毎週一通、蘇州《そしゅう》からの手紙を受け取った。その封筒《ふうとう》は特別に作られた美しいものばかりだった。梅紋は一通も開くことなく、受け取るとそれを太陽の光にかざし、少しぼんやりとしてから軽くため息をつくと、そのまま一通また一通と重ねてまくら元に置いた。

細米《シーミー》の両親は何度か梅紋に早く都会に帰るように言ったが、そのたびに梅紋は席を立ってしまい、二度と話をきこうとしなかった。

細米たちの高校受験があと二か月後に迫《せま》ってきた。梅紋は世界で一番勤勉な教師だった。毎朝、水で顔を洗い、そそくさと朝ご飯をすませると早々と校門にやってきて、生徒たちを待ちうけ、最後の生徒が来ると校舎に引きかえす。つづく昼間一日はずっとクラスの五十三人の子どもたちといっしょだった。夕食をすませると、また水で顔を洗い、一日の汚《よご》れと疲《つか》れを落とすと村にむかった。細米が深夜に梅紋を迎《むか》えて帰っても、そのまま寝《ね》るわけでなく、授業の準備をするか、生徒たちの宿題の採点をした。細米の母がよくひとねむりして起き出しても、梅紋の窓に明かりがついているのが見えた。五十三人の宿題は数学だろうと国語だろうと、とてもきれいに書けていて、農村の子が書いたものには見えなかった。子どもたちはみんな梅紋の言葉を胸に刻みつけていた。

「宿題はただやればいいというものじゃないわ。きれいに書かないといけないの」

そのため、五十三人の宿題は秋風が吹《ふ》いたあとの野良のように、梅紋自身のようにきれいだった。梅紋は過去のいつよりも力強かった。体は一日一日と細くなっていったが、エネルギーはまったくそこなわれることがなかった。その日、梅紋はたおれた。ベッドに横になり、細米の母が熱いタオルで顔をふいたとき、その顔が細くとがっているのに気づいて言った。

「どうして、そんなにまでして稲香渡《タオシアンドゥ》のために……」

梅紋《メイ・ウェン》は日曜日の時間だけは細米《シーミー》と細米の母に取っておいた。自分の両親からもらったもののすべてを、短い期間に一つ残さず細米の魂《たましい》に注入しようとした。いつもなにかというと細米のことを思い、細米を思うと晴れた秋空のもとでするどい叫《さけ》び声をきいたような気がして、顔を上げると雁《がん》の群れが南へととんでいき、心が温かいもので満ちあふれた。あまずっぱい感触《かんしょく》もあった。細米の母と話をするときも、一番多い話題は細米のことだった。細米の現在、細米の将来。細米の母が細米の昔のことを話すときは全神経を集中させてきき入った。彼のいたずらをきくのも楽しかった。

八月のある日の午前、たくさんの子どもたちがあの白い柵《さく》の下に集まっていた。白い柵の下にすわる者、寄りかかる者、柵に登ってすわる者もいて、それぞれが思い思いの姿勢で梅紋を真ん中に取りかこんでいた。だれもしゃべらず、静かにしていて、息苦しいぐらいだった。

「李書亮《リー・シューリアン》、王有成《ワン・ヨウチョン》、丁奚娟《ディン・シージエン》は？」

だれかがきいた。

「きっと来ないよ。自分が受からないと知ってるんだ」

別の子が答えた。

「細米と朱金根《ジュウ・ジンゲン》は合格発表を見にいったのに、なんでこんなに遅《おそ》いのよ?」

紅藕《ホンオウ》がいらだった。

「見にいこうか?」

一人が言った。

「見にいく勇気ない」

「私も」

紅藕が梅紋の手をつかむと、寒風に吹《ふ》かれたようにふるえていた。

「私は受かってると思う?」

梅紋は紅藕の方を見ると笑って、うなずいた。

「帰ってきたぞ!」

みんながすぐにかけよった。細米は大勢に取りかこまれた。息を切りながら、写してきた名前を読み上げた。歓声《かんせい》が次々と起こり、稲香渡中学全体にひびきわたった。朱金根は雰囲気《ふんいき》に染まって、靴《くつ》を両方ぬぐと空高く放り投げ、落下してきたのをほかの子が横取りしてまた空に放り投げた。朱金根は追いかけながら叫んだ。

「おれの靴《くつ》！　おれの靴！」

最後は靴は二足とも教室の屋根の上に落ち、遠くから見ると屋根の上でとびつかれて休んでいる二羽の鳥のようだった。紅藕《ホンオウ》はふと梅紋《メイ・ウェン》の姿が見えないのに気づき、叫《さけ》んだ。

「梅先生は？」

生徒たちが最後に蓮池《はすいけ》で梅紋を見つけたとき、梅紋は涙《なみだ》を流して泣いていた。

夜、梅紋が窓を開け放つと、秋の風が稲穂《いなほ》が熟した香《かお》りを運んで部屋の中に吹《ふ》き入ってきた。明かりの下で、風呂《ふろ》上がりの体と顔がほてっていた。ずっと放っておいた手紙を一通一通読みはじめ、読み終わったときには空は赤く染まっていた。それらの美しい手紙はどれも強く梅紋の心をゆさぶった。梅紋は泣き、笑い、また泣いた。泣いては笑い、笑っては泣いた。ひと晩じゅう、泣いて訴《うった》えかけるハモニカの音をききつづけていたようだった。

7

一週間後の早朝。細米《シーミー》は小さな行李《こうり》と布団《ふとん》を持って、家を出た。母がきいた。

「どこに行くの？」

「おじさんの家。東海の海辺で茅草《かやくさ》を刈《か》ってきて、家を建てると言っていただろ？　手伝いにいくついでに船を見てくる」

「おととい、おじさんが誘《さそ》ったときは行かないと言ったのに」

「今は行きたくなった」

「どうしてそんなに気が変わりやすいの。紋紋《ウェンウェン》が今日は朝早く町に手続きに行ったのよ。あと何日もしないうちにいなくなってしまうのよ。行くのはやめなさい」

「行く」

「やめなさい」

「行く」

「強情《ごうじょう》な子ね！」

「行くったら行く！」

そう言うと、行李を背負って歩き出した。

「おじさんは船で行ったのよ！」

「船はおじさんの家の船着き場にあるんだ。そこで待っていると言ってた」

「細米！」

ふりかえりもしなかった。翹翹《チアオチアオ》がついていって、ときおりふりかえってこちらを見た。細米《シーミー》が船に乗るとき、紅藕《ホンオウ》が船着き場に立ってきいた。

「彼女が行ってしまうのに、待たないの？」

細米はそれには答えず、翹翹と船首にすわり、ふりかえって紅藕を見ることもなかった。船は出ていった。細米はずっとそうして船首にすわっていた。目は沈《しず》み、船からのながめは目の前を幻《まぼろし》のように過ぎていった。水面には数羽のアヒルが大きな船と通りすぎる小舟のように過ぎていき、河辺のエンジュの木には大きなカササギが巣を作っているようだった。耳元をサーサーサーという風の音とポトポトポトという水の音が過ぎていく。心が空っぽになって、魂《たましい》が体からぬけ出したような気がした。

船は帆《ほ》をいっぱいにして、水面を進んでいった。細米はそのまま昼まですわっていた。面舵《おもかじ》をにぎった伯父《おじ》が言った。

「細米、ちょっとこいでてくれ。昼飯を作ってくるから」

細米はようやく立ち上がった。長くすわりすぎて両足がしびれて、立ち上がるときにもう少しで河に落ちそうになった。足を引きずりながら船尾に歩いていくと、伯父の手から舵を受け取った。伯父は安心して細米に舵をあずけた。十三、四歳《さい》の水郷《すいごう》の子どもは船をあつかうことを心得ている。最初の数十分間、細米の舵取りはみごとだった。両目ではるか前方を見つめたまま、両手はなれた手つきで舵をにぎり、船は最短の距離《きょり》を流れるように進んでいった。伯父が喜んで言った。

「なかなかやるじゃないか！」

だが、しばらくすると細米は気が散ってきて、船は左右にゆれはじめ、運転がぎこちなくなった。伯父は昼食を作るのにいそがしくて気にもとめなかった。少しすると、うつむいて火をあつかっていた伯父も直感で船の向きがおかしいと感じ、顔を上げると船が岸に衝突《しょうとつ》するところだった。伯父がふりむいて叫《さけ》んだ。

「舵を切れ！」

ぼんやりしていた細米がハッとすると、全身をふるわせ、すぐに舵を切ったが、あわてていて舵を切る方向をまちがえ、船は岸にむかって突進《とっしん》していき、河べりの大木に衝突《しょうとつ》すると木の葉がハラハラと落ちてきて、船はドシンとつき上げて、泥《どろ》で作ったかまどの上の鍋《なべ》が船床《ふなどこ》に落ち、鍋の中の半煮《はんに》えのご飯があちこちにとび散った。伯父が大声でどなった。

「何を考えていたんだ！」

細米は顔を真っ赤にした。

二日後のたそがれどき、船は予定していた地点に到着《とうちゃく》した。細米《シーミー》が見たことがない夕霞《ゆうがすみ》が静かにキラキラと海辺を赤く染めていた。カモメは黒い紙きれのように霞《かすみ》の中を風に乗ってとんでいた。霞に映《は》えた茅草《かやくさ》が黄金色に染まって夕霞ととけ合い、海辺の幻想的《げんそうてき》な雰《ふん》囲気《いき》を作り出していた。湿《しめ》った海風に細米は稲香渡《タオシアンドゥ》のすべてを忘れた。暗くなるとすぐに伯父《おじ》といっしょに海辺に小屋を建てた。食後、月が海のむこうから昇《のぼ》ってきて、静かな海面に一本のゆらゆらゆれる銀色の道がしかれた。

細米は海辺にすわると、果てしのないさびしさにおそわれた。だが、彼にはそのさびしさが好ましかった。だまったまま、さびしさに包まれていた。伯父は細米の整った後ろ姿を見て喜んだ。細米を見て喜ぶときはいつも、赤いくちびるに白い歯をほころばせ、黒い瞳《ひとみ》をクルクルとまわす紅藕《ホンオウ》を思い出す。そのときも伯父の胸にはある種特別な思いがあった。

その後の数日間、細米は一生懸命《いっしょうけんめい》伯父を手伝って茅草を刈《か》った。伯父の後ろについて伯父が刈りたおした茅草をいっしょにたばねる。ふりかえると、広い砂浜に無数の茅草の束ができていた。細米は伯父よりはひまだったので、することがないときは草の上にすわって手で翹翹《チアオチアオ》の頭をなでて、伯父が草を刈るのをながめていた。伯父は両手に柄《え》の長い草刈りの刀をにぎり、柄を腰《こし》の上に低く置いて、リズミカルに体をひねり、刀を振《ふ》り幅《はば》大きく動かして、鋭利《えいり》な刃の下で茅草をシャーシャーと刈りたおす。たおれるときに赤みがかった金色の光がきらめく。ときには野ウサギがびっくりしてとび出してきて、翹翹といっしょに追いかけるが、追いつくときもあればウサギがとつぜん姿を消して、細米は不思議でならずきょときょとした。がっかりして翹翹と伯父の所に帰っていくと、伯父はまた茅草を一面刈り取っているのだった。伯父は細米をつれてくるのが楽しいだけで、仕事を手伝ってもらおうとは考えていなかった。細米が一生懸命働くのを見て、言った。

「海辺で船を見はっていろ。船が波にさらわれないように」

細米は草をたばねるまでには時間があると思い、伯父の言うとおりに海水の近くへとやってきた。海が大好きでたまらなかった。静かなときも荒《あ》れているときも美しい。風が強く怒《いか》りくるっているときは海は細米を震撼《しんかん》とさせた。そういうときは天にとどくような波しか見えず、無数の白い野生の牛が一列に並んで、ザブンザブンと岸にむかって突撃《とつげき》してきて、驚《おどろ》いた翹翹が大声でほえたてて茅草の深みへとかけていく。

だが、そんな景色も何日かたつと見あきてきた。細米の仕事に対する情熱もだんだん弱まってきた。海がどんなに荒れくるおうと、頭の中にある小さな静かな稲香渡をおいかくすことはできない。細米《シーミー》は気だるそうになり、ぼんやり不安げにしていることが多くなった。

その日の夜、小屋にしいた寝床《ねどこ》に横たわり、ごろごろしていると、とつぜん伯父《おじ》に言った。

「家に帰りたい」

「なんだって？」

伯父が思わず起き上がった。

「家に帰りたい！」

「バカを言うな。まだ三分の一しか刈《か》ってないぞ。こんなに遠くに来るだけでも大変なのに、そう簡単に帰れるか」

「だって、帰りたいんだもの！」

「バカなことを言ってないで、さっさと寝ろ！」

伯父は横になると、二度と相手にしなかった。

翌朝、細米はやはり言いつづけた。

「帰りたい！」

「ダメだ！」

伯父は草刈り刀をにぎっておこってあっちをむくと、茅草《かやくさ》の深い方へと行ってしまった。細米は伯父について行かず、小屋の前にペタンとすわりこんだ。あっという間に昼近くになり、伯父が帰ってきそうになると、細米は地面からとびおきて小屋に入り、伯父の服のポケットから二十元取り出すと、クルリと身をひるがえして小屋をとび出していった。伯父が草を刈っている方を見ると、伯父とは反対の方角に脱兎《だっと》のごとくかけ出した。翹翹《チアオチアオ》が細米のあとを追い、茅草の中に姿が見えかくれした。

堤防《ていぼう》を越《こ》えると長く長くつづく先が見えない道に出た。何かに追われているように、前方から何かに呼ばれているように、塩のあとがまだらについている道に沿って、小走りに走った。周囲はまったく人影《ひとかげ》がなく、ただ細米と細米の犬だけがいた。暗くなっても、まだ道の果てに行きつかなかった。荒原《こうげん》の真っ暗闇《くらやみ》が細米をおしつぶしそうだった。昼も何も食べていないので疲《つか》れきっていたが、鉛《なまり》のように重い足を引きずるようにして、最後の力をふりしぼって走った。

細米が長い長い道を走りつづけて、長距離《ちょうきょり》バスの駅に着いたときは深夜だった。そのときはもう全身ほこりまみれで顔は土気色だった。のどがかわききっていて、人様の井戸の桶《おけ》をかかえて顔をあおむけて飲むと、水は口の中に流れこまずにザーザーと口の端《はし》から首へと流れ出た。翹翹《チアオチアオ》が水を飲む細米《シーミー》をずっと見上げて、ほしそうにながめていた。しゃがんで桶をななめにたおすと、翹翹が桶に頭をつっこんでペチャペチャとさかんに飲んだ。腹いっぱい水を飲み、翹翹をつれて風をさけられる所をさがして横になると、翹翹は細米の胸の前にうずくまって目を閉じた。

翌日、細米は翹翹をつれて半日バスに乗り、降りると一気に十キロ近く走って、たそがれ近くには稲香渡《タオシアンドゥ》の地にたどりついた。

8

細米の母がちょうど紅藕《ホンオウ》と庭で野菜の根っこをつんでいるとき、泥土《どろつち》の中からいきなり翹翹がはい出てきたので、びっくりすると同時に校門にむかってかけ出した。そのとき、細米は足を引きずりながら、学校の花園を通りぬけて家にむかってヨロヨロ歩いてくるところだった。両方の靴《くつ》は昨日のうちにとっくにズタズタになり、道端《みちばた》に置いてきたのではだしで、顔はほこりで泥だらけの上にさらにいっそう粉を吹《ふ》いたようで、まつ毛にも土の粉がこびりついて、二つの目は飢《う》えと思慕《しぼ》の念とで大きく深く落ちくぼみ、黒々としていて、見る人がギョッとするほど輝《かがや》いていた。

細米が庭に入ってくると、母と紅藕はサッと道を開けた。中庭に入ったとたん、ふりむいて白い柵《さく》と梅紋《メイ・ウェン》の部屋の方を見た。黒い錠前《じょうまえ》がドアについていた。細米のくちびるは秋風にゆれる二枚の柳《やなぎ》の葉のようにふるえだした。母はチラリと閉ったとびらを見て、言った。

「行ってしまったよ」

「……」

「七日も待っていたんだよ。昨日、行ったんだ」

細米は例の、自分と梅紋だけが始終出入りしていた小屋にかけこむと、机の上に置いてある頭像の彫刻《ちょうこく》を見た。自分だとすぐわかった。しかも、その木は梅紋の父が山から持ってきた例の濃《こ》い艶《つや》のある木だった。細米はじっと少年の頭像をながめながら、自分によく似ているともあまり似ていないとも思った。その少年は成熟して、意志が強そうだった。

母が言った。

「おまえが行ってしまってから、ずっとこのドアを閉めたきり、毎日、この小屋にいたんだ」

頭像が細米《シーミー》の視野の中でぼやけてきて、顔をうつむけると二粒の涙《なみだ》が頭像に落ちた。机の上には彫刻刀《ちょうこくとう》がひと箱あった。梅紋《メイ・ウェン》の父がのこしたもので、梅紋はそれを細米にのこしたのだった。梅紋は遠くには行っておらず、白い柵《さく》のむこうの家にいるようで、細米は中庭に入っていった。だが、むかいの家は確かに永遠に静まりかえっていた。

日光が落ちるとき、細米の視野にはあの白い柵だけがあった。梅紋は出ていく前にていねいにペンキをぬったのにちがいない。それは今までのいつよりも清潔で鮮《あざ》やかだった。涙があふれてきて、細米の目の中は一面の真っ白い色だけになった……。

訳者あとがき

水野　衛子

今から四十五年ほど前の中国の農村を舞台《ぶたい》にした小説です。当時の中国は文化大革命《ぶんかだいかくめい》という政治の嵐《あらし》が吹《ふ》き荒《あ》れていて、インテリや海外との交流があった人たちが迫害《はくがい》されるという異常な時代でした。蘇州《そしゅう》という上海《シャンハイ》に近い大都会から来た梅紋《メイ・ウェン》は、おそらく高校も卒業しないうちに政府によって僻地《へきち》で農民とともに労働して意識をきたえ直すよう派遣《はけん》されたインテリの一人です。

さらに加えて梅紋は両親が芸術家であり、特に父親は海外で何度も受賞歴があり、当時はそういう人たちは外国のスパイと真っ先にレッテルを貼《は》られ、労働改造所という名の監獄《かんごく》に収容されました。そんな梅紋が、細米《シーミー》という腕白《わんぱく》な、でもとても感受性の豊かな田舎《いなか》の少年と知り合い、温かい細米のお母さんや中学の校長先生をしている厳格《げんかく》だけれど人間味のあるお父さんをはじめ、村の素朴《そぼく》な人々や少年少女たちに見守られ、傷ついた小鳥が助けられ、やがて飛び立っていくように、大きく成長して巣立っていく物語です。

作者の曹文軒《そうぶんけん》は北京大学の教授でもある有名な児童文学者で、細米の小学生時代かと思うような少年の桑桑《サンサン》を主人公にした作品もあります。この作品は映画化もされ、「草ぶきの学校」というタイトルで日本でも公開されました。お父さんはやはり村の小学校の校長で、一家が小学校の敷地内《しきちない》に住んでいる点もよく似ています。ほかの先生たちも自宅が遠く離《はな》れているので、ふだんは学校に寝泊《ねと》まりして週末だけ帰ります。そんな学校全体が家族のような先生たちと生徒たちの関係にもほのぼのとした温かさが感じられます。

ただ、中国もこの十数年でとても大きな変貌《へんぼう》をとげているので、私たちがこの作品に感じる別世界のような感覚は、今の中国の中学生が読んでもおそらく同じで、美しいノスタルジーかファンタジーの世界と思うかもしれません。

作者の児童小説は知育書・実用書の多い中国児童書の中にあって、文学の薫《かお》り高い、大人が読んでも味わいのある名作が多く、独特の文学世界を創りあげています。

曹文軒（そうぶんけん ツァオ・ウェンシュエン Cao Wenxuan）
1954年江蘇省塩城市生まれ。作家。北京大学教授。
過酷な運命に立ち向かう強い少年像を創り出し、「児童文学は文学である」と主張、1980年代中国児童文学の騎手として活躍。代表作『草房子』は中国で映画化され、日本でも『草ぶきの学校』として公開された。邦訳に『とおくまで』『風のぼうけん』（以上樹立社）『サンサン』（てらいんく）『よあけまで』（童心社）『はね』（マイティブック）などがある。
2016年国際アンデルセン賞作家賞受賞。

水野衛子（みずのえいこ）
慶應義塾大学文学部中国文学専攻卒。中国映画字幕・中国文学翻訳者。
翻訳映画作品に『初恋のきた道』『北京ヴァイオリン』『故郷の香り』『草ぶきの学校』（本作者の曹文軒原作『サンサン』の映画化）ほか多数。訳書に小説『盗みは人のためならず』『ネット狂詩曲』（以上彩流社）、伝記『習仲勛《しゅうちゅうきん》の生涯』（科学出版社東京）『中国大女優恋の自白録』（文藝春秋）、学術書『魅惑の漢字』（樹立社）など。

装画　菅沼満子
装丁　オーノリュウスケ（Factory701）

中国少年文学館
樹上の葉 樹上の花

2020年4月10日 初版第1刷発行

作 曹 文軒
訳 水野衛子
発行者 向 安全
発行所 株式会社 樹立社
〒102-0082 東京都千代田区一番町15-20-502
TEL 03-6261-7896 FAX 03-6261-7897
http://www.juritsusha.com
印刷・製本 錦明印刷株式会社

ISBN 978-4-901769-93-8 C8097

発刊の辞――中国の同時代の児童文学の刊行への期待

渡邊晴夫（日中児童文学美術交流センター副会長、会長代理）

中国の絵本の翻訳は日中韓三国の平和絵本として出版された『京劇がきえた日』などのほかに二〇一六年に国際アンデルセン賞作家賞を受賞し、名実ともに中国を代表する児童文学作家となった曹文軒の『はね』などの絵本がここ数年の間に出版されているが、まだまだ十分とはいえない状況にある。それは中国の児童文学作家によるオリジナル絵本の出版の歴史は浅く、ここ十年くらいの間に少しずつ本格化したと言ってもよいからである。

中国の児童文学は一九五〇年代に葉紹鈞「かかし」、張天翼「宝のひょうたん」、謝冰心「タオチーの夏休み日記」などの名作がすでに翻訳、出版されている。その後かなり長い間空白に近い時期があって一九八〇年代の後半からは文化大革命の終結後に新しく書きはじめた作家の作品が翻訳、出版されるようになった。劉心武『ぼくはきみの友だちだ』、程瑋『フランスから来た転校生』、陳丹燕『ある15歳の死』、秦文君『シャンハイ・ボーイ チア・リ君』、鄭春華『すみれほいくえん』などで、二〇〇〇年代に入っては曹文軒の名作『サンサン』が刊行されている。

一九八九年に創立された日中児童文学美術交流センターは機関誌『虹の図書室』（第一期二〇号、第二期十八号）を刊行して中国児童文学の翻訳、紹介に一定の役割を果たしてきた。私は同誌の編集に加わり、現在は編集責任者をつとめている。また翻訳者としては一九九〇年に曹文軒の出世作『弓』を翻訳して以後、秦文君、張之路、新進の湯湯などの有力な作家たちの四十篇を超える作品を翻訳、紹介してきて、中国の児童文学の豊かさを身をもって知るとともに、書籍として出版される作品のあまりにも少ないことを痛感してきた。

読者は「中国絵本館」と「中国少年文学館」に収められる諸作品を通じて中国の同時代の絵本と児童文学の豊かな可能性を知ることができるだろう。この二つのシリーズが読者に歓迎されて、末永くつづいてゆくことを心から願ってやまない。

●樹立社の本

曹文軒絵本シリーズ

中国児童文学の第一人者であり国際アンデルセン賞作家賞を受賞した曹文軒が独特の世界観をくりひろげる絵本シリーズ。

『とおくまで』
曹文軒文　ボーデ・ポールセン絵　いわやきくこ訳
28頁　定価：本体1,500円＋税

『風のぼうけん』
曹文軒文　アレクサンダル・ゾロティッチ絵　いわやきくこ訳
28頁　定価：本体1,500円＋税

中国絵本館シリーズ

中国の子どもたちに人気の作家と世界各国の画家が手がけた作品から、中央アジアに伝わる楽しいとんち話まで、多彩なラインアップで中国の「いま」を届けるシリーズ。

『ともだちになったミーとチュー』
ヤン・ホンイン文　エレーヌ・ルヌヴー絵　中由美子訳
32頁　定価：本体1,500円＋税

『木の耳』
ヤン・ホンイン文　エレーヌ・ルヌヴー絵　中由美子訳
32頁　定価：本体1,500円＋税